Jochen Rausch
Im toten Winkel

Für die Familie

*Wir suchen die Mörder doch nicht für die Toten.
Wir suchen die Mörder für die, die um ihre Toten
weinen.*

KAPITEL 1

Ich wollte nach Hause. Aber dann sind wir uns begegnet, und meine Familie hat mich nie wiedergesehen. Es ist unverzeihlich. #JensF

Es soll aufhören. Endlich aufhören. Die Lügen. Die Fragen, auf die es keine Antworten gibt. Wer schuld war? Wer denn? War Charlotte schuld? Weil sie jung war? Siebzehn. Jung und hübsch? Weil sie Kopfhörer trug und Musik hörte? Und ihr Pferdeschwanz? War der schuld?

Er soll still sein. Sei still.

Nein, er ist nicht still. Ist taub und blind für den Schmerz der anderen. Spürt nur seinen eigenen Schmerz. Mami, Mami, es tut so weh.

Sein Vater hatte sich am Bahnhof bei den Albanern eine Knarre besorgt. Eine Beretta. Hatte sich die Beretta in den Mund geschoben und abgedrückt. War der schuld?

Kein Witz, Frau Richter. Mein Vater hat in der Schraubenfabrik Schrauben gezählt. Soll ein Junge einen Schraubenzähler bewundern, wenn die Väter von den anderen Jungs Bulldozerfahrer sind oder bei der Feuerwehr?

Schraubenzähler, Schraubenzähler, haben die gerufen.

Sei doch endlich still. Sag nichts mehr. Nichts. Kein Wort. Charlotte, Liebling. Ich liebe dich. Und ich vermisse dich. Keinen Menschen vermisse ich so sehr wie dich.

Seine Mutter ist also auch schuld. Auch wenn die keine

Albaner gekannt hatte. Seine Mutter nahm Schlaftabletten. Sie sammelte die Pillen wie Eichhörnchen Nüsse sammeln.

Eichhörnchen sind meine Lieblingstiere, Frau Richter. Ehrlich wahr.

Im Zuschauerraum wird gehustet. Um Gottes willen darf nicht gelacht werden. Die Richterin schaut streng in den Saal. Wer lacht, den bringt der Justizwachtmeister auf den Flur.

Frau Richter, mit elf Jahren war ich im Waisenhaus. Ich war der Einzige, dem seine Eltern sich umgebracht haben. Die konnten ihren eigenen Sohn nicht leiden. Darum haben die sich umgebracht. Damit sie mich nicht mehr sehen müssen.

Jetzt lacht doch einer im Zuschauerraum. Ein junger Mann. Wer bei Gericht zuschaut, weiß, dass das wahre Leben schlimmer ist als alles, was im Fernsehen gezeigt wird. Im Film sind die Toten Schauspieler, die sich nach dem Dreh die Schminke und das Theaterblut aus dem Gesicht wischen und sich auf die Schultern klopfen, weil sie so gute Leichen waren.

Er hockt auf der Anklagebank wie der arme Sünder. Arm und unschuldig. Und blass wie die Wand. Vielleicht sollten Sie versuchen, ihm zu vergeben, Marta, hatte der Seelsorger gesagt. Vielleicht bringt es Ihnen den Frieden.

Nein, hatte sie gesagt. Einen solchen Frieden will ich nicht.

Mit den Eltern muss man Mitleid haben. Wie kann man nur ein unschuldiges Mädchen von siebzehn Jahren totmachen? Der Vater hat gesagt, seine Charlotte wäre zu jedem Menschen freundlich gewesen. Selbst zu den unfreundlichen. Und ausgerechnet ein solches Mädel gerät an einen Perversen wie den. Er wollte sie nur mal küssen, hat er gesagt. Und sie hätte so gut gerochen und der Pferdeschwanz – der hätte ihn verrückt gemacht. Wenn man so etwas hört, da kann einem doch schlecht werden. Was der mit dem armen Mädchen gemacht hat, das müsste man mit dem machen. Ihm langsam die Luft abdrehen und fertig. Das wäre gerecht. Das ist meine Meinung, ist mir egal, wenn sie den Kopf schütteln. Die Eltern von der Charlotte, die tun mir leid. Der Vater Ingenieur und die Mutter bei der Polizei. Ausgerechnet einer Kommissarin passiert so was Schreckliches mit dem eigenen Kind.

Du musst misstrauischer werden, Charlotte. Nicht jeder ist dein Freund, Liebling, hatte sie gesagt.

Mama, du bist bei der Polizei, und deshalb siehst du überall Gespenster.

Deine Mutter hat recht, Charlotte.

Ihr seid voll süß. Ihr seid mega Eltern. Ich habe euch voll lieb.

Eigentlich wollte ich Pilot werden, Frau Richter. Aber als der Sohn von einem Schraubenzähler wird man ja wohl nicht Pilot. Wissen Sie, was meine Mutter erzählt hat? Dass die Hebamme gesagt hat, was haben wir denn da für einen hässlichen Balg auf die Welt gebracht? Das sagt man doch nicht. Oder sind Sie anderer Meinung, Frau Richter? Im Knast kann mich auch keiner leiden. Einem Kinderficker wie mir müsste man einen Lötkolben in den Arsch schieben, sagen die. Oder gleich den Schwanz wegflexen.

Wenn noch mal jemand lacht, schließe ich die gesamte Zuhörerschaft vom Prozess aus, sagt die Richterin ins Mikrofon.

Angeklagter, haben Sie eigentlich nicht das leiseste Mitgefühl?

Was soll ich haben, Herr Staatsanwalt?

Mitgefühl. Schauen Sie sich doch mal Charlottes Eltern an. Wie sollen die das ertragen, wenn Sie hier so daherreden.

Wie rede ich denn daher?

Sie jammern und heulen wie ein Kind. Dabei sind Sie ein erwachsener Mensch, Herr Angeklagter. Nein, einen

Menschen will ich Sie nicht nennen. Für mich sind Sie ein Monster.

Einspruch, Euer Ehren. Ich sehe in der Einlassung des Herrn Staatsanwalts eine unzulässige Beeinflussung des Gerichts und der Geschworenen.

Einspruch stattgegeben, Herr Verteidiger.

Okay, dann sperren Sie das Monster weg, Frau Richter. Lebenslänglich am besten und danach in die Klapse. Dass ich euch Heiligen bloß nicht mehr unter die Augen komme. Ich bin ja nur Dreck, Dreck, Dreck, Dreck.

Die polizeilichen Ermittlungen haben ergeben, dass das Zusammentreffen von Opfer und Täter zufällig war, sagt der Kommissar. Der Angeklagte lungerte wie jeden Tag an dem stillgelegten Bahnhof herum. Er bemerkte Charlotte erst, als sie beinahe schon vorbeigelaufen war.

Ja, das stimmt. Ich hab da einfach so gesessen. Da liefen ja immer hübsche Mädchen lang. Mit super Figuren. Aber mir hat keine so gut gefallen wie die mit dem Pferdeschwanz.

Er soll aufhören. Endlich aufhören.

Mit welcher Absicht haben Sie das Mädchen verfolgt, Angeklagter?

Welche Absicht? Das hat mir die Stimme gesagt.

Welche Stimme, Angeklagter?

Die Stimme ist bei mir im Kopf einprogrammiert. Wie ein Navi im Auto. An der Kreuzung links abbiegen, verstehen Sie, Frau Richter?

Und die Stimme hat gesagt, Sie sollen die Joggerin verfolgen?

Genau das hat die Stimme gesagt: Lauf hinter dem Mädchen mit dem Pferdeschwanz her. Der Pferdeschwanz hat mich hypnotisiert. Sonst wär das doch alles gar nicht passiert.

Die Zuschauer halten jetzt die Luft an. Sie wollen wissen, wie er es gemacht hat. Wie er Charlotte…

... die trug Kopfhörer. Die hat Musik gehört. Das war ihr Fehler, würde ich sagen. Die konnte ja bestimmt schneller rennen als ich. Die hat mich aber nicht gehört. Und der Pferdeschwanz ging immer hin und her. Das hat mich verrückt gemacht. Und dann hat die Stimme zu mir gesagt, ich soll den Pferdeschwanz festhalten.

Aus psychiatrischer Sicht ist dem Angeklagten in diesem Augenblick alles durcheinandergeraten, sagt der Gutachter. Als hätte er fünf Filme auf einmal gesehen, so müssen Sie sich das vorstellen, Euer Ehren.

Nee, das stimmt nicht, Herr Psychiater. So war das nicht. Ich hab nur einen Film gesehen. Und nicht fünf Filme.

Und was haben Sie gesehen, Angeklagter?

Marta muss raus. Sie kann nicht mehr da sein, kann es nicht mehr hören, nicht mehr sehen, nicht mehr ertragen.

Auf dem Flur sitzt eine Frau auf einer Bank und raucht. Wo sind die Zigaretten? Haben Sie mal eine Zigarette für mich? Vielen Dank.

Ein Wachtmeister schiebt ein Wägelchen mit Akten. Die Räder quietschen. Hat denn nicht mal jemand einen Tropfen Öl für die Räder?

Auf die Toilette, die Zigarette im Waschbecken ausdrücken. Und alles auskotzen. Alles. Nur nicht die Erinnerungen. Die lassen sich nicht auskotzen. Die Bilder. All diese Bilder. Wie Charlotte lächelte. Wie Charlotte sprach. Wie sie schaute. Wie sie roch.
Mama?
Charlotte?
Mama, so wach doch auf. Mama!

Es ist noch nicht Morgen, auch nicht mehr Nacht. Es ist irgendwann dazwischen. Marta lehnt am Geländer, zwischen den leeren Blumenkästen. Der Himmel ist ein flächiges, silbriges Schimmern. Wie eine Verheißung. Der Horizont ist ein Faden Licht. Im Appartementhaus gegenüber brennt die Neonleuchte in einer Küche. Sonst sind alle Fenster dunkel. In der Küche sitzt ein Mann im Unterhemd. Vermutlich ein Frühaufsteher. Der Mann streicht die Zeitung glatt und greift blind nach der Kaffeetasse.

Die Stadt schläft noch, gibt sich unschuldig. Vielleicht ist Schwarzbach ja unschuldig. Im Polizeibericht waren gestern nur vier Einträge. Eine Rangelei zwischen einem Ehepaar in einem Supermarkt; eine Unfallflucht im Parkhaus; ein Einbruch in eine leere Lagerhalle, und eine Schülerin wollte mit einer Kreditkarte, die sie auf der Straße gefunden hatte, im Drogeriemarkt einen Lippenstift kaufen.

Mama, nicht rauchen.

Marta nimmt einen tiefen Zug und lässt den Rauch über die Brüstung des Balkons ins Halbdunkel schweben. Der Mann stellt sich ans Fenster, er ist nackt, und Marta schaut weg.

Geht es immer so harmlos zu in Schwarzbach?, hat sie gestern bei der Besprechung gefragt.

Hartmann hat gelacht und ihr die Akte gebracht. Der letzte Mord geschah vor neun Jahren. Ein Motorradfahrer hatte die Küsterin der Maria-Hilf-Kirche in ihrem Auto gefunden, es stand an der Landstraße nach Tschechien. Die Frau lag auf dem Rücksitz, der Mörder hatte ihr die Füße in die Halteschlaufen geschoben. Und ihr dabei die Hüftknochen ausgerenkt. In der Frau hatte die Ratsche des Wagenhebers gesteckt.

Widerlich.

Die Kollegen hatten eine Ringfahndung ausgelöst, und währenddessen war ein Lieferwagen eines Paketservice an der Polizeiwache vorgefahren. Der Fahrer hatte eine Weihnachtsmannmütze mit blinkenden Lichtern getragen, so stand es in der Akte.

Der Nikolaus ist da, habe der Diensthabende noch gerufen, und alle hätten gelacht, erzählte Hartmann. Woher hätten sie denn wissen sollen, dass der Mann mit der blinkenden Mütze nicht der Nikolaus gewesen wäre? Sondern der Mörder.

Ich wollte mal eine Frau kaputtmachen, hatte er bei der Vernehmung gesagt.

Und warum?, fragte Hartmann.

Wenn ich das wüsste.

Eine Kirchturmglocke schlägt. Wenn in den Nächten die Träume kommen, wenn sie Charlotte sieht und die Stimmen aus dem Gericht hört, dann kommt der Moment, in dem Marta sich selber aus dem Schlaf reißt. Und jedes Mal erleichtert ist, in ihrem Bett zu liegen und nicht bei Gericht auf der Bank der Nebenkläger zu sitzen. Wo sie sich selber wie eine Angeklagte gefühlt hatte.

Angeklagt, ihr Kind nicht beschützt zu haben.

Sie hatte es Charlotte doch versprochen, als sie das Baby zum ersten Mal in den Armen hielt. Ihr Baby. Sie hatte es geküsst und geflüstert, sie werde immer für sie da sein, immer, immer, immer, und sie vor allem und jedem beschützen.

Und dann war sie doch zu weit weg gewesen. Viel zu weit weg, und er hatte sie gepackt und ...

Mama.

Die Erleichterung, es nur geträumt zu haben, weicht der Ernüchterung, dass sich alles so zutrug, wie sie es immer wieder aufs Neue träumt. Marta wird Charlotte nie wiedersehen, sie wird nie wieder ihre Stimme hören, wird ihr Baby nie wieder riechen und umarmen und küssen und über seine Hände streicheln. Nie wieder.

Als Marta vor einigen Tagen aufgebrochen war, weg aus München, hatte sie die Hoffnung gehabt, die Albträume in der Stadt zurückzulassen. Da in dem schicken Viertel, in der schönen Wohnung. In der Tom und sie in den vier Jahren, nachdem es geschehen war, nichts verändert hatten. Nicht mal die Möbel oder eine Vase hatten sie an einen anderen Platz gerückt. Falls sie doch noch zurückkäme, sollte Charlotte alles so vorfinden, wie sie es verlassen hatte.

Aber natürlich war Charlotte nicht zurückgekommen. Kommt nicht zurück. Wird nicht zurückkommen. Charlotte ist tot. Wurde eingeäschert, wurde zu Asche in einer Urne.

Erde zu Erde, Asche zu Asche, Staub zu Staub.

Ohne ein Wort hatten die Kollegen ihr Charlottes Sachen gebracht. Was sollten sie auch sagen? Sneaker, Jogginghose, Shirt, Anorak, Unterwäsche, Handy, Kopfhörer, Armbanduhr, der Ring, den Toms Eltern ihr zum Fünfzehnten geschenkt hatten, und die Ohrstecker von Papa, die sie nie trug, weil sie ihr zu kitschig gewesen waren. Selbst das Gummi, mit dem Charlotte sich den Zopf gebunden hatte, brachten sie ihr.

Der Pferdeschwanz hat mich ...

Und dann war Marta ein letztes Mal die Treppe heruntergegangen. Wie oft hatte sie Charlotte nach oben oder unten getragen? Bis das Kind selber gelaufen war. Stolz lachend und jede Stufe einzeln nehmend. Charlotte war ein aufgewecktes Mädchen gewesen, begeistert von dem, was im Kindergarten geschehen war. Sie hatte die Lieder gesungen und die Geschichten nacherzählt und von einem Jungen mit schwarzen Locken geschwärmt. Tim.

Der hübsche schwarze Locken hatte wie der Papa.

Später, als Schulkind, war Charlotte dann mit stampfenden Schritten auf ihre Etage hinaufgestiegen, und noch einige Jahre später das vorsichtige Staksen, als sie schon eine junge Frau gewesen war und zum ersten Mal hohe Absätze getragen hatte. Zum Tanzen, Feiern, Trinken und Knutschen. Und am letzten Tag von allen war Charlotte leichtfüßig und arglos die Stufen heruntergehüpft, in ihren schicken neuen Laufschuhen, die Stufen kaum berührend, im Sportzeug. In ihren Ohren hatten schon die Bluetooth-

Kopfhörer gesteckt, und der Pferdeschwanz wippte bei jedem Schritt.

Schade, dass Sie ausziehen, Marta. Sie waren mir immer die Liebste im Haus, hatte Lemke gesagt. Der Hausmeister.

Das ist nett von Ihnen, Herr Lemke.

Aber ich kann's verstehen, wenn einen alles an alles erinnert.

Vielleicht bekomme ich ja da, wo ich hingehe, mein Leben zurück, hatte Marta gesagt. Auch wenn sie nicht daran geglaubt hatte.

Das wünsche ich Ihnen, hatte Lemke gesagt und gewunken, und Marta hatte die Chipkarte an die Schranke gehalten und war, von Tränen blind, Dutzende Kilometer in die falsche Richtung gefahren, nach Süden und nicht nach Norden.

Es war ihr erst aufgefallen, als sie die Gipfel der Alpen sah.

Tom wird die Möbel und die Wohnung verkaufen. Vielleicht zieht er zu der anderen oder auch nicht. Kurz vor Schwarzbach hatte Marta an einem Möbelhaus gehalten und die Musterwohnung gekauft. Die Monteure hatten gegrinst, als sie die Möbel in ihrer Wohnung so aufbauten, wie sie in der Ausstellung gestellt waren.

Der Nackte im Haus gegenüber ist wieder in der Küche und löscht das Licht, er geht in den nächsten Raum, wo das Licht aufscheint und er sich ins Bett legt.

Dann ist er wohl doch kein Frühaufsteher.

Die Dinge sind oft anders, als sie auf den ersten Blick erscheinen. Das weißt du doch, Marta, hatte Christoph gesagt, als es passiert war. Und er hatte recht gehabt. Natürlich. Ein einziger Schuss und ihr allergrößter Fehler.

Können Sie auch nicht schlafen?

Marta erschrickt, sie hat niemanden bemerkt da draußen. Jetzt erkennt sie eine Silhouette auf dem Balkon nebenan, der Stimme nach eine ältere Frau.

Ich hab was Blödes geträumt, sagt Marta.

Bei mir ist es die Schlaflosigkeit. Nachts kann ich nicht schlafen und tagsüber auch nicht, sagt die Frau und lacht.

Ich hoffe, es stört Sie nicht, wenn ich eine Zigarette rauche, sagt Marta.

Mein Mann hat auch geraucht. Das konnte er einfach nicht lassen. Mein Klaus ist schon drei Jahre tot. Wie die Zeit vergeht. Zum Glück habe ich ja noch den Phosphor.

Das tut mir sehr leid mit Ihrem Mann, sagt Marta. Und wer ist Phosphor?

Das ist mein Kater, sagt die Frau.

Phosphor ist ein recht ungewöhnlicher Name für einen Kater, sagt Marta.

Ich weiß, sagt die Nachbarin. Es war die Idee meines Mannes. Aber fragen Sie mich nicht, wie er darauf gekommen ist.

Mir wird kalt, sagt Marta und drückt die Zigarette in dem Blumenkübel aus.

Um diese Zeit höre ich oft die Vögel singen, sagt die Nachbarin.

Für eine Weile sind sie still und lauschen in die Dämmerung. Da ist ein feines Rauschen in der Luft, und einmal fährt ein Auto. Aber Vögel hört Marta nicht.

Vielleicht schlafen die auch noch, sagt die Frau und lacht.

Martas Bett hat noch einen Rest Wärme. Das mag sie, unter die warme Decke zu kriechen, die Arme und Beine anzuziehen und sich in die Kissen zu drehen. Wie sich eine Raupe in einen Kokon dreht.

Marta schließt die Augen, und jetzt, da sie ruhig daliegt, kann sie doch noch die Vögel hören.

Der Ort erscheint ihr unwirklich an diesem Morgen, Schwarzbach erinnert Marta an die Modelleisenbahn unter der Plastikhaube am Hauptbahnhof in München. Wo Papa immer eine Münze einwarf, wenn sie auf den Zug gewartet hatten. Damals besaßen sie kein Auto. Papa war Lokführer gewesen, er hatte eine Freifahrkarte und konnte umsonst mit der Eisenbahn fahren, ganz gleich, wohin. Von Papas Münze ist die Stadt unter der Plastikhaube zum Leben erwacht. Die Busse fuhren, die Leuchtreklamen strahlten, die Züge glitten über die Schienen, Schranken gingen auf und zu, und am Sägewerk hatte ein Holzfäller unaufhörlich die Axt in den Baumstamm geschlagen.

Der Silberstreif im Morgengrauen hat einen sonnigen Tag versprochen. Vielleicht wird es später so sein, noch aber leuchten die Laternen im Dunst unscharf, wie hinter Seidenpapier. In den meisten Häusern brennt jetzt Licht. Die Busse und Autos und Mopeds fahren mit aufgeblendeten Scheinwerfern. Über dem Ort hängt ein düsterer grauer und schwerer Himmel, der jeden Augenblick herunterzufallen scheint.

Unwirklich auch, dass sich die Passanten, Radfahrer und Autos wie in Zeitlupe zu bewegen scheinen. Selbst der Rauch aus den Schornsteinen schwebt geisterhaft langsam an den Himmel, und wie von sich selbst gelangweilt schiebt der Screen am Busbahnhof die Reklame für Möbel, Sportwagen oder den Jackpot weiter.

Mach Dich glücklich, Baby! Hol Dir die 27 Millionen.

Vor *Ronnys Backstube* ist eine Parkbucht frei. Eine junge Frau schiebt einen Kinderwagen über den Gehsteig, sie telefoniert, und ihr Lachen klingt froh. In der Bäckerei steht warme Kaffeeluft, aus der Küche dudelt Schlagermusik, irgendwo brodelt auch ein Eierkocher. Wie unter Stromstößen zucken die Zierfische im Aquarium. Charlotte hatte auch mal Fische gehabt. Die eines Morgens aus irgendeinem Grund an der Oberfläche trieben. Tom spülte die Fische in der Toilette runter, und Charlotte hatte geweint. Die Verkäuferin trägt ein Tattoo am Hals, ein gekreuztes Schwert, eine Blume, sie lächelt Marta freundlich entgegen.

So wie gestern?

Sehr gerne, sagt Marta. Mit einem großen schwarzen Kaffee dazu.

Dann haben Ihnen unsere Eierbrötchen also geschmeckt, sagt die Verkäuferin in einem Dialekt, der nicht in diese Gegend passt.

An dem Tisch neben der Küche sitzen drei ältere Damen, genauso wie gestern. Die Frau mit den bläulich gefärbten Haaren trägt sogar dieselbe Bluse.

Sie sind neu zugezogen nach Schwarzbach, was?, sagt die Verkäuferin.

Ja, sagt Marta. Das bin ich.

Und wie gefällt es Ihnen hier?

Es ist mir alles noch ein wenig fremd, sagt Marta, und würde lieber nichts sagen.

Das bleibt auch so, sagt die Verkäuferin und lacht. Ich bin jetzt seit zwanzig Jahren hier, aber die Einheimischen lassen keinen an sich ran. Die behandeln mich immer noch wie eine Aussätzige. Na ja, wenigstens haben Sie die Backstube mit den besten Eierbrötchen gefunden.

Die Verkäuferin lacht. Ihr fehlt ein Zahn im Unterkiefer. Die drei Frauen schweigen und schauen, als suchten sie nach Worten. Eine junge Frau stößt die Ladentür so auf, dass das Glockenspiel darüber rasselt. Die Frau zerrt an einem Kind, ein hübsches pausbäckiges Mädchen von zwei Jahren vielleicht, das kurze spitze Schreie ausstößt.

Die Lotta flippt mal wieder aus, ruft die Frau. Ich brauche sofort was Süßes.

Als hätte sie nur auf ihren Einsatz gewartet, reicht die Verkäuferin mit der Gabel ein Schokobrötchen über die Theke. Das Kind beißt gierig in das Gebäck, hört auf zu weinen, lächelt mit vollen Backen, und alle lachen.

Ronnys Backstube befindet sich am hübschesten Platz der Stadt. Eine Sehenswürdigkeit aus der Gründerzeit. Ein Rechteck, eingefasst von wuchtigen, viergeschossigen Häusern, die fast alle in freundlichen Farben gestrichen sind.

Rosa, Hellblau, Gelb, Lindgrün. Im Erdgeschoss fast aller Gebäude befinden sich Ladenlokale, Boutiquen, eine Buchhandlung, Cafés, Restaurants mit Terrassen. An der Stirnseite erhebt sich die Kirche mit einer großzügig breiten Freitreppe. Und in der Mitte des Platzes wurde ein Garten angelegt, mit einem Dutzend oder noch mehr Platanen, wo eine junge Frau einen Terrier hinter sich herzieht.

Marta setzt sich hinters Lenkrad ihres Wagens und schaltet das Radio ein. Ein hübscher Song, ein Sommerlied. Der Kaffee ist heiß, Marta trinkt behutsam, beißt von dem Brötchen ab. Da wird gehupt. Gleich hinter Martas Auto. Sie fährt einen amerikanischen Pick-up, die Reifen reichen ihr bis an die Hüften. Das Auto kaufte sie einige Monate, nachdem es mit Charlotte passiert war.

Wofür braucht eine zarte Frau wie Sie denn einen solchen Panzer?, hatte der Verkäufer gesagt und gegrinst, und Tom hatte wütend in den Himmel geschaut.

Der da hupt, ist ein Lieferwagen, Marta sieht es im Rückspiegel. *Fleischwaren Münzner*. Der Fahrer setzt den Blinker, sie soll den Parkplatz frei machen. Marta lässt das Fenster herunter, lächelt bedauernd und schüttelt den Kopf. Der Fahrer ist ein Mann um die fünfzig. Dick, mit rosiger Haut und Glatze. Aus seinem Mund schimpft irgendwas heraus, was sie wegen der Musik aus dem Radio nicht versteht. Er streckt auch den Finger nach ihr aus.

Marta Milutinovic ist so lange schon bei der Polizei. Fast zwanzig Jahre. Und trotzdem erstaunt es sie immer wieder, wie schnell aus dem Nichts das Böse herausbrechen kann. Nein, sie lässt sich nicht provozieren, sie wird nicht reagieren. Marta nippt an dem Kaffee, beißt von dem Brötchen ab, und wieder ist da die Hupe des Lieferwagens. Der Fahrer hupt und hupt und hupt. Und reckt und reckt den Mittelfinger.

Marta schaltet das Radio aus, und jetzt erst hört sie seine Stimme.

Verschwind, du dämliche Fotze.

Vermutlich wäre Marta ohne dieses Wort einfach sitzen geblieben. Was soll ihr denn da passieren in ihrem Panzer? Sie wäre sitzen geblieben, bis er es aufgegeben hätte und weitergefahren wäre. So aber stellt Marta den Becher in die Halterung und steigt dann aus. Schneller, als es der Fahrer erwarten konnte, reißt sie die Tür des Lieferwagens auf. Der Mann sitzt da mit seinem dicken Bauch, angeschnallt und eingeklemmt hinterm Lenkrad.

Haben Sie mich gerufen?, sagt Marta.

Du sollst endlich verschwinden, sagt der Mann.

Doch. Sie haben mich gerufen, sagt Marta. Ich habe es ganz genau gehört.

Der Fahrer schaut sie an jetzt. Von oben nach unten und dann wieder nach oben. Sie will nicht, hat aber die Hand unter der Jacke, an der Waffe, die in dem Holster steckt. Der Mann schaut sie an und weiß nicht, was geschehen wird.

Jetzt schleich dich endlich, sagt er, dreht sich weg und beugt sich über den Beifahrersitz.

Keine Bewegung. Hände hoch. Polizei, sagt Marta.

Sie sagt es schnell, laut, aber ruhig. Der Fahrer erstarrt. Als hätte jemand das Bild angehalten. Mit beiden Händen hält Marta die Pistole in den Wagen. Zielt auf seinen Schädel. Der Mann hat ein Muttermal auf der Glatze und einen fleischigen Nacken. Sie riecht seinen Schweiß, und dann erst hebt er langsam die Arme.

Die Hände hinter den Kopf, sagt Marta.

Der Fahrer macht es, legt die Hände um seinen Schädel und verschränkt die Finger.

Und jetzt umdrehen, sagt sie.

Ihr Herz wummert. Natürlich ist sie angespannt. Sie hätte sich nicht provozieren lassen dürfen. Die Augen des Mannes sind weit offen und zeigen Marta seine Angst.

Ich dachte, Sie wollten da wegfahren aus der Parklücke, sagt er.

Das wollte ich ja auch irgendwann, sagt Marta. Aber Sie haben was gerufen.

Was soll ich denn gerufen haben?, sagt er.

Sagen Sie es mir.

Was soll das?

Sagen Sie mir, was Sie gerufen haben.

Habe ich vergessen, sagt er, und Marta schüttelt den Kopf.

Nein, das haben Sie nicht. Sagen Sie es mir ins Gesicht.

Es tut mir leid, sagt er. War nicht so gemeint.

Ich will es noch mal hören, sagt Marta. Nicht dass ich Sie zu Unrecht beschuldige.

Der Mann hat glasige Schweißperlen auf der Stirn, er schaut zu ihr, schaut in die Mündung der Pistole.

Fotze habe ich gesagt, sagt er leise.

Nein, sagt Marta. Sie haben dämliche Fotze gesagt.

Kann auch sein, sagt er mit einer Stimme, die kaum Kraft hat.

Was ist denn hier los, Hansi?

Marta sieht den anderen Mann aus den Augenwinkeln, sieht, dass er größer ist als sie, mindestens um einen Kopf größer.

Das ist ein Polizeieinsatz, sagt Marta. Fahren Sie bitte weiter.

Das geht nicht, sagt der Mann. Ihr versperrt ja die Straße.

Marta nimmt die Waffe runter. Schiebt sie ins Holster. Schaut den Mann an. Er hat ein schmales Gesicht, blaue Augen, dunkelblondes, volles Haar. Sein Alter ist schwer zu schätzen, aber vermutlich ist er einige Jahre älter als sie. Er lächelt, als hätte er vor nichts Angst. Der Mann fährt einen blauen Kombi, der mit blinkenden Leuchten auf der Straße steht. Ein japanisches Auto, ein Toyota, der schon einige Jahre hinter sich hat. Über den Radkappen klebt Dreck, und auf dem Beifahrersitz sitzt ein Mädchen im Teenageralter.

Und Sie verschwinden jetzt, sagt Marta zu dem Fahrer des Lieferwagens. Der Mann nickt, schaut zu dem anderen und grinst, legt die Hände aufs Lenkrad und gibt Gas.

Sind Sie immer so schnell mit der Pistole?, sagt der Mann aus dem Toyota.

Nur wenn es unbedingt nötig ist, sagt Marta.

War's denn nötig?, sagt er. Der Hansi ist doch ein ganz Harmloser. Für den braucht es doch keine Pistole.

Weiter hinten, wo sich die Autos hinter dem Toyota stauen, wird gehupt.

Sie sollten jetzt die Fahrbahn frei machen, sagt Marta.

Sie sind die neue Kommissarin, oder?, sagt er. Schön, Sie kennenzulernen.

Machen Sie jetzt bitte die Straße frei, sagt Marta noch einmal.

Ich heiße Fritsche, sagt er. Ich hab den Gasthof oben an der Grenze.

Welche Grenze?

Die da früher mal war, sagt Fritsche und lächelt, schaut ihr in die Augen, will sich vergewissern, dass sein Lächeln sie beeindruckt.

Wenn Sie wollen, können Sie meinen Parkplatz haben, sagt sie.

Dann habe ich anscheinend mehr Glück bei Ihnen als der Hansi, sagt Fritsche und lacht.

Wieder wird gehupt, und Marta steigt in den Pick-up, laut und dröhnend springt der Motor an, sie setzt zurück und sieht im Rückspiegel das Lachen des Fremden.

Natürlich war es nicht nötig. Die Pistole zu ziehen. Ihr erster Auftritt in Schwarzbach und dann gleich so etwas.

Seit du bei der Polizei bist, siehst du in allem nur das Schlechte, hatte Tom einmal zu ihr gesagt, Marta hat es bis heute nicht vergessen.

Sie fährt die Hauptstraße herunter, im Radio wird jetzt

ein dummes Lied gespielt. Sie schaltet es weg, und an der Ampel isst sie den Rest von dem Brötchen.

Auf ihre Hände muss Marta nicht schauen, sie weiß auch so, dass ihre Finger zittern.

Vor der Polizeistation von Schwarzbach sind alle Parkplätze belegt. Auch der des Dienststellenleiters. Marta fährt ans andere Ende des Platzes und stellt den Wagen ab. Als sie den Schlüssel herauszieht, blinkt die Anzeige für den Ölstand.

Die Polizeistation hat Marta sich anders vorgestellt. Kleiner und vielleicht in einem hübschen Altbau. Tatsächlich ist die Polizei von Schwarzbach in einem trostlosen Zweckbau an einer trostlosen Hauptstraße untergebracht. Vielleicht das hässlichste Gebäude der Stadt. Aus dem Flachdach wuchern Antennen wie Tannenbäume ohne Nadeln. Das Z bei der Leuchtschrift *POLIZEI* hat kein Licht.

Als klar war, dass sie weggeht aus München, weggehen muss, schon wegen dieses verdammten Schusses, hatte Marta sich einen Job irgendwo in den Bergen vorgestellt, in einer idyllischen Landschaft mit Wäldern, Naturseen und Wasserfällen, wo sie wandern, Skifahren, schwimmen oder mit dem Mountainbike fahren könnte.

Warst du mal in Schwarzbach?, hatte Christoph dann gefragt.

Wo soll das sein?

Im ehemaligen Zonenrandgebiet. Nahe an der Grenze zu Tschechien.

Das klingt sehr verlockend, hatte Marta gesagt und gehofft, Christoph meinte es nicht ernst.

Aber so war es nicht gewesen, er hatte es ernst gemeint.

Das ist eine kleine Stadt mit viel Wald drum herum. Sie haben einen schönen See und eine hübsche Altstadt. Wenig Kriminalität. Es wäre ja nicht für immer, Marta. Du gehst für zwei, drei Jahre hin, und dann kommst du zu uns zurück.

Und was soll ich da tun?

Du leitest die Polizeistation. Der bisherige Leiter hatte einen Herzinfarkt und ist gestorben. Das Innenministerium möchte auf dem Job gerne eine Frau sehen.

Soll ich etwa dahin, weil ich eine Frau bin?

Natürlich nicht, Marta. Ich habe ihnen gesagt, ich wüsste eine Frau, die besser als alle Männer und Frauen ist, die je bei mir gearbeitet haben, hatte Christoph gesagt.

Du meinst, bis auf den verdammten Schuss, oder?

Marta hatte zum Siebten Dezernat gehört. Christoph Pohlmanns Truppe. Sie waren zuständig gewesen für schwere Gewalttaten, für Erpressungen und Clan-Kriminalität. Die ganz großen und die sehr bösen Sachen. Christoph ist der beste Kriminalist, den Marta kennt. Er unterrichtet auch an der Polizeischule und holte sie von dort in sein Team.

Als es mit Charlotte passiert war, hatte Tom gesagt, sie solle sich einen anderen Job suchen. In dem sie nichts mehr mit Mord und Vergewaltigung und Totschlag zu tun hätte. Aber sie hatte den Kopf geschüttelt und war einen Monat nach der Beerdigung wieder zur Arbeit gegangen.

Hatte gesagt, das Leben müsse ja trotzdem weitergehen.

Geglaubt hatte ihr das niemand. Tom nicht und Christoph auch nicht. Aber irgendwie hatte sie es geschafft, die Psychologin zu überzeugen. Dass es für die Polizei und Marta Milutinovic das Beste sei, wenn sie wieder in ihren Job zurückkehrte. Und so war es ja auch. Ausgerechnet in dem Jahr hatte das Siebte Dezernat die höchste Aufklärungsquote aller Zeiten.

Und dann dieser verdammte Schuss.

Marta war mit Hermes wegen einer angeblichen Messerstecherei im Bahnhofsviertel unterwegs gewesen. Ein Fehlalarm. Als sie zum Wagen zurückgingen, bemerkte Marta in der Toreinfahrt neben der *Pizzeria Napoli* dieses Paar, das eingeklemmt zwischen den Mülltonnen und dem Pizzataxi stand. Es war dunkel, Marta sah die beiden nur schemenhaft. Die Frau war klein und zierlich und der Mann groß und kräftig. Er stand hinter der Frau und hielt ihren Zopf. Der Mann zerrte so an dem Zopf, dass die Frau in den Himmel schauen musste, wo die Sterne blinkten und der Mond schimmerte. Die Frau stöhnte wie von Schmerzen und flüsterte immer wieder:

Lass mich los, du Schwein. Lass mich los. Lass mich los ...

Der Mann ließ nicht los. Hat nur gelacht und die Frau noch brutaler an den Haaren gezogen, hat sie von hinten immer wieder gegen das Pizzataxi gestoßen.

Warte, Marta, hat Hermes gesagt. Warte noch.

Aber sie hat nicht gewartet, hat die Pistole aus dem Holster gezogen und ist in die Toreinfahrt gelaufen.

Polizei! Lassen Sie die Frau los.

Der Mann hat die Frau losgelassen. Sofort. Aber er hat nicht aufgehört zu lachen. Er schlug der Frau auf den nackten Hintern, dass es klatschte. Dann plötzlich drehte er sich weg und wollte ins Dunkle verschwinden.

Stehen bleiben! Hände über den Kopf, oder ich schieße!

Nein, der Mann ist nicht stehen geblieben. Ist auf eine Mülltonne gesprungen und von dort auf die Mauer. Marta hat einen Warnschuss abgeben wollen, aber sie und Hermes sind in dieser verdammten Einfahrt gewesen, und deshalb konnte sie nicht in die Luft schießen. Und so hat sie den Mann an der Schulter getroffen, sodass er kopfüber von der Mauer fiel und auf den Asphalt gestürzt ist.

Dass alles ganz anders gewesen ist, als Marta angenommen hatte, ist ihr erst klar geworden, als die Frau angefangen hat hysterisch zu schreien.

Nein, Giuseppe, nein.

Die Frau hat sich über den Mann gebeugt wie eine Liebende. Der Hintern des Mannes hat im Licht des Mondes bleich geschimmert. Die junge Frau war auch nicht mehr jung, sie war schon über dreißig. Die beiden waren ein heimliches Paar und hatten ein Spiel gespielt. Vergewaltigung. Die Frau war Kellnerin in der *Pizzeria Napoli,* und der Mann war der Pizzabäcker und der Schwiegersohn des Inhabers. Giuseppe di Natale, vierunddreißig Jahre alt, verheiratet. Er hat mit der Tochter des Inhabers drei kleine Kinder, keines ist schon zur Schule gegangen. Di Natale hatte verschwinden wollen, damit sein Schwiegervater nicht erfuhr, dass der Mann seiner Tochter lieber mit der Kellnerin Vergewaltigung spielte, als nach der Arbeit heimzufahren und sich um seine Familie zu kümmern.

Wochenlang hat Giuseppe di Natale im Koma gelegen. Er wird für immer in einem Rollstuhl sitzen. Und vielleicht auch nie wieder einen klaren Gedanken fassen oder einen ganzen Satz sprechen können.

Ein einziger verdammter Schuss.

Es hat eine Untersuchung gegeben. Hermes sagte aus, er habe das Geschehen auch für eine Vergewaltigung gehalten. Der mutmaßliche Vergewaltiger sei trotz Warnung und Aufforderung der Kommissarin, sich zu ergeben, geflüchtet. Dass ihn der Schuss traf, sei ein Unfall gewesen, hatte Hermes gesagt, da sei kein Himmel über ihnen gewesen, in den man einen Warnschuss hätte abgeben können.

Die Kommissarin wollte an dem Mann vorbeischießen. Aber dann ist der plötzlich auf die Mauer gesprungen.

Die Staatsanwaltschaft hat das Verfahren dann eingestellt. Es hat noch einen kritischen Bericht in einer Zeitung gegeben, aber sonst ist es still geblieben.

Nach der Gerichtsverhandlung hat di Natales Vater plötzlich auf dem Flur vor Marta gestanden. Und hat sie angeschaut. Und dabei immer nur den Kopf geschüttelt.

Bestia.

Er sagte nur dieses eine Wort, nichts weiter. Und dazu das Kopfschütteln. Und einige Tage nach der Verhandlung hat Christoph sie zu einem Spaziergang abgeholt. Sie gingen über den alten Friedhof an der Thalkirchner Straße. Natürlich hat Christoph durchschaut, was wirklich geschehen ist in der Toreinfahrt hinter der *Pizzeria Napoli*.

Es war der Zopf, hat Christoph gesagt. Es hat dich daran erinnert, was deinem Kind passierte. Deshalb hast du geschossen. Stimmt es, Marta?

Sie sind dann noch einige Schritte gegangen. Unter ihren Schuhen hat das Laub geraschelt, ihr sind die Tränen gekommen, und ihr ist klar geworden, dass es sinnlos ist, Christoph etwas vormachen zu wollen.

Ja, hat sie gesagt. So war es.

Christoph hat sie in die Arme genommen und gehalten, minutenlang, bis sie zu Ende geweint hat.

Die größte Attraktion Schwarzbachs ist die Zonengrenze. Die es nur nicht mehr gibt. Die Grenzanlagen wurden so gründlich demontiert, als sei da nie eine Grenze gewesen. Alles wurde aus dem Boden gerissen und weggeschafft, Zäune, Mauern, Selbstschussapparate, Panzersperren, Wachtürme, Hundelaufanlagen, Minen.

Gestrüpp und Gesträuch überwuchern die Landschaft, und wo die Grenze war, verläuft jetzt ein Wanderweg.

Hier waren Deutschland und Europa bis zum 12. November 1989 um 14 Uhr 30 geteilt, heißt es auf den Tafeln am Wegesrand.

Als Marta sich im Rathaus vorstellte, hat die Bürgermeisterin, eine lebenslustige, zupackende Frau um die fünfzig, Marta Bilder der verschwundenen Grenze gezeigt. Die Zäune und Stacheldrähte, die Wachhunde in den Hundelaufanlagen, die Grenzsoldaten, die Maschinengewehre hielten oder durch Ferngläser spähten.

Schwarzbach hatte Fremdenverkehr wegen der Grenze, hat die Bürgermeisterin gesagt. Es kamen sogar Touristen aus den USA oder aus Kanada. Mein Vater erzählte immer, dass einmal der Bundeskanzler hier gewesen sei und gesagt habe, die Mauer müsse alsbald verschwinden. Und sich dann gewundert hat, dass die Einheimischen nicht applaudierten. Aber die Schwarzbacher lebten ja vor und nicht hinter dem Zaun.

In der Polizeistation steht der Geruch eines scharfen Desinfektionsmittels. Oehlert, der heute Dienst hat, ist ein freundlicher junger Mann und springt auf, als Marta reinkommt.

Ich wünsche Ihnen einen schönen guten Morgen, Frau Kommissarin.

Guten Morgen, Herr Oehlert. Wissen Sie zufällig, wem der Wagen auf dem Parkplatz des Dienststellenleiters gehört? Ein roter Honda Civic.

Oehlert zieht die Schultern hoch, er grinst und wird gleichzeitig rot.

Der Honda ist meiner, sagt Hartmann.

Jürgen Hartmann ist der Dienstälteste der Polizei von Schwarzbach. Alles, was von ihm außer der dunkelblauen Uniform zu sehen ist, ist hellrot: seine Haare, der Bart, seine Haut.

Tut mir sehr leid, Frau Kommissarin. Das ist wohl die Macht der Gewohnheit. Ihr Vorgänger kam ja zu Fuß zum Dienst. Der wohnte hier ganz in der Nähe.

Wenn ich mich in Schwarzbach besser auskenne, werde ich wohl häufiger mit dem Rad kommen, sagt Marta.

Hartmann lächelt und nickt, sein Hemd spannt über dem Bauch. Das Aftershave kommt Marta bekannt vor, es könnte dasselbe sein, das ihr Vater benutzt.

Wenn Sie mir Ihren Wagenschlüssel anvertrauen, parke ich die Autos um, sagt Hartmann. Wir haben ja noch die Tiefgarage. Ist nur etwas umständlich, da reinzufahren. Deshalb parken die Kollegen lieber auf dem Parkplatz.

Das wäre aber nicht nötig, Herr Hartmann.

Ich mach's gerne, sagt er und schaut sie freundlich an.

Dann vielen Dank, sagt Marta und gibt ihm den Schlüssel.

Ihr Büro befindet sich im Obergeschoss. Zu ihrem Amtsantritt haben die neuen Kolleginnen und Kollegen ihr einen Strauß aus Tulpen, Rosen und Hyazinthen gebracht. Der Strauß ist die einzige Farbe im Grau und Braun der Möbel. Die Rosen lassen schon die Köpfe hängen, vielleicht wegen der Tristesse der Möblierung.

Marta gibt Oehlert das Fahrzeugkennzeichen des Metzgers durch. Und auch des Toyotas. Nach einigen Minuten schickt er die Informationen. Der Metzger hat einige Punkte in der Verkehrssünderkartei wegen Geschwindigkeitsübertretung und Nötigung. Und die Finanzbehörde hatte Anzeige gegen ihn wegen Beleidigung eines Beamten gestellt. Es stand Aussage gegen Aussage, und das Verfahren ist von der Staatsanwaltschaft eingestellt worden.

Gegen Fritsche liegt nichts vor. Nur einige Verwarnungen wegen Parken im Halteverbot. Kai Fritsche wurde in der ehemaligen DDR geboren, machte sein Abitur am Gymnasium in Schwarzbach und ist der Betreiber des *Gasthof Grenze*. Er ist verheiratet mit einer Franziska Fritsche und hat eine Tochter. Vielleicht das Mädchen, das in dem Toyota gesessen hat.

Das Foto haben Charlotte und Marta in Berlin aufgenommen. Der Bilderrahmen passt zwischen das Telefon und die Schreibtischlampe. Tom war bei einem Fußballspiel gewesen, und sie hatten sich Berlin angeschaut. Und als sie an dem Passbildautomaten vorbeigekommen waren, hatten sie sich auf den wackligen Schemel gesetzt und Grimassen gezogen.

Nur nicht bei dem letzten Bild. Und das steckt in dem Rahmen auf Martas Schreibtisch. Da schauen sie und Charlotte in die Kamera wie eine Mutter und ihre Tochter, die es gut miteinander haben.

Das ist mein Büro, Liebling, sagt Marta und geht mit

dem Handy umher. Der Schreibtisch ist wahrscheinlich älter als ich. Der Computer auch. Alle sind sehr freundlich zu mir. Schau mal, ist das nicht ein hübscher Strauß? Von den neuen Kolleginnen und Kollegen. Der Kalender ist noch vom letzten Jahr. *Jagdszenen aus der Oberpfalz.* Mein Vorgänger war Jäger. Ich weiß genau, was du über Jäger denkst. Und hier ist mein Ausblick auf die Straße. Die Polizeistation befindet sich nicht gerade in der schönsten Gegend von Schwarzbach. Und das sind wir auf dem Foto. Weißt du noch? Berlin? Mit Papa?

Marta dreht das Handy zu sich, sie lächelt, schaltet die Kamera aus und wartet, bis die Rührung vergeht.

Wenn es Ihnen guttut, Marta, hat der Therapeut gesagt, dann machen Sie diese Videos.

Ich habe mir erlaubt, Arkoc Ihren Wagen zu bringen, Frau Kommissarin. Der Motor hatte Durst auf einen Eimer Öl, sagt Hartmann und lacht.

Das ist sehr zuvorkommend von Ihnen, Herr Hartmann, sagt Marta. Wer ist Arkoc?

Das ist unser Hausmeister. Der kümmert sich auch um die Dienstwagen. Eigentlich kümmert der sich um alles. Arkoc hat in der Garage seine Werkstatt und bringt den Schlüssel später zum Diensthabenden.

Vielen Dank, Herr Hartmann.

War nicht ganz einfach, Ihren Wagen in die Garage zu fahren, sagt er. Das ist ja ein ziemlich großes Auto.

Aber Männer sind doch sehr gut im Einparken, sagt Marta, lacht, Hartmann stutzt, schaut sie an, lächelt und nickt.

Das gilt nicht für jeden Mann, sagt er. Aber ich habe es geschafft. Ich habe übrigens auch noch etwas Dienstliches mit Ihnen zu besprechen. Eine Geheimsache, von der nur Ihr Vorgänger und ich etwas wussten.

Hartmann schlägt eine Mappe auf. Auf dem ersten Blatt das Foto eines Mannes, den Marta auf Ende fünfzig schätzt. Er trägt einen Dreitagebart und kurz geschorenes Haar, seine Haut wirkt durchsichtig, grau und fahl. Am linken Ohr fehlt das Ohrläppchen, als hätte es jemand abgebissen.

Das ist Jürgen Cislarczyk, sagt Hartmann. Der sieht inzwischen aber ganz anders aus. Und der heißt auch anders. Der heißt jetzt Klaus Stiller. Die Behörden haben dem eine neue Identität gegeben, und fragen Sie mich nicht, warum er ausgerechnet nach Schwarzbach geschickt wurde.

Ist dieser Cislarczyk ein Lebenslänglicher?

Ja, der hatte lebenslang mit anschließender Sicherungsverwahrung wegen besonderer Schwere der Schuld. Cislarczyk hat vor knapp dreißig Jahren in Düsseldorf ein Pärchen überfallen. Das Mädchen hat er vergewaltigt und im Rhein ersäuft wie eine räudige Katze. Und der Junge musste sich alles angucken, und danach hat Cislarczyk ihn abgeknallt. Vielleicht war es auch andersherum. Jedenfalls ist Cislarczyk dann mit dem Scheckheft der beiden nach Marbella geflüchtet. Man hat ihn sogar über Interpol gesucht. Die Spanier haben ihn schließlich geschnappt. Ich weiß nicht, warum man ein solches Monster überhaupt noch mal auf die Menschheit loslässt, sagt er.

Vielleicht, weil jeder Mensch eine zweite Chance verdient hat?, sagt Marta.

Glauben Sie das wirklich, Frau Kommissarin?

Früher, bevor es mit Charlotte passierte, hatte sie es geglaubt. Und jetzt? Jetzt eher nicht. Marta und Hartmann schauen sich an. Einen Tick länger als nötig. Er wirkt auf sie behäbig und ungelenk in seinem massigen Körper. Aber Hartmanns Augen sind schnell und wach. Sicher kennt er ihre Geschichte. Sie ist ja durch alle Zeitungen gegangen und hat auch in der Polizei die Runde gemacht.

Dass ausgerechnet die einzige Tochter der Kriminalkommissarin Marta Milutinovic von einem Sexualstraftäter umgebracht worden ist.

Was ist das Problem mit Cislarczyk?, sagt Marta.

Man hat ihm eine hübsche Wohnung eingerichtet und ihm einen Job in einem Elektromarkt besorgt. Sein Chef hat angerufen, er verdächtig Cislarczyk, ein Smartphone gestohlen zu haben. Keine große Sache, ich weiß. Aber wenn es stimmt, hätte Cislarczyk gegen die Bewährungsauflagen verstoßen. Und dann müsste er wieder in den Knast und käme so schnell auch nicht wieder raus.

Und was schlagen Sie vor, Herr Hartmann?

Ich suche den Herrn Doppelmörder auf und frage ihn, ob er mir günstig ein Smartphone besorgen kann, sagt Hartmann und lacht.

Marta war noch nie die Chefin von irgendwem. Bevor sie hergekommen ist, hat sie mit Christoph über das Chefsein gesprochen und ein Seminar für künftige Führungskräfte besucht.

Ich hoffe, Sie haben nichts dagegen, wenn ich das erledige, Herr Hartmann.

Sie?

Ja, ich muss ja die Stadt und die Leute hier kennenlernen.

Da würde ich Ihnen einige freundlichere Menschen empfehlen als ausgerechnet Cislarczyk, sagt Hartmann.

Ich mach's trotzdem, sagt sie und lächelt.

Wie Sie wollen. Sie sind die Chefin. Aber der Kerl ist unangenehm, der tut nur harmlos, der ist immer noch gefährlich, da müssen Sie auf der Hut sein.

Bin ich, Herr Hartmann, sagt sie. Vielen Dank.

Und wenn was ist, dann …

… er grinst und hält die Hand wie einen Telefonhörer ans Ohr.

… dann rufe ich Sie an, sagt sie. Und wenn ich den Wagen nicht aus der Garage herausbekomme, dann auch.

Hartmann tippt sich an die Stirn, lacht und zieht die

Tür hinter sich zu. Marta ist unsicher, ob sie ihn mögen wird. Sie hat gehört, er habe sich Hoffnungen auf ihren Job gemacht.

Eine Fliege setzt sich auf die Schreibtischlampe. Fliegt zu der Akte, krabbelt über Cislarczyks Foto, fliegt auf, als hätte sie sich erschrocken. Schwirrt um den Schreibtisch, fliegt zum Fenster, prallt vom Glas ab, kommt zurück, setzt sich auf die Schreibtischplatte.

Wie in Zeitlupe senkt Marta den Arm. Legt die hohle Hand über das Insekt. Ein feines Summen und Kitzeln, als die Fliege ihre Haut berührt. Das erst aufhört, als Marta die Hand flach auf den Tisch legt und zudrückt.

Ein ängstlicher Mensch ist Marta nie gewesen. Sonst wäre sie vermutlich nicht bei der Polizei gelandet. Sie hat auch nie Angst gehabt, wie viele ihrer Freundinnen, im Dunklen nach Hause zu gehen. Aber das war, bevor es mit Charlotte passierte, und jetzt ist es anders.

Marta schaut aus dem Fenster, und ihr fällt auf, dass der Himmel über München heller war als der Himmel über Schwarzbach. Sie löscht das Licht im Büro und geht in den Flur. Die Luft ist muffig und abgestanden dort. Vielleicht ließe sich die Hässlichkeit der Flure und Büros durch eine angenehmere Beleuchtung und freundlichere Farben kaschieren. Sie könnte bei der Polizeibehörde die Renovierung beantragen.

Marta ist die Letzte auf der Etage. Eilig hat sie es nicht. Niemand wartet auf sie in ihrer Wohnung. In den Lift passen nur zwei Fahrgäste, der Spiegel ringsherum täuscht eine größere Kabine vor, und als Marta hineinschaut, erkennt sie ihre Müdigkeit.

Mit einem Ruck, der sie in die Knie zwingt, setzt der Aufzug im Keller auf. Wo es auch muffig riecht, nur anders als oben, hier riecht es nach Abgasen und Benzin. Marta stemmt die Stahltür zur Tiefgarage auf, geht hindurch, lässt die Tür hinter sich ins Schloss fallen. Ein Knall mit einem Echo. Die Garage ist verwinkelt und schwach beleuchtet, die Parkbuchten befinden sich zwischen Betonsäulen und wurden geplant, als die Autos noch kleiner gewesen sind als heutzutage.

Kein Wunder, dass die Kolleginnen und Kollegen lieber draußen auf dem Platz parken als hier in der Garage zu manövrieren. An den Betonsäulen sind Schleifspuren und Lackreste. An der Wand lehnt eine Schneefräse. Dahinter wurden zwei Streifenwagen abgestellt, die eingestaubt sind, einer der Wagen hat keine Luft in den Reifen.

Ihren Pick-up hat der Hausmeister bei der Ausfahrt geparkt.

Marta sucht den Schlüssel, aber in ihrer Tasche ist kein Schlüssel. Und jetzt fällt ihr ein, was Hartmann gesagt hat: Dass der Hausmeister den Wagenschlüssel beim Diensthabenden hinterlegt. Daran hat sie nicht gedacht. Sie flucht und stemmt sich gegen die Stahltür. Die sich nur nicht von dieser Seite öffnen lässt. Die Tür hat keinen Griff, nur einen Knauf. Das ohnehin matte Licht erlischt, die Notbeleuchtung lässt nur noch Umrisse erkennen. Marta flucht wieder, diesmal auf Slowenisch, und leuchtet mit dem Handy die Tür ab. Neben der Zarge befindet sich ein Metallkästchen mit einem Schlitz.

Codekarte einführen.

Marta hat keine Codekarte. Ihre müsse erst noch konfiguriert werden, hat die Sekretärin gesagt. Im Licht ihres Smartphones sucht Marta nach einer Klingel oder einer Gegensprechanlage. Aber da ist keine Klingel und auch keine Gegensprechanlage. Sie könnte anrufen. Aber als sie die Nummer des Diensthabenden wählen will, hat Marta kein Netz.

Bitte versuchen Sie es später wieder.

Natürlich ist es lächerlich, sich in der Tiefgarage einzusperren. Marta schließt die Augen und atmet durch. Und denkt nach. Ginge doch wenigstens die Beleuchtung wieder an. Sie wedelt mit den Armen, aber da passiert nichts. Jetzt erst fällt Marta auf, wie kalt es hier unten ist. Mit dem Handy leuchtet sie das Rolltor aus, will noch einmal die Nummer des Diensthabenden wählen.

Keine Netzanbindung. Bitte versuchen Sie es später wieder.

Mit dem Akku sollte sie sparsamer sein. Noch siebenundzwanzig Prozent. Neben dem Rolltor entdeckt Marta ein Schild, es ist verrußt vom Staub und den Abgasen.

Bis an die gelbe Linie vorfahren. Tor öffnet automatisch.

So könnte es vielleicht doch noch gehen. Marta stellt sich auf die gelbe Linie. Aber es passiert nichts. Auch nicht, als sie wütend und fluchend auf und ab springt.

Warum sollte eine Induktionsschleife auch ein Gewicht von vierundfünfzig Kilo für ein Auto halten?

Es ist lächerlich. Und unheimlich. Wenn sie hier nicht herauskommt, wird sie die Nacht in dieser verfluchten kalten Garage verbringen müssen. Bis hoffentlich morgen früh der Hausmeister kommt oder irgendjemand seinen Wagen abstellen will.

Sranje, sagt Marta.

Die Schneefräse. Vielleicht lässt sich das Ding zu der Linie schieben. Aber sosehr Marta es auch will, die Fräse bewegt sich keinen Millimeter. Die Mülltonnen. Es sind zwei große wuchtige Tonnen. Dumm nur, dass beide leer sind.

Sranje.

Marta schiebt das Handy in die Tasche und die Tonnen zur gelben Linie. Das Tor bewegt sich – nicht. Es hätte sie auch gewundert.

Sie schließt die Augen, atmet tief ein und aus, als wollte sie tauchen. Und hat dann eine neue Idee. Es dauert, bis Marta mit der kleinen Schaufel das Salz aus der Streusalzkiste in die Mülltonne umgefüllt hat. Sie wuchtet die Tonne durch die Garage zum Tor, rollt die Räder auf die Linie. Bitte. Nein. Das Tor bewegt sich nicht.

Jetzt bekommt Marta dann doch noch ihren Wutanfall. Auch wenn es nichts bringt und irgendwie hysterisch ist, das weiß sie auch. Marta tritt gegen die Tonne, und ein glühend heißer Schmerz schießt ihr durch den Fuß. Diese Wut ist auch lächerlich. Marta humpelt zur zweiten Tonne, füllt auch diese mit Salz und rollt sie zum Tor. Sie ist schweißgebadet jetzt, erschöpft vom Schaufeln, stellt die Tonnen dicht nebeneinander, holt Luft und zieht beide mit einem Ruck auf die gelbe Linie.

Und endlich ist da ein Rumpeln, ein elektrisches Geräusch, und das Rolltor bewegt sich, fährt langsam und unheimlich knirschend hoch. Als der Spalt breit genug ist, kriecht Marta durch, läuft die Auffahrt herauf. Kalt ist es, und es nieselt. Und natürlich schaut der Diensthabende überrascht auf, als Marta die Wache betritt, mit wirren, verschwitzten Haaren und dreckigen Händen, und nach dem Schlüssel für ihren Wagen fragt.

Als Marta das Mountainbike auf die Straße schiebt, denkt sie an die verschlossenen Türen in der Parkgarage und muss dann doch lachen. Hoffentlich gibt es dort unten keine Überwachungskameras. Das Video wäre das Highlight der nächsten Weihnachtsfeier.

Marta streift die Handschuhe über und tritt in die Pedale. Das hat sie in München auch oft gemacht, dass sie nach der Arbeit eine Runde mit dem Rad drehte. Tom schenkte ihr sogar das teure Bike, und sie hat sich sehr gefreut.

Woher hätte sie denn wissen sollen, dass Tom sich mit der anderen traf, wenn sie ihre Runden fuhr?

Es geht nur bergauf. Marta keucht und muss auf halber Höhe aus dem Sattel. Als sie endlich auf der Ebene ist, tut sich ein asphaltierter, beleuchteter Weg vor ihr auf. Marta überholt einige Jogger und Spaziergänger. Wo Westdeutschland war, ist Wald und war wahrscheinlich immer schon dort, auf der anderen Seite, wo die Grenzanlagen der DDR standen, dehnen sich Äcker und Weiden aus.

Marta lacht über einen Kläffer, der kaum größer ist als ein Hase, aus dem Dickicht hetzt und keifend eine Weile neben ihr herrennt. Bis ein Pfiff gellt. Der Hund bremst ab, knurrt und trottet beleidigt davon. Am Ende des Weges kommt sie an ein großes Gebäude, das sich hinter Büschen und Eichen zu verstecken scheint.

Gasthof zur Grenze – Hotel, Restaurant, Billard-Café. Zimmer frei! Inh. K. Fritsche.

Kai Fritsche. Als sie seinen Namen liest, fällt Marta gleich wieder diese alberne Geschichte mit dem Metzger ein. Sie hat gar nicht mehr daran gedacht, als wäre es nicht geschehen. Was auch besser wäre. Zu dem Gasthof schlängelt sich eine schmale Zufahrt durch den Wald und mündet auf einem Schotterplatz. Das Haus hat drei Geschosse und einen Seitenflügel. Und hinter dem Gebäude dehnt sich flaches Land.

Der Toyota parkt vor der Garage. Am Haus stehen auch noch einige andere Wagen. Sie vermutet Hotelgäste. Die Autos haben auswärtige Kennzeichen, Suhl, Erfurt, ein Tscheche, ein Pole. Hinter manchen Fenstern des Hotels schimmert Licht. Das Haus wirkt beinahe gemütlich so, auch wenn der Putz bröckelt, eine Dachrinne schief hängt, die Fensterrahmen verwittert sind. Aufgebockt auf Ziegelsteinen steht ein Wohnwagen ohne Räder, gleich dahinter der Hühnerstall und das Kaninchengehege.

Marta könnte ins Hotel gehen und einige Worte mit Fritsche wechseln. Es wäre nicht gut, wenn er in der Stadt über die neue Polizeichefin erzählte, dass sie dem Metzger wegen eines läppischen Streits die Dienstwaffe an den Kopf hielt.

Die Haustür wird aufgestoßen, und die junge Frau, die Marta neben Fritsche in dem Toyota gesehen hat, läuft in einem seltsamen Gewand die Treppe herunter. Vielleicht ein umgeschneidertes Hochzeitskleid, an den Oberarmen silberne Flügel. Die junge Frau lacht und singt, sie schlägt im Laufen mit den Flügeln wie ein Vogel, der Schwung holt, um abzuheben und an den Himmel zu fliegen.

Barbara, bleib stehen.

Eine Frau läuft lachend hinter der jungen Frau her. Die eigentlich noch ein Mädchen ist. Vielleicht ist die andere Frau die Mutter. Das Mädchen lacht und kreischt und rudert mit den Flügeln. Es dreht Runden auf dem Schotter, immer engere Runden.

Barbara, so bleib doch stehen, du fällst sonst noch, ruft die Frau.

Tatsächlich beginnt Barbara zu torkeln, stürzt mit ausgebreiteten Flügeln auf den Schotter, Staub steigt auf. Sie lacht und heult, beides zugleich. Die Frau stellt Barbara auf die Beine, das Kleid ist schmutzig und zerrissen. Einer der Flügel ist gebrochen und der andere abgerissen. Die Frau umarmt das Mädchen, streicht ihm über die Haare, schiebt es über die Treppe ins Haus, schwer fällt hinter den beiden die Tür ins Schloss.

Nein, sie wird nicht zu Fritsche gehen. Die Geschichte wird wahrscheinlich eh die Runde machen, der Metzger wird auch überall von seiner Begegnung mit der neuen Kommissarin erzählen. Und vermutlich weglassen, mit welchen Worten er sie beschimpfte.

Marta setzt sich aufs Rad, schaltet das Licht ein und fährt zurück in die Stadt.

Liebling, ich habe gerade etwas sehr Merkwürdiges gesehen, sagt Marta, und erzählt Charlotte die Geschichte von dem Mädchen namens Barbara, das sich für einen Vogel hält.

Marta friert, als sie am Ortsschild vorbeirollt. Sie spürt

jeden Muskel nach der Anstrengung, lässt das Rad durch die Altstadt rollen, wo gerade die Geschäfte schließen und sich die Restaurants und Kneipen füllen. Mit Menschen, die hier zu Hause sind. Überall ist Licht, überall ist Gelächter, man ruft, gestikuliert, winkt nach den Kellnern, prostet sich zu, und Marta fühlt sich plötzlich einsam. Wie eine Ausgestoßene.

Bis ihr die flackernde Leuchtreklame auffällt, eine von Rot nach Orange und Gelb changierende Lotusblüte. Ein Massagesalon. Warum eigentlich nicht?

Marta kettet das Rad an und schellt. Noch im selben Augenblick klickt die Tür auf, warme, parfümierte Luft schwebt ihr entgegen. Die Einrichtung ist spartanisch, Duftkerzen quiemen, in einer Vase stecken angestaubte Blumen aus Plastik. Am Empfang sitzt eine ältere Thai-Frau auf einem Ledersessel. Drei jüngere Frauen in kurzen Kleidern und Pantoffeln hocken auf dem Sofa. Sie sehen nicht von ihren Handys auf, als Marta hereinkommt.

Marta zahlt, und die Rezeptionistin reicht ihr einen vorgewärmten Bademantel. Es fühlt sich fantastisch an, als unter der Dusche das dampfende Wasser auf ihre Haut prasselt. Danach zieht Marta den Bademantel über, und die Rezeptionistin bringt sie zu dem Behandlungsraum, der nur schwach beleuchtet ist. In der Mitte des Raumes steht ein breites Bett, und von irgendwoher zirpt Musik.

Marta streift den Bademantel ab, legt sich auf den Bauch, schiebt das Gesicht in die Öffnung der Massagebank. Und ist überrascht, in eine Lavalampe zu schauen. In der glasigen gelblichen Flüssigkeit treibt ein rotes unförmiges Etwas, es erinnert sie an ein Embryo.

Sie hört Schritte, schaut in die Lampe. Jemand tröpfelt etwas Wärmendes auf ihren Rücken, verteilt die Flüssigkeit, ein angenehmer nussiger Duft breitet sich aus, und Marta schließt die Augen. Hände kreisen über ihren Nacken, den Rücken, die Hüften, den Po. Marta ächzt und stöhnt, als ein Knie gegen ihre Schenkel drängt. Sie schließt die Augen und schläft ein.

Bitte aufwachen, Madame.

Es sind die ersten Worte, und Marta ist verblüfft, die Stimme eines Mannes zu hören. Sie ist fest davon überzeugt gewesen, von einer der drei jüngeren Frauen massiert zu werden. Neben der Massagebank aber steht ein dürrer, drahtiger Mann in einem weißen T-Shirt und einer weißen Hose.

Der Masseur lächelt, faltet die Hände, er verbeugt sich, und erst jetzt, in diesem Augenblick, fällt Marta auf, dass sie nackt ist.

KAPITEL 2

Ich hatte mein ganzes Leben noch vor mir.
Ein schönes Leben. Ich wollte noch nicht sterben.
Du wolltest, dass ich sterbe. Tue Buße. #JensF

Das Haus steht am Ende einer Sackgasse. Nicht weit entfernt von der tschechischen Grenze hinter Äckern und der Anhöhe. Es wirkt vereinsamt, wie das erste Haus einer Siedlung, die nie zu Ende gebaut wurde. Sechs Etagen, die Fassade dunkelgrün wie Tannenzweige.

Marta ist zu früh und fährt auf den Parkplatz. Über Funk meldet sich Johanna Romberg und lacht. Sie haben eine Ladendiebin überführt, eine zweiundneunzigjährige Rentnerin, die im Drogeriemarkt ein Päckchen Haftpulver mitgehen ließ.

Wir haben in Schwarzbach mehr Polizisten als Kriminelle, sagte Jürgen Hartmann bei dem Umtrunk zu ihrer Begrüßung, und alle hatten gelacht.

Diese Lappalien, die jeden Tag im Polizeibericht stehen, haben etwas Beruhigendes nach all den Morden, den zerstückelten, verbrannten, vergifteten, gehäuteten oder auf irgendeine andere abartige Art vernichteten Menschen, an deren Anblick sich Marta nie gewöhnte. Von jedem Tatort waren die Toten mit zu ihr nach Hause gefahren, hatten sich zu ihr ins Bett gelegt, bevölkerten ihre Träume und rissen sie oft genug aus dem Schlaf.

Bepackt mit einer Getränkekiste, einer Plastiktasche und einem Rucksack schlurft ein Mann von der Bushaltestelle zu dem hässlichen Haus. Marta schaut auf das Foto, es könnte Cislarczyk sein, aber sicher ist sie nicht. Der Mann schließt die Haustür auf, schiebt den Wasserkasten und die Tasche mit dem Fuß in den Flur und verschwindet aus ihrem Blick. Ihr Handy summt.
Süße, ich wollte dir nur sagen, dass ich ...
So hatte Tom sie immer genannt. *Süße*. Nein, sie ist nicht mehr seine Süße, auch nicht mehr seine Geliebte und nicht mehr seine Frau. Sie wird seine Nachricht später lesen. Vermutlich will Tom ihr sagen, dass er die Wohnung an die Käufer übergeben hat.

Und dass er sie vermisst.

Marta zieht an der Zigarette, lässt den Rauch aus dem Seitenfenster schweben und überfliegt die Nachrichten. Sie hat einen Account auf einem Netzwerk, sie folgt anonym Zeitungen und Nachrichtenportalen. Das Profilbild zeigt ihren Hinterkopf, sie flocht sich die Haare zu einem Zopf. Auf der Plattform nennt Marta sich *SusanStone79*. Lieutenant Deputy Susan Stone ist der Name einer Polizistin in einer amerikanischen Fernsehserie, die nie den Streifenwagen fahren durfte, aber schlauer war als alle anderen Polizisten und die kompliziertesten Fälle löste.

Marta scrollt durch die Nachrichten. Ein nicht endender Strom von Katastrophen und Banalitäten in aller Welt. Tote beim Bombardement Kiews, ein Rapper füttert seinen Pitbull mit Cheeseburgern, eine neue Variante der Seuche in Südafrika, eine magersüchtige Influencerin schnitt sich die Pulsadern auf, ein Fernsehmoderator lässt sich scheiden, Forscher warnen vor dem Abschmelzen der Polkappen, und die Gasspeicher sind gefüllt.

Marta gibt *Schwarzbach* in die Suchleiste ein, und im nächsten Moment werden ihr die Accounts des *Kurier* und der Stadtverwaltung angezeigt. Ein Hobbyfotograf postete Fotos: *Die Grenze – damals und jetzt*. Marta will das Handy zur Seite legen, als ihr der Account dieses Jungen auffällt, mit diesem merkwürdigen, aus der Zeit gefallenen Profilbild.

#JensF

Die Aufnahme ist unscharf, verwaschen, vermutlich ein Ausschnitt aus einem Gruppenfoto. Der Junge lächelt übertrieben, trägt ein kariertes Hemd und eine Brille mit Gläsern, die seine Augen unnatürlich vergrößern. Wirr stehen ihm die Haare vom Kopf, sein Mund ist schief, es scheint so, als legte er keinen allzu großen Wert darauf, anderen oder wenigstens sich selber zu gefallen.

Am 29. November 1998 wurde ich zum letzten Mal lebend gesehen. Ich war 19. Am 23. März 1999 fand ein Hund meine Leiche. Mein Mörder blieb unentdeckt. Meine Familie wird nie aufgeben, ihn zu finden. #JensF.

Darunter sind Dutzende Posts. Meist bestehen sie nur aus einigen Worten, hin und wieder sind es auch zwei, drei Sätze und gelegentlich ein Foto. *#JensF* als Kind vor dem Weihnachtsbaum, *#JensF* lachend am Nichtschwimmerbecken, beim Basteln mit einer Laubsäge, mit einem etwas älteren Jungen und einem jüngeren Mädchen auf einer von Butterblumen übersäten Wiese.

Wäre gerne mit Kai und Jutta erwachsen geworden. #JensF

Marta macht das Foto größer, der ältere Junge könnte Kai Fritsche sein. Sie sucht im Netz nach einem aktuellen Foto Fritsches und überhört darüber beinahe, dass sie über Funk gerufen wird.

Haben Sie das Haus gefunden, Frau Kommissarin?, sagt die Diensthabende.

Ich war sogar ein wenig zu früh.

Aber jetzt sind Sie zu spät, sagt die Diensthabende.

Zwei Mädchen von fünf, sechs Jahren fahren mit Fahrrädern Kreise auf dem Parkplatz, lassen plötzlich die Räder fallen und kriechen in ein Gebüsch. Hinter Martas Stirn erwacht ein feiner, sich rasch verstärkender Schmerz, ein unklares Stechen und Kneten.

Nachricht an meinen Mörder. Meine Familie wird dich finden. #JensF.

Marta steigt aus, lehnt sich an den Kotflügel und lässt die Tränen laufen. Die nicht dem toten Jungen gelten. Jedes Kind, das nicht alt werden durfte, erinnert Marta an Charlotte. Und die Kinder, die leben und lachen und groß werden, die auch. Der Therapeut sagte, sie solle in solchen Augenblicken die Finger an die Schläfen pressen und atmen, immer nur atmen.

Lachend und kreischend ziehen die Kinder einen Igel aus dem Gebüsch. Das Tier rollt sich auf dem Asphalt zusammen, was die Mädchen nur noch lauter lachen lässt. Nach und nach wird Martas Schmerz weniger, klingt ab, klingt aus, sie nimmt die Finger von den Schläfen und wischt sich die Tränen aus dem Gesicht.

Manchmal muss ich eben weinen, Liebling, sagt sie.

Marta klingelt, und es geschieht nichts. Marta klingelt noch mal, ungeduldiger, bis sie in der Gegensprechanlage ein Knistern hört.

Wer ist da?

Bitte machen Sie die Tür auf, Herr Stiller, sagt Marta.

Wer da ist?

Sie wissen, wer ich bin, Herr Stiller. Man hat mich angekündigt.

Und wenn Sie das gar nicht sind?

Machen Sie jetzt endlich auf, Herr Stiller, sagt Marta.

Der Summer ertönt, im Treppenhaus steht der Geruch von Kohl und Bratfett, es verschlägt ihr den Atem. Marta lässt den Aufzug kommen, drückt die 1, die 2 und die 3 und lässt den Lift leer nach oben fahren. Man weiß nie.

Über die Treppe ist sie schneller auf der dritten Etage als der Lift. Marta tastet nach der Waffe, es gibt zwei Wohnungen auf der Etage, beide Türen sind geschlossen. Marta schellt bei Stiller und geht in Deckung, sodass er sie nicht durch den Spion sehen kann. Aus der Wohnung hört sie ein Scheppern, als sei ein Blech zu Boden gefallen. Mit einem Ruck reißt Cislarczyk die Tür auf, steht so hinter dem Türblatt, dass Marta nur seine Stirn und die Augen sieht.

Herr Stiller?, sagt sie.

Cislarczyk macht einen Schritt vor, und sie zeigt ihre Marke. Er zieht die Tür nur so weit auf, dass Marta gerade eben durch den Spalt passt. Es dauert einen Moment, bis sich ihre Augen an die Dunkelheit gewöhnt haben. Es riecht nach Zigaretten, nach vielen Zigaretten.

Da rein, sagt Cislarczyk mit einer überraschend hohen und dünnen Stimme, die nicht zu seinem bulligen Körper passt.

Nach Ihnen, sagt Marta.

Jürgen Hartmann hatte recht. Cislarczyk hat kaum Ähnlichkeiten mit dem Foto in seiner Akte. Da, wo ihm noch Haare wachsen, ließ er sie lang werden. An den Seiten und am Hinterkopf. Den Bart rasierte er ab. Geblieben ist die fahle, irgendwie kranke Haut. Es liegt am Gefängnis. Die Gefangenen bekommen im Knast kaum Licht und Sonne. Cislarczyk trägt ein beigefarbenes, mit Flecken übersätes Unterhemd. Darunter wölbt sich ein Bauch, zwischen Hemd und Hose ein Streifen behaarter nackter Haut.

Ziehen Sie sich bitte etwas über, Herr Stiller.

Was?

Sie sollen sich ein Hemd oder einen Pulli überziehen, sagt Marta und schaut ihn an.

In meiner Wohnung kann ich ja wohl anziehen, was ich will, sagt er. Ich bin ein freier Mensch.

Freiheit und Respekt gegenüber anderen sind kein Widerspruch, sagt Marta.

Er schaut sie an. Irgendwie verblüfft. Und zugleich herablassend. Es ist nicht schwierig, sich vorzustellen, was Cislarczyk über Polizisten denkt.

Ihr Bullen haltet euch für was Besseres, so ist es doch, oder?, sagt Cislarczyk und verlässt den Raum. Nach einer Weile kommt er im Trikot eines Fußballvereins zurück.

So besser?, sagt er, baut sich vor ihr auf und stemmt die Hände in die Hüften.

Cislarczyk ahnt nicht, wie lächerlich er ausschaut mit seinem Karpfenmaul, denkt Marta, mit dem verfetteten Körper, dem zu engen Fußballtrikot. In der Hauptstadt hat sie mit richtigen Verbrechern zu tun gehabt. Oft hochintelligente Profis, skrupellos und verroht, zu allem bereite Killermaschinen und Geschäftsleute, denen es vor allem um Geld und Macht gegangen ist, nicht darum, sich am Leid anderer aufzugeilen.

Mit einem Ächzen lässt Cislarczyk sich auf einen Stuhl fallen, nestelt eine Zigarette aus der Packung, das Feuerzeug flackert auf, und er nimmt einen Zug.

Mir wäre lieber, Sie würden nicht rauchen, Herr Stiller.

Ach, das wäre Ihnen lieber?, sagt er und lässt den Qualm aus der Nase schweben. Wollen Sie mir in meiner eigenen Wohnung auch noch das Rauchen verbieten, Frau Kommissarin?

Marta lässt einige Momente verstreichen, schaut ihn an, atmet tief ein und aus.

Als Sie noch Cislarczyk hießen, Herr Stiller, da konnten Sie rauchen, wann und wo Sie wollten. Jetzt rauchen Sie nur, wenn ich es Ihnen erlaube, sagt Marta leise, aber bestimmt.

Cislarczyk kennt diesen Ton. Er war lange genug im Knast. Wo es immer nur um die Macht geht. Wer die Macht hat und wer sich einem Stärkeren, Mächtigeren beugen muss. Die das nicht begreifen, sind lebend oder nicht lebend tot. Cislarczyks Augen flackern, er presst die Lippen zusammen, sein Kopf ist ein feines stetiges Zittern.

Und wenn nicht?, sagt er.

Sie sollten es nicht darauf ankommen lassen, sagt Marta.

Cislarczyk nimmt noch einen Zug, zerquetscht die Glut zwischen Daumen und Zeigefinger und legt die Kippe auf den Tisch.

Haben Sie eine Ahnung, warum ich hier bin?, sagt Marta.

Weiß nicht, sagt er.

Wir haben eine Zeugenaussage, wonach Sie im Elektromarkt ein Smartphone gestohlen haben sollen, Herr Cislarczyk.

Da werden jeden Tag Smartphones gestohlen, sagt er und lacht.

Auch von den eigenen Mitarbeitern?, sagt Marta.

Ich brauche kein Smartphone, sagt er. Mich ruft sowieso keiner an.

Man kann ein Handy auch verkaufen, sagt Marta. Zum Beispiel übers Internet.

Internet habe ich nicht, sagt er und grinst.

Seit Marta Polizistin ist, verging nicht ein einziger Tag, an dem sie nicht von irgendwem belogen wurde. Sie reibt sich über die Augen und sieht dann wieder zu ihm hin.

Die Gesellschaft hat Ihnen eine neue Identität gegeben, Herr Cislarczyk. Und einen Job. Die Gesellschaft bezahlt auch Ihre Miete. Mit den beiden jungen Leuten, die Sie getötet haben, hatten Sie weniger Nachsicht. Auch wenn Sie sich bestens geführt haben im Knast, so haben Sie doch kein Guthaben. Die kleinste Kleinigkeit bringt Sie zurück ins Gefängnis. Sie müssen nur ein einziges Mal bei Rot über die Straße gehen, und schon heißen Sie wieder Cislarczyk.

Soll das eine Drohung sein?

Wo ist das Smartphone?

Cislarczyk schaut auf, träge, als sei sein Kopf schwer wie Blei und als hätte er ihre Rede nicht gehört.

Einmal Verbrecher, immer Verbrecher, sagt er. Peng, peng.

Marta ist verblüfft, wie schnell Cislarczyk aus dem Stuhl hochgekommen ist, den Arm streckt und mit dem Zeigefinger auf sie zielt.

Peng, sagt er noch einmal und grinst.

Marta hält seinen Blick aus. Schaut ihn an und wartet.

Nehmen Sie den Arm herunter, sagt sie.

Cislarczyk grinst noch immer, nickt aber und lässt den Arm sinken, schiebt die kalte Zigarette zwischen die Lippen. Und macht dann plötzlich einen Schritt vor. Er ist zwei Köpfe größer als sie. Wenn er sie packte, käme Marta nicht mehr an die Pistole heran.

Was soll das, Herr Cislarczyk?

Ich heiße Stiller.

Was soll das, Herr Cislarczyk, sagt sie noch mal.

Was soll was, Mädchen?

Marta geht um ihn herum und schaut auf den Platz vor dem Haus. Die Kinder haben einen Karton für den Igel aufgestellt und rupfen Gras.

Geben Sie mir jetzt das verdammte Smartphone, sagt Marta.

Ich habe kein Smartphone.

Geben – Sie – mir – das – Smartphone!

Marta schreit. Sie hat gar nicht schreien wollen. Sie ist selbst überrascht.

Wenn ich es hätte, würde ich es Ihnen jetzt geben, sagt Cislarczyk. Jetzt, wo ich ganz furchtbare Angst vor Ihnen bekommen habe.

Er lacht, schaut sie an. Mit einem kalten, wütenden Blick. Vielleicht derselbe Blick, den der Junge und das Mädchen aus Düsseldorf gesehen haben, bevor Cislarczyk sie tötete.

Wir haben einen Igel, ruft eines der Mädchen, als Marta an ihrem Wagen ist.

Die Kinder kichern, als Marta sich über den Karton beugt und sich erstaunt zeigt.

Der sieht aber niedlich aus, sagt sie. Habt ihr schon einen Namen für den Igel?

Er heißt einfach nur Herr Igel, sagt das andere Mädchen.

Und wenn es eine Frau Igel ist?

Die Mädchen halten sich erschrocken die Hände vor und lachen. Daran hatten sie nicht gedacht.

Und wie heißt ihr?

Olga, sagt das Mädchen, und das ist Jessi.

Wohnt ihr hier?

Meine Freundin Olga wohnt da, sagt Jessi und zeigt auf Cislarczyks Haus.

Und wo wohnst du?

In der Stadt. Ich bin auf Besuch bei meiner Omi.

Dann passt gut auf den Igel auf, sagt Marta und geht zum Wagen.

Kann sein, dass Cislarczyk am Fenster steht und sie beobachtet. Aber sie dreht sich nicht um. Im Radio läuft das hübsche Lied einer amerikanischen Sängerin. Als es aktuell war und jeden Tag im Radio lief, hatte Marta sich in Tom verliebt und es gerne gehört, wenn er *Süße* zu ihr gesagt hatte.

Es ist so lange her. Zu lange her.

Marta macht das Radio aus und schaltet das Handy ein. Sie schaut nach dem Account des Jungen, der als Toter im Internet schreibt.

Wann kommt Jens nach Hause?, sagte meine Mutter. Aber da war ich schon tot. #JensF.

Marta lässt den Motor an und fährt vom Parkplatz herunter. Die Kinder lachen und winken ihr, und an der Hauptstraße gibt sie Gas.

Bei der Besprechung sagt Oehlert, nahe der Autobahn habe eine Streife einen Lieferwagen aus Tábor angehalten. Der Fahrer sei verschwunden, unter der Ladung hätten die Kollegen Crystal Meth gefunden.

Christel Mett, sagt Hartmann, und einige in der Runde lachen.

Das ist eine synthetische Droge, Herr Hartmann. Die wird oft in Tschechien hergestellt. Macht schwerstens abhängig, sagt Oehlert.

Das weiß ich doch alles, Junge, sagt Hartmann, und wieder wird gelacht.

Ich bin überrascht, dass in einem harmlosen Ort wie Schwarzbach mit Crystal Meth gedealt wird, sagt Marta, der es nicht gefällt, wie Hartmann den jungen Kollegen abkanzelt.

Das Böse ist überall, auch in Schwarzbach, sagt Johanna.

Amen, sagt Hartmann, und noch mal lachen einige. Johanna wird rot und schaut zu Boden.

Dann hatten wir noch einen Autounfall, sagt Jürgen Hartmann. Der Sohn von Dallmeyer ist mit dem SUV seines Vaters in die Leitplanke gerauscht. Der hatte sein Mädchen dabei. Nichts passiert, nur Blechschaden. Die Airbags sind aufgegangen, und das Mädchen war ein bisschen hysterisch. Die musste ich erst einmal in meine väterlichen Arme nehmen.

Hoffentlich gibt das keine Anzeige wegen sexueller Belästigung, sagt Becher, und es wird wieder gelacht.

Wer ist dieser Dallmeyer?, sagt Marta.

Der größte Unternehmer in Schwarzbach, sagt Becker. Dem gehört die Kartonagenfabrik im Industriegebiet.

Als später Johanna ihr Büro betritt, fällt Marta ihre Blässe auf, Johanna ist beinahe weiß, als könnte sie jeden Augenblick ohnmächtig werden. Sie ist vierundzwanzig, kräftig, gedrungen, die Uniform umschmeichelt nicht gerade ihren Körper.

Was liegt denn an?, sagt sie.

Ich wollte Sie einfach nur kennenlernen, sagt Marta. Deshalb habe ich Sie hergebeten.

Wirke ich nervös? Oder warum sagen Sie das, Frau Kommissarin?

Sind Sie denn nervös?

Ja.

Wie gesagt, es ist nur ein Kennenlerngespräch, sagt Marta.

Ich mag Sie auch, Frau Kommissarin.

Marta lächelt, nickt, lässt sich ihre Verwunderung nicht anmerken. Sie hat ja nicht gesagt, dass sie Johanna mag. Marta ist nicht einmal sicher, dass es so ist.

Haben Sie an der Polizeischule Christoph Pohlmann kennengelernt, Johanna?

Ja. Herr Pohlmann hat mir ein *Sehr gut* in Verhörtechnik gegeben.

Darauf können Sie stolz sein.

Trauen Sie es mir nicht zu?

Doch, natürlich, sagt Marta. Ich hatte es als Kompliment gemeint.

Ach so.

Marta steht auf und schaut aus dem Fenster. Hartmann und der Hausmeister gehen über den Parkplatz, stecken die Köpfe zusammen und lachen. Vielleicht amüsieren sie sich über Martas Missgeschick in der Tiefgarage. Sie hatte ja dem Hausmeister erklären müssen, wie das Salz in die Mülleimer gekommen war.

Warum sind Sie Polizistin geworden, Johanna?, sagt Marta.

Weil ich das Böse besiegen will, sagt Johanna ohne jegliches Zögern.

Das ist eine ungewöhnliche Antwort.

Finden Sie?

Sie haben auch vom Bösen gesprochen, als es vorhin um Crystal Meth ging, sagt Marta.

Ist es nicht böse, Rauschgift herzustellen und andere süchtig zu machen? Es ist eine Sünde, sagt Johanna und verschränkt die Arme vor der Brust.

Aus Sicht der Polizei und der Justiz ist es vor allem ein Verstoß gegen das Gesetz und weniger eine moralische Frage, sagt Marta. Nicht alles, was einem Böses passieren kann, verstößt gegen das Gesetz.

Erklären Sie mir gerade den Unterschied zwischen einem Rechtsstaat und einem Gottesstaat, Frau Kommissarin?

Ihr Gespräch nimmt eine Wendung, die Marta nicht behagt, und sie lässt sich Zeit mit der Antwort.

Das muss ich Ihnen sicher nicht erklären, Johanna. Sind Sie religiös?

Jetzt wartet Johanna mit der Antwort. Sie nimmt die Arme herunter und schaut an Marta vorbei aus dem Fenster.

Ob ich religiös bin, geht den Dienstherrn nichts an. Wir haben Religionsfreiheit. Niemand darf wegen seines Glaubens benachteiligt oder bevorzugt werden. Artikel 3 Absatz 3, Grundgesetz der Bundesrepublik Deutschland.

Danke, sagt Marta, ich kenne diesen Paragrafen. Ich habe Sie allerdings nicht als Vorgesetzte gefragt, Johanna. Sondern von Mensch zu Mensch. Aber selbstverständlich müssen Sie nicht darauf antworten.

Ja. Ich bin religiös, sagt Johanna. Und als Polizistin halte ich mich an die Gesetze.

Sind Sie katholisch?

Nein, sagt Johanna und lacht, als sei dies eine absurde Frage. Ich bin Mitglied der neuchristlichen Gemeinschaft des Herrn.

Von dieser Gemeinde habe ich noch nie gehört, sagt Marta.

Es ist eher eine Familie als eine Gemeinde. Eine Gemeinschaft. Sie wurde hier in Schwarzbach gegründet. Von Hans Koepsel, dem Vertreter unseres Herrn auf Erden.

Haben Sie sich deshalb nach Schwarzbach beworben?

Ich könnte sagen, es sei ein Zufall gewesen, sagt Johanna. Aber das wäre eine Lüge, und eine Lüge ist eine Sünde, Frau Kommissarin.

Dann danke ich für Ihre Aufrichtigkeit, Johanna, sagt Marta und zieht die Tür auf. Ich wünsche Ihnen einen schönen Feierabend.

Marta war schon einige Male hier, ist auch schon von München den Weg gefahren. Um ihn um Verzeihung zu bitten. Sie hat sich nur nie auf das Gelände getraut. Nicht mal Martas Therapeut weiß, dass sie manchmal herkommt. Nur Charlotte sagte sie ihr Geheimnis, Charlotte hätte es verstanden. Da ihr auch etwas geschah, was sich nie wieder rückgängig machen lässt.

Am Vormittag ist Marta bei einer Konferenz der Polizeichefs des Landkreises gewesen und hat Vorträge über Personalführung und Kostensenkung gehört. Die Beamten sollten zu Fuß auf Streife gehen, um die Ausgaben für Benzin zu senken, sagte eine Ministerialrätin. Marta hat dann nach Hause fahren wollen. Nach Schwarzbach, falls Schwarzbach überhaupt ihr Zuhause ist.

Das Auto ist aber nicht nach Schwarzbach gefahren. Es ist wie ferngesteuert nach Süden gerollt, in eine Landschaft mit hübschen Dörfern, ausgedehnten Wäldern und idyllischen Seen. Und da irgendwo ist dieses Krankenhaus. Das gar kein Krankenhaus ist, weil niemand von dort als geheilt entlassen wird.

An schönen Tagen wie heute schieben die Pfleger die Rollstühle an den Springbrunnen, in den Schatten der Buchen und Eichen. Auf dem Brunnen tanzen vier wasserspuckende Engel, für jede Himmelsrichtung einer. Das Krankenhaus befindet sich in einer Senke, von der Lichtung schaut Marta über die Mauer auf den Brunnen. Wo die Rollstühle aufgereiht sind, steht auch ein Rollbett, in dem eine Frau wie tot auf dem Rücken liegt und in den Himmel starrt.

Giuseppe di Natale trägt einen Kapuzenpulli, Jeans und Sneaker. Die Schuhe sind schneeweiß, sie haben noch nie den

Boden berührt. Der Pfleger hat Giuseppes Beine an den Stuhl geschnallt, sein Kopf lehnt an der Rückenlehne. Er trägt eine Haube aus hellbraunem Leder und blickt auf den Hang, auf den Wald und in den Himmel. Niemand weiß, was Herr di Natale sieht oder denkt, hat der Gutachter vor Gericht gesagt.

Bitte verzeih mir, sagt Marta.

Es ist merkwürdig still. Ein Wald ohne Vögel, ohne Insekten, nicht mal die Blätter rascheln in den Bäumen. Vielleicht halten die Tiere auch nur den Atem an, solange sie da ist, denkt Marta. Zwei Pfleger kommen aus dem Krankenhaus und schieben nach und nach die Rollstühle ins Haus.

Es tut mir leid, sagt Marta und geht durch den Wald zu ihrem Wagen.

Mit jedem Schritt wird das Zwitschern der Vögel lauter. Jetzt hört sie auch das Gluckern des Bachlaufs und das Summen der Insekten. Marta steigt in den Wagen, lässt den Motor an, ächzend rumpelt der Pick-up über die Bodenwellen und durch die Schlaglöcher, und als sie in den Rückspiegel schaut, ist hinter dem Wagen eine Staubfahne.

In einer Schneise nahe der Landstraße sieht sie dieses Auto. Das da nicht gewesen ist, als sie herkam. Ein Auto, wie es junge Männer fahren. Flach, mit breiten Reifen und abgedunkelten Scheiben, grau, kaum zu erkennen zwischen den Zweigen und Sträuchern.

Vielleicht ein Liebespaar.

Sie lächelt, weil es sie an Vid erinnert. Und wie sehr sie verliebt war in ihn. Sie hatten sich auch im Auto getroffen. In dem Sommer, als sie und Papa und Mama bei der Oma im Urlaub gewesen waren, in Piran. Vid ist fünf Jahre älter als Marta und war damals schon verheiratet. Er hat sogar schon eine Tochter gehabt. In jenem Sommer waren sie einige Male in seinem Skoda über die Grenze nach Triest gefahren. In Italien hatte er sich unbeobachtet gefühlt, und da hatte Vid sie auch zum ersten Mal geküsst.

Marta lenkt den Wagen auf die Landstraße, tritt aufs Gaspedal und schaltet das Radio ein. Sie spielen das Lied eines Jungen, der einer verflossenen Liebe nachhängt. Und sie stellt sich vor, dass Vid dieser Junge ist.

KAPITEL 3

Ich habe geweint, bis ich keine Tränen mehr hatte.
Dann fing es an zu schneien, und der Schnee
deckte mich für immer zu. #JensF

Der Absender der Posts muss Jens Fritsche gut gekannt haben. Marta vermutet jemanden aus der Familie oder einen engen Freund. Die meisten wurden an Jens Fritsches Geburtstagen, an Weihnachten und an den Jahrestagen seines Verschwindens gepostet. Hin und wieder ist auch ein Foto dabei. Schnappschüsse aus dem Familienalbum, oft unscharf oder falsch belichtet. Jens Fritsche auf einem Dreirad, Jens Fritsche lachend vor einem Weihnachtsbaum, auf einer Schaukel oder am Steuer eines kleinen beigefarbenen Trabant. Im Hintergrund der silbrig glitzernde Fernsehturm Ostberlins.

Marta hat Hunderte, vielleicht sogar Tausende Fotos von Charlotte. In den ersten Jahren hatten Tom und sie das Kind bei jeder Gelegenheit fotografiert. Mit zwölf drehte Charlotte ihnen dann plötzlich den Rücken zu, und mit sechzehn war es ihr wieder recht gewesen, fotografiert zu werden, und sie hatte ihre hübschesten Bilder ins Netz gestellt.

Marta fällt auf, wie oft derjenige, der den Account *#JensF* betreibt, Gott erwähnt. Dass Gott den Mörder ins Fegefeuer stoßen werde, dass Gott wütend oder traurig sei und Gott ihm helfe, den Mörder zu finden. Die Polizei hingegen wird nie erwähnt, als sei sie weder an der Aufklärung des rätselhaften Mordes noch an der Suche nach dem Mörder des Jens Fritsche beteiligt.

Marta streckt sich, seit Tagen hat sie diese grässlichen Schmerzen im Nacken. Sie schaut aus dem Fenster, wo Hartmann und Johanna von einem Einsatz zurückkommen. Hartmann steigt aus, lacht und winkt freundlich, und Johanna fährt den Streifenwagen zum Parkplatz.

Heute morgen hatte Arkoc ihr Fritsches Akte aus dem Archiv gebracht. Marta war verblüfft gewesen, dass es nur fünf Ordner waren. Beim LKA hatten Mordfälle oft hundert oder noch mehr Ordner gehabt. Sie liest die Protokolle und Vermerke, und ihr wird klar, dass die Polizei dem Verschwinden des Jungen anfangs keine besondere Bedeutung beigemessen hatte. An ein Tötungsdelikt hatte merkwürdigerweise erst gar niemand gedacht. Routinemäßig waren Fotos von Jens Fritsche an die Polizeistationen im Landkreis verschickt worden, auch an die Flughafen- und Bahnhofspolizeien. Der *Kurier* hatte einen kurzen Bericht gebracht. Und dann nichts mehr. Der damalige Leiter der Polizeistation Schwarzbach schrieb in die Akte, höchstwahrscheinlich sei Jens Fritsche von zu Hause weggelaufen. Und werde irgendwann schon wieder heimkommen.

Ein Motiv für das Verschwinden des Jungen aus der heimischen Umgebung könnte die überstrenge Erziehung des Vaters gewesen sein, hatte der Polizeipsychologe geschrieben.

Erst als die Leiche unter dem tauendem Schnee gefunden worden war, hatte die Polizei das Verschwinden des Jungen ernst genommen. Vom LKA war ein Kommissar entsandt worden, dessen Name Marta noch nie gehört hatte. Joachim Wagner. Offenbar hatte man der örtlichen Polizei nicht zugetraut, den Fall aufzuklären.

Der Kommissar Wagner hatte zwei Wochen im *Hotel zur Post* gewohnt und Familienangehörige, Mitschüler, Lehrer und Nachbarn befragt. Dabei sagte eine Mitschülerin, das Festkomitee habe Jens Fritsche nur aus Höflichkeit zur Party eingeladen.

Den Jens konnte ja keiner von uns leiden, gab das Mädchen zu Protokoll.

Wagner ließ insgesamt sechsundsiebzig Zeugen befragen. Einen brauchbaren Hinweis bekam er nicht. Die Hälfte der befragten Gäste hatte sich nicht mal erinnern können, Jens Fritsche auf der Party gesehen zu haben. Und andere sagten, Jens habe eine Weile neben dem DJ-Pult gestanden und dann plötzlich nicht mehr.

Tom ruft an. Marta hat seine Nachricht gelesen. Tom übergab die Wohnung an die Käufer und überwies ihren Anteil.

Ich vermisse dich, Süße, schreibt er.

Marta geht nicht ans Telefon. Tom lässt es immer sieben Mal klingeln. Vier. Fünf. Sechs. Sieben.

Dann gibt er auf, und es ist still.

Jens Fritsches Leiche war fünfzehn Kilometer vor Schwarzbach gefunden worden. Am Rande einer winzigen Ortschaft namens Steinach. Marta schaut es sich im Internet an, ein paar Höfe und Wohnhäuser, ein trüber Flecken im Niemandsland. Ein pensionierter Förster war mit seinem Terrier am Bach langgegangen, der Hund buddelte etwas aus dem Schnee, was der Förster zunächst für ein Stück Holz oder den Knochen eines Rotwilds hielt.

Bei genauerem Hinsehen waren es der Arm und die Hand eines Menschen.

Die Spurensicherung war aus München angereist und hatte das Skelett freigelegt. Noch bevor der Schnee die Leiche für Monate unter sich begrub, hatten sich Wildtiere, Insekten, Würmer und Larven über den Toten hergemacht. Die Knochen waren bis auf Fetzen von Haut und Fleisch und Haaren abgenagt. In den vier Monaten, die der tote Junge unter dem Schnee lag, hatte es einige Male getaut, war Schmelzwasser über das Skelett gelaufen, hatte es immer wieder Frost und neuen Schnee gegeben.

Auf einem der Fotos ist das Loch im Schädel des Toten genau zu erkennen. Es hat etwa den Durchmesser eines Trinkglases. Von der Kleidung fand man nur Lumpen und Fetzen, gut erhalten waren die Schuhe und die Geldbörse mit dem Personalausweis. Das Gebiss wurde mit den Unterlagen des Zahnarztes verglichen, und so konnte Jens Fritsche eindeutig identifiziert werden.

Als Todesursache kommen verschiedene Möglichkeiten in Betracht, hatte Kommissar Wagner geschrieben.

Variante A:
Jens F. stürzte den Abhang herunter und verletzte sich so schwer (siehe Kopfverletzung), dass er verblutete. Dafür sprechen Frakturen der Gliedmaßen. Innere Verletzungen wären ebenfalls möglich, sind aber nicht nachweisbar. Ob Jens F. von einem Dritten gestoßen wurde, ließ sich aus gerichtsmedizinischer Sicht nicht feststellen.

Variante B:
Dem Jens F. wurde vor dem Sturz der Schädel eingeschlagen, mit einem etwa faustgroßen Stein oder einem stumpfen Gegenstand; dann erst stieß man ihn den Abhang hinunter. Folgen siehe Variante A.

Variante C:
Jens F. wurde an einem anderen Ort getötet und an der Fundstelle abgelegt. Die Kopfverletzung entstand entweder vorher (und war dann möglicherweise die Todesursache) oder die Kopfverletzung entstand (siehe Varianten A und B) beim Ablegen der Leiche.

Aus rechtsmedizinischer Sicht ist davon auszugehen, dass Jens F. am Tag seines Verschwindens oder in den Tagen danach starb. Mit großer Wahrscheinlichkeit jedoch, bevor der starke Schneefall einsetzte (zwei Wochen nach dem Verschwinden Fritsches; siehe Bericht der Wetterwacht).
Auch ein natürlicher Tod (z. B. plötzlicher Herzstillstand mit anschließendem Sturz) ist denkbar, bei einem Neunzehnjährigen ohne auffällige Vorerkrankungen aber eher unwahrscheinlich. Ein Suizid durch Sturz und Kopfverletzung ist ebenso unwahrscheinlich, aber zumindest theoretisch möglich.

Marta schreckt auf, als das Telefon klingelt.

Wir haben einen Vermisstenfall, sagt Oehlert. Zwei sechsjährige Mädchen sind verschwunden.

Wo ist das passiert?

Marta kennt kaum eine Straße in Schwarzbach beim Namen und zuckt zusammen, als Oehlert ausgerechnet die Straße und die Nummer des Hauses nennt, in dem Cislarczyk wohnt.

Wie heißen die Mädchen?

Warten Sie, sagt Oehlert, und sie hört, wie er mit Papier raschelt. Olga und Jessica.

Martas Herz zieht sich zu einem Knoten zusammen, schlägt schneller, immer schneller. Sie springt auf, ihr wird schwindlig, sie läuft nach unten, zur Leitstelle.

Was wissen wir über die Kinder?

Olgas Mutter hat ihre Tochter vermisst gemeldet, sagt Oehlert. Sie glaubt, Olga wollte ihre Freundin Jessica nach Hause bringen. Zur Oma. Aber die Kinder sind da nicht angekommen. Ich habe mit der Großmutter telefoniert.

Jetzt mal mit der Ruhe, sagt Hartmann. Hier in Schwarzbach verschwinden doch nicht einfach die Kinder von der Straße.

Johanna, sagt Marta und nimmt den Wagenschlüssel vom Haken.

Sie nehmen den schnellen BMW. Johanna stellt das Blaulicht ins Fenster, lässt es blinken. Sie ist eine gute Fahrerin. Noch ist Tag, aber die Sonne steht schon tief. Marta ruft Oehlert an und sagt, er soll im Elektromarkt nach Cislarczyk fragen.

Johanna überholt die anderen Wagen, und Marta denkt an die Mädchen, hört die Stimmen und das Kichern der beiden und sieht den Igel. Und wie die Kinder erschrocken schauten, als sie gesagt hatte, vielleicht sei es ja auch eine Frau Igel.

Cislarczyk ist nicht im Elektromarkt, sagt Oehlert. Er hat seinen freien Tag heute.

Sie fahren auf den Platz vor dem Haus, eine junge Frau steht vor der Tür, raucht, geht in kurzen Schritten auf und ab, mit dem Handy am Ohr.

Endlich, sagt sie.

Wo haben Sie die Mädchen zuletzt gesehen?

Olga und Jessi sind am Parkplatz Fahrrad gefahren. Und dann waren sie plötzlich weg.

Warum glauben Sie, dass sie zu Jessis Oma gegangen sind?

Das hat Olga schon mal gemacht hat. Ich hatte es ihr verboten. Vielleicht wollte sie mich fragen, aber ich war ...

... Sie waren nicht zu Hause?

Ich war bei einem Nachbarn.

Wie heißt der Nachbar?

Muss ich das sagen?

Ja.

Ich war bei Patrick. Er wohnt unter dem Dach. Wir sind befreundet, ich ..., sagt Olgas Mutter, und ihre Augen füllen sich mit Tränen.

Kennen Sie Herrn Cislarczyk?

Wen?

Ich meine Herrn Stiller. Der wohnt auf der dritten Etage.

Ach der. Nein, persönlich kenne ich den nicht. Der spricht ja mit keinem.

Auch nicht mit Olga?

Was sollte er denn mit Olga besprechen? Ist er ...?

... er ist gar nichts, sagt Marta. Machen Sie uns bitte die Haustür auf.

Marta lässt Johanna mit dem Aufzug auf die dritte Etage fahren und nimmt wie bei ihrem letzten Besuch die Treppe. Sie sind gleichzeitig oben. Marta schiebt die Hand unter die Jacke und berührt die Waffe.

Bleib hinter mir, sagt Marta leise zu Johanna und schellt.

Es passiert nichts. Nur Stille. Marta schellt noch mal. Noch mal nichts. Sie hämmert mit der Faust an die Tür.

Polizei. Machen Sie auf.

Es bleibt so still. Kein Geräusch. Nach einmal schlägt Marta an die Tür und schellt. Hält den Finger auf dem Klingelknopf. Und dann, als sie schon gar nicht mehr damit rechnet, sind Schritte hinter der Tür. Auch ein Husten und ein Räuspern. Der Schlüssel wird im Schloss gedreht und die Tür einen Spalt weit geöffnet.

Was wollen Sie?, sagt Cislarczyk.

Lassen Sie uns rein.

Ich hab nicht aufgeräumt.

Das macht nichts.

Haben Sie einen Durchsuchungsbefehl?, sagt er.

Brauche ich nicht, sagt Marta, und Johanna lächelt verlegen.

Dann lasse ich Sie auch nicht ...

... lassen Sie uns verdammt noch mal rein, sagt Marta.

Cislarczyk schluckt, zieht dann endlich die Tür auf. Johanna hat die Hand an der Waffe und hält Cislarczyk im Blick. Marta schiebt die Türen auf, Küche, Bad, Wohnzimmer, schaut unter Tische und Stühle, hinters Sofa.

Ist da Ihr Schlafzimmer, Herr Cislarczyk?, sagt sie.

Er nickt und legt die Hand auf den Türgriff.

Aber nicht erschrecken, sagt er, ich hab nicht aufgeräumt.

Marta schiebt die Tür auf. Ein winziger Raum. Das einzige Möbelstück ist ein französisches Bett. Auf dem Laken Kopien von Zeitungsartikeln in Klarsichthüllen, Bilder und Berichte von dem Doppelmord in Düsseldorf. Marta riecht das Sperma, sie sieht die glänzende Flüssigkeit auf einer Klarsichthülle und den feuchten Spritzer auf dem Laken.

Wenn Sie es genau wissen wollen, habe ich mir gerade einen runtergeholt, sagt Cislarczyk. Ich konnte ja nicht wissen, dass ich noch Damenbesuch bekomme.

Er lacht albern, und Marta überfliegt die Überschriften der Zeitungen.

Sie waren noch so jung – und mussten so grausam sterben.

Die Schlagzeile geht über die halbe Seite. Ein hübscher Junge, ein hübsches Mädchen. Arm in Arm, in die Kamera lächelnd. Verliebt. Das Foto entstand wenige Tage vor ihrer Begegnung mit Cislarczyk, sie hatten geglaubt, das ganze Leben noch vor sich zu haben.

Sie ekeln mich an, sagt Marta und geht in den Flur. Johanna hält sich die Hand vor Mund und Nase.

Wo kann ich mich über Sie beschweren, Frau Kommissarin?, sagt Cislarczyk. Wegen Hausfriedensbruch.

Marta zieht die Wohnungstür hinter sich zu. Stumm vor Wut.

Der Herr wird ihn strafen, sagt Johanna, als sie im Aufzug nach unten fahren.

Und?, sagt Olgas Mutter, als sie die Tür des Aufzugs aufschieben.

Wir setzen alles daran, die Kinder zu finden, sagt Marta.

Was man so sagt. Johanna schaut zum Himmel und atmet durch. Als sie im Wagen sitzen, klingelt Martas Handy.

Ich hab die Mädchen, sagt Hartmann.
Was?
Die waren bei der Oma im Geräteschuppen. Die wollten ihrem Igel ein Nest bauen. Als die Oma gerufen hat, haben sie sich versteckt. Sie dachten, die Oma würde den Igel wegjagen.
Danke, Herr Hartmann. Ich werde es Olgas Mutter sagen.
Ich habe doch gesagt, dass in Schwarzbach die Kinder nicht einfach so von der Straße verschwinden, Frau Kommissarin.
Das haben Sie gesagt, Herr Hartmann, sagt Marta und legt auf.

Eine Weile fahren sie auf der Umgehungsstraße parallel zum Bahngleis. Die Sonne verschwindet feuerrot hinter dem Hügel. Marta sitzt auf dem Beifahrersitz und schaut in die flimmernde Landschaft. Das Land an der Grenze beginnt ihr zu gefallen, das Spröde und Überschaubare. Einige Bauernhöfe, geduckte Scheunen, vor allem aber Wiesen und Weiden und der Bachlauf am Fuß der Anhöhe.
Ich habe nachgedacht, sagt Johanna. Was Sie gesagt haben über die Moral und das Gesetz, Frau Kommissarin. Und vorhin, als wir bei diesem widerlichen Kerl waren, der die Bilder von seinen Opfern benutzt, um sich …
Es verschlägt Johanna die Stimme, sie beißt sich auf die Unterlippe.
Denken Sie nicht weiter darüber nach, sagt Marta, sonst verfolgt es Sie bis in den Schlaf.
Ich habe Sie bewundert, was Sie diesem Menschen gesagt haben, Frau Kommissarin. Dass er Sie anekelt. Und dass Sie dann gegangen sind.
Wir müssen uns nicht alles gefallen lassen als Polizisten, sagt Marta.

Einige Hundert Meter fahren sie schweigend, Marta spürt, dass Johanna noch etwas sagen will.

Ich weiß ja, was Ihnen passiert ist mit Ihrer Tochter, Frau Kommissarin, und da …

… es hat nichts damit zu tun, Johanna.

Entschuldigen Sie, ich wollte Ihnen nicht zu nahe treten, Frau Kommissarin, ich …

Johanna hupt plötzlich, lässt das Martinshorn aufheulen, beschleunigt und zieht an dem Wagen, der vor ihnen fährt, vorbei, schert nach rechts ein und bremst ihn aus.

Was ist denn?, sagt Marta.

Haben Sie das nicht gesehen? Das Rücklicht, es funktioniert nicht, sagt Johanna.

Sie steigt aus und rückt die Uniform zurecht. Im Rückspiegel sieht Marta den Volkswagen. Am Steuer sitzt eine Frau von etwa vierzig Jahren. Die Frau dreht das Seitenfenster herunter, und Marta steigt auch aus.

Es tut mir leid, sagt Johanna. Ich wusste nicht, dass du das bist, Franziska. Hast du einen neuen Wagen?

Unser Auto ist in der Werkstatt. Das ist ein Ersatzwagen.

Ach so, sagt Johanna, dann weißt du wahrscheinlich gar nicht, warum ich dich angehalten habe?

Marta erkennt die Frau. Es ist Fritsches Frau, sie schüttelt den Kopf, hält die Hände am Lenkrad und schaut aus wie ein verschüchtertes Kind.

Das linke Rücklicht funktioniert nicht, Franziska, sagt Johanna. Wenn jemand von hinten kommt und dich nicht rechtzeitig sieht, dann kann leicht ein Unfall passieren.

Das tut mir leid, sagt Franziska. Das habe ich nicht gewusst, der Wagen gehört mir ja nicht.

Das spielt keine Rolle, sagt Johanna. Du bist die Fahrerin und musst dich laut Straßenverkehrsordnung vor Antritt einer Fahrt über den ordnungsgemäßen Zustand des Fahrzeugs vergewissern. Ich muss dir leider ein Verwarnungsgeld aufschreiben.

Marta geht um den Wagen herum, klopft gegen das Rücklicht, drei, vier Mal, dann leuchtet es auf.

Es funktioniert wieder, sagt sie.

Was?, sagt Johanna.

War wohl nur ein Wackelkontakt.

Und was mache ich jetzt mit der Verwarnung?

Sie sollten das Licht mal überprüfen lassen, sagt Marta zu Fritsches Frau. Auf die Verwarnung verzichten wir.

Da hast du noch mal Glück gehabt, sagt Johanna und lacht, steckt den Block und den Stift weg, beugt sich plötzlich vor und küsst Franziska auf die Schläfe, dreht sich rasch weg und setzt sich in dem Dienstwagen ans Steuer. Als sie wegfahren, sieht Marta im Rückspiegel das Abblendlicht des Volkswagens aufflackern und dann erlöschen.

Warum lachen Sie, Frau Kommissarin?

Nur so, sagt Marta. War das nicht die Frau von Fritsche, der den Gasthof an der Grenze hat?

Sie heißt Franziska, sagt Johanna, und sie ist die Tochter unseres Herrn auf Erden. Woher kennen Sie Franziska, Frau Kommissarin?

Ich habe sie zufällig an dem Gasthof gesehen, als ich da mit dem Rad langgefahren bin.

War das dumm von mir mit der Verwarnung, Frau Kommissarin?

Nein, Sie haben sich korrekt verhalten, sagt Marta.

Vor dem Gesetz sind eben alle gleich, sagt Johanna. Auch die Familie unseres Herrn auf Erden.

Irgendwo kläfft ein Hund. Und dann ein zweiter. Die Glocke der Kirche gegenüber der Polizeistation schlägt hallend die volle Stunde, von der Leitstelle im Erdgeschoss schwebt ausgelassenes Gelächter zu Marta herauf, darunter auch Hartmanns tiefe, dröhnende Stimme.

Als Johanna und Marta von Cislarczyk gekommen sind, hat sich Hartmann vor ihr aufgebaut und albern gegrinst. Als hätten sie ein Spiel gespielt und er wäre der Sieger.

Ich hatte die beiden Kinder an Cislarczyks Haus gesehen, sagte Marta, und anscheinend habe ich etwas voreilig einen Zusammenhang konstruiert, der gar nicht bestand.

Wir machen alle mal einen Fehler, sagte Hartmann und hat sie angesehen, als mache er selber nie einen Fehler.

Marta schlägt Fritsches Akte auf, kann sich aber nicht konzentrieren, schiebt Stifte und Papier hin und her, auch das Bild mit Charlotte. Bis es klopft und Hartmann eintritt, noch bevor sie ihn rufen konnte.

Da ist noch ein Thema, sagt er. Das wollte ich aber nicht vor den anderen mit Ihnen besprechen, Frau Kommissarin.

Worum geht es denn?, sagt Marta.

Ist ein bisschen peinlich, sagt er. Aber mir wurde zugetragen, Sie hätten eine Diskussion mit Herrn Münzner gehabt, Frau Kommissarin.

Wer ist Münzner?, sagt sie, auch wenn sie sich erinnert. *Fleischwaren Münzner.*

Ich meine den Metzger, sagt Hartmann. Er macht bessere Thüringer Würste als die Thüringer. Er soll sich für Ihren Parkplatz interessiert haben, wurde mir gesagt.

Ach, das meinen Sie, sagt Marta so gelangweilt wie möglich. Herr Münzner zeigte mir sein Interesse an meinem Parkplatz mit dem ausgestreckten Mittelfinger. Und beschimpfte mich mit einem Wort, das ich vor Ihnen nicht wiederholen möchte, Herr Kollege.

Der Münzner ist ein grober Kerl, sagt Hartmann. Ich weiß. Vielleicht, weil er jeden Tag Schweine und Rindviecher abschlachtet.

Und was sollten die anderen jetzt nicht zu hören bekommen, Herr Hartmann?

Sie hätten ihm eine Anzeige wegen Beamtenbeleidigung schreiben können, Frau Kommissarin.

Hätte ich, sagt sie. Aber nach meinem Ermessen war das nicht nötig.

Wäre aber besser gewesen, als Münzner die Pistole an den Kopf zu halten, sagt Hartmann, lächelt, streckt aus irgendeinem Grund alle Finger aus und betrachtet seine Nägel.

Ich hatte angenommen, Herr Münzner wollte womöglich eine Waffe vom Beifahrersitz nehmen, sagt Marta.

Ich weiß nicht, sagt Hartmann und schüttelt den Kopf. Wir sind hier doch nicht in der Bronx, Frau Kommissarin.

Die Ausdrucksweise von Herrn Münzner hätte auf jeden Fall besser in die Bronx gepasst als nach Schwarzbach, sagt Marta.

Münzner sagt, er habe Ihnen ein Frikadellenbrötchen reichen wollen. Als Entschuldigung für seine Unhöflichkeit.

Ich mache mir nichts aus Frikadellen, sagt Marta.

Verstehe, sagt Hartmann und lächelt. Dann sind Sie Vegetarierin?

Sie werden keine Freunde werden, denkt Marta. Wahrscheinlich werden sie Rivalen sein. Auch wenn er etwas anderes behauptet, hat Hartmann es vermutlich doch auf ihren Job abgesehen.

Ich konnte den Metzger glücklicherweise überreden, von einer Dienstaufsichtsbeschwerde abzusehen, Frau Kommissarin.

Die hätte keinen Erfolg gehabt, sagt Marta. Wie gesagt, ich fühlte mich bedroht.

Dann hätte ich mich ja nicht bemühen müssen, sagt er, grüßt und zieht die Tür hinter sich zu.

Marta ist wütend. Sie hat diesen Job seit einigen Tagen erst, und schon sind ihr zwei schwere Fehler unterlaufen. Hartmann spürt ihre Unsicherheit. Er ist ein erfahrener Polizist und kann in den Gesichtern der Menschen lesen.

Sie zündet sich eine Zigarette an und schaut aus dem Fenster, während der Kaffee aus der Maschine in die Tasse tropft. Marta braucht eine Weile, sich zu beruhigen, setzt sich an den Schreibtisch, schaut auf das Foto mit Charlotte, Mutter und Tochter, bis sie sich einen Ruck gibt und die Akte aufschlägt.

Der Abschlussbericht des Kommissars Joachim Wagner geht über achtundvierzig Seiten. Wenn Kriminalisten einen Fall nicht lösen können, dann wollen sie das wenigstens ausführlich begründen. Wagner hatte keine Zeugen gefunden, die ihm bei der Ermittlung weiterhalfen. Wagner fand keine verwertbaren Spuren und auch kein Motiv.

Niemand schien ein Interesse am Tod des Schülers Jens Fritsche gehabt zu haben.

Vieles spricht für eine zufällige Begegnung zwischen Mörder und Opfer. Vielleicht war aus einer kleinen Meinungsverschiedenheit ein Wutausbruch entstanden, aus Worten waren Schläge und Hiebe geworden, und dann plötzlich war der Junge tot gewesen.

Marta hat in München hin und wieder mit solchen Taten zu tun gehabt. Ein anfangs oft harmloser Streit zwischen zwei Fremden eskalierte, ein falsches Wort, ein falscher Blick, und am Ende hat jemand tot auf der Straße gelegen.

Totschlag im Affekt.

Die Ermittlungen in Fällen von Mord oder Totschlag sind besonders schwierig, wenn es keine Beziehung zwischen Täter und Opfer gibt. Oder kein Motiv zu erkennen ist. Und nur zu oft werden solche Fälle ins Archiv zu den unaufgeklärten Gewalttaten gelegt.

Marta geht alle Berichte noch einmal gründlich durch. Vier Monate waren zwischen dem spurlosen Verschwinden des Jungen und dem Fund seiner Leiche vergangen. Eine lange Zeit. Das Getier auf dem Hang, der Schnee, Eis, Regen, Tauwetter und dann alles wieder von vorn.

Die Spurensicherung hatte auf dem Hang Bonbonpapier und Zigarettenkippen gefunden, eine zusammengeknüllte Seite aus einer fünf Jahre alten Modezeitschrift, eine angerostete Coladose, einen Kugelschreiber ohne Mine und das linke Glas einer Sonnenbrille.

Aber nichts, was Joachim Wagner bei seinen Ermittlungen weitergebracht hätte.

Marta gähnt, die Berichte ermüden sie. Zumal sich die Vermerke lesen, als habe sich kein Polizeibeamter ernsthaft für den Fall interessiert. Als sei Joachim Wagner geradezu erleichtert gewesen, die Akte schließen zu können, auch wenn er nicht herausgefunden hatte, was Jens Fritsche in jener Nacht zugestoßen war.

Von Fritsche gibt es nur ein einziges professionelles Foto in den Akten. Eine Aufnahme des Schulfotografen. Jens Fritsche als sechzehnjähriger Schüler. Seine Augenlider sind halb geschlossen und sein Blick auf den Boden gerichtet.

Ihr Vater sagte oft, die Augen eines Menschen seien die Fenster zu seiner Seele. Dann hatte Jens Fritsche eine misstrauische, verschlossene Seele, denkt Marta.

Was soll sie tun? Die Akten ins Archiv zurücktragen lassen? Oder die Ermittlungen neu aufnehmen? Nur mit welcher Hypothese?

Was hätte Lieutenant Deputy Susan Stone an ihrer Stelle getan?

Marta muss nicht lange darüber nachdenken. Sie schreibt eine Mail an die Verwaltung, unverzüglich alle Asservate in der Mordsache Jens Fritsche für neue kriminaltechnische Ermittlungen bereitzustellen.

KAPITEL 4

*Heute ist mein Geburtstag. Meine Familie hätte
mir einen Kuchen gebacken und Kerzen aufgestellt.
Happy Birthday to you, dear Jens. #JensF*

In der Nacht hat Marta von Vid geträumt. Wie sie in dem Skoda über die Grenze nach Italien gefahren sind. Um sich zu küssen. Und wie sie während der Fahrt aus dem Dorf auf der Rückbank gelegen hat, dass niemand sie sehen konnte in Vids Wagen.

Die Erinnerung lässt Marta lächeln, während sich der Regen anhört, als trommelten hundert Finger gleichzeitig aufs Dach. Der Regen ist plötzlich gekommen, eine riesige schwarze Wolke wie von einer Explosion. Er hört abrupt auf, und die Sonne sticht durch die Wolken, als sei nichts gewesen. Ungläubig lachend kommen die Passanten mit zerfledderten Frisuren und nassen Kleidern aus Hauseingängen und unter Vordächern hervor.

Die Redaktion des *Kurier* befindet sich über einem Lederwarengeschäft. Im Flur stapeln sich Zeitungen, es riecht nach Papier und Druckerschwärze. An den Wänden hängen Fotografien, die Bundeskanzlerin auf dem Marktplatz, der Ministerpräsident beim Redaktionsbesuch, ein Fußballer reckt lachend einen Pokal in den Himmel, ein Bulldozer hält einen Grenzpfahl am Haken wie einen fauligen Zahn.

Der Redakteur Regh bietet ihr Kaffee an. Eine Weile reden sie über Schwarzbach, die Bürgermeisterin, die keinem Streit aus dem Weg geht, das Wetter, die Mentalität der Leute. Small Talk eben.

Und womit kann ich Ihnen helfen, Frau Kommissarin?

Erinnern Sie sich an einen Schüler namens Jens Fritsche?, sagt Marta. Er verschwand nach einer Party an seiner Schule. Vier Monate später wurde auf einem Abhang in Steinach seine Leiche gefunden.

Natürlich erinnere ich mich, sagt Regh. So etwas passiert hier nicht alle Tage. Es passiert nicht mal jedes Jahr.

Er lacht und holt mit einigen Klicks die Zeitung von damals auf den Monitor. Der Fund des Skeletts war über mehrere Tage das wichtigste Thema beim *Kurier*.

Es hat die Leute sehr bewegt, sagt Regh. Schwarzbach ist ja ein harmloses Städtchen.

Wirklich?, sagt Marta, und er schaut sie überrascht an.

Das werden Sie schon auch noch merken, sagt Regh und schenkt Kaffee nach.

Warum hat der *Kurier* über das Verschwinden des Jungen seinerzeit nur eine kurze Notiz gebracht?, sagt Marta.

Es ist nichts Besonderes, wenn ein Jugendlicher von zu Hause wegläuft. Das passiert jeden Tag. Wir haben die Sache erst groß gemacht, nachdem die Leiche gefunden wurde.

Aber da hört die Berichterstattung auch nach einigen Tagen wieder auf.

Ja, sagt Regh. Weil es kein Motiv gab, keine Tatwaffe, keine Spuren, keine Zeugen. Eine Zeitung kann doch nicht jeden Tag schreiben, dass es nichts Neues gibt. Gibt es denn etwas Neues? Wir können gleich ein Interview machen.

Leider nicht, sagt Marta. Ich schaue mir nur routinemäßig die ungelösten Fälle an.

Regh nickt und nippt an dem Kaffee.

Es gibt einen Account von Jens Fritsche im Internet, sagt Marta. Was halten Sie davon?

Ich hasse das Internet, sagt er. Die Leute glotzen nur noch aufs Handy statt in die Zeitung.

Der Account hat fünftausendzweihundertdreiundachtzig Abonnenten.

Fünftausendzweihundertdreiundachtzig zu viel, sagt Regh und schlägt mit der flachen Hand auf den Tisch.

Alles sieht danach aus, als würde die Familie des Getöteten den Account unter seinem Namen betreiben, sagt Marta.

Von mir aus, sagt Regh.

Vielleicht wollen sie den oder die Täter unter Druck setzen.

Dann müssten die ja ganz einfach zu finden sein.

Wie meinen Sie das, Herr Regh?

Er schaut sie an, lächelt, streicht sich übers Kinn.

Hätte ich jemand umgebracht und mein Opfer schreibt im Internet darüber, dann würde ich das doch sicher lesen. So gesehen müssten Sie den Mörder unter den Abonnenten der Seite finden.

Das ist ein sehr interessanter Gedanke, Herr Regh. Vielen Dank. Wir müssen nur die fünftausendzweihundertdreiundachtzig Abonnenten durchsehen, und dann haben wir ihn.

Genau, sagt Regh, und sie lachen.

Er stopft seine Pfeife, und Marta zündet sich eine Zigarette an. Er ist ihr sympathisch, Regh ist ein Mann mit Manieren und Humor. Sie stellen sich ans Fenster und unterhalten sich übers Rauchen und dass sie es aufgeben sollten. Vor der Kreuzung stauen sich die Autos. Eine Radfahrerin fährt an der Schlange entlang, eine Beifahrertür wird plötzlich aufgestoßen, die Frau verliert das Gleichgewicht und stürzt. Schreie hallen über den Platz, Passanten richten die Radfahrerin auf, die dann benommen und blutend auf dem Gehweg hockt.

Wie heißt es so schön unter uns Journalisten?, sagt Regh. Die besten Storys liegen auf der Straße.

Marta beeilt sich, von der Arbeit nach Hause zu kommen, aber ihre Eltern sind trotzdem vor ihr da. Papa war Lokführer, er ist der pünktlichste Mensch, den Marta kennt. Bei seiner Verabschiedung hatte sein Chef gesagt, wären alle wie Papa, hätte noch nie ein Zug Verspätung gehabt.

Einen Aufzug hätte ich auch gerne, sagt ihre Mutter, als sie zu Martas Appartement hinauffahren.

Wir wohnen doch Parterre, sagt Papa.

Aber mit Aufzug hätte ich eine Wohnung weiter oben genommen, sagt Martas Mutter.

So ist es immer mit den beiden, nie sind sie sich einig. Ihre Eltern haben eine Wohnung in der Nähe des Flughafens, weit draußen vor der Stadt. Den ganzen Tag schweben Flugzeuge am Himmel über der Gegend. Als Marta noch ein Kind war, hatten sie in einer schönen großen Altbauwohnung in Schwabing gewohnt. Bis ihr Vater die Miete nicht mehr aufbringen konnte von seinem Lokführergehalt.

Du hast es schön hier, Kind, sagt Papa.

Martas Mutter hat vorgekocht und wärmt das Essen in der Küche auf, während ihr Vater das Regal an die Wand schraubt. Marta könnte es selber, aber Papa hat darauf bestanden, seine Werkzeugtasche mitzubringen und das für sie zu erledigen.

War dein Mann schon hier?, sagt Mama.

Wir sind getrennt, Mama, sagt Marta. Das weißt du doch.

Und die Wohnung in München? Steht die jetzt leer?

Tom hat die Wohnung verkauft, sagt Marta.

Das war eine so schöne Wohnung, sagt ihre Mutter. Tom ist ein guter Junge.

So ist es immer. Dass ihre Mutter sich auf die Seite der

anderen stellt. Als Marta mit ihrem ersten Freund Schluss gemacht hat, sagte Mama, sie habe doch wohl hoffentlich kein Flittchen zur Tochter.

Du weißt doch, warum sich unser Kind von ihrem Mann getrennt hat.

Papa, bitte, sagt Marta.

Unser Kind. Sie ist kein Kind mehr, sagt Mama. Sie ist eine erwachsene Frau.

Dann solltest du sie auch so behandeln, sagt Vater.

Sie hätte Tom verzeihen können, sagt ihre Mutter.

Bitte hört auf zu streiten, sagt Marta. Bitte.

Von euch beiden lasse ich mir nicht den Mund verbieten, sagt Mama, kippt die Nudeln ins Sieb, rührt im Gulasch und füllt ihre Teller auf.

Sie essen schweigend, bis Martas Vater sich mit der Serviette über den Mund wischt.

Wie läuft es auf der Arbeit?, sagt er.

Ich wurde sehr freundlich empfangen von den neuen Kollegen, sagt Marta. Und sie erzählt die Geschichte, wie sie sich aus der Tiefgarage befreit hat.

Du bist wirklich schlau, mein Schatz. Das mit dem Salz wäre mir nicht eingefallen, sagt ihr Vater und lacht und drückt ihre Hand.

Ihr Vater liebt sie, und Marta liebt ihn.

Das kommt davon, wenn man so ein riesiges Auto fährt, sagt ihre Mutter.

Mit einem kleineren Auto wäre ich auch nicht aus der Garage herausgekommen, sagt Marta.

Trotzdem, sagt ihre Mutter.

Das Gute an den Besuchen ihrer Eltern ist, dass ihre Mutter sich schnell langweilt. Und es dann eilig hat, nach Hause zu kommen. Marta räumt mit ihrem Vater den Tisch ab und stellt das Geschirr in die Spülmaschine. Ihre Mutter schaut sich in der Wohnung um und nimmt ein Foto Charlottes vom Regal.

Jeden Tag denke ich an meinen kleinen süßen Engel, sagt Martas Mutter. Wenn ich einschlafe und wenn ich aufwache.

Es wird still zwischen ihnen. Wie immer, wenn sie sich an Charlotte erinnern. Vielleicht wird es eines Tages anders sein, und sie werden sich Anekdoten über Charlotte erzählen. Wie hübsch sie war, wie lieb, wie freundlich, wie schlau, dass sie als Kind auf jedes Karussell klettern wollte und auf jedes Pony und für jedes ihrer Stofftiere eine andere Stimme gehabt hatte.

Ich vermisse sie mehr als alles andere, Mama, sagt Marta und presst die Lippen zusammen.

Ihre Mutter dreht sich zum Fenster. Sie weint still um Charlotte, weint ohne das leiseste Geräusch. Sie hatte sich ja all die Jahre um Charlotte gekümmert, als Tom und Marta mit ihren Karrieren beschäftigt gewesen waren. Jeden Tag war ihre Mutter mit der Bahn in die Stadt gefahren, hatte für Charlotte gekocht, war mit ihr zum Arzt gegangen, hatte sie von der Schule abgeholt, zu den Kindergeburtstagen gebracht und so weiter und so weiter.

Ihre Mutter liebte Charlotte mehr als sie. Das weiß Marta. Und Charlotte liebte ihre Oma auch.

Als du noch ein Kind warst, habe ich dich nie auch nur eine Minute aus den Augen gelassen, sagt ihre Mutter und schaut noch immer aus dem Fenster. Ich hätte auch arbeiten gehen können, dann hätten wir nicht aus der Stadt rausziehen müssen, weil wir die Miete nicht mehr aufbringen konnten.

Ihre Mutter sagte es so oft schon, und jedes Mal schmerzt es Marta aufs Neue.

Jetzt hör doch endlich auf damit, sagt ihr Vater. Du reißt doch nur die alten Wunden auf.

Er steht auf und umarmt Marta. Und sie setzt alles daran, nicht zu weinen. Marta lässt die Tränen erst laufen, als sie den Aufzug durch den Schacht fahren hört. Sie weint und winkt vom Balkon, der Wagen ihres Vaters ist nur ein unscharfer Fleck, der sich einige Male hin und her bewegt und dann irgendwo hinter den Häusern verschwindet.

Hartmann benutzt wirklich dasselbe Aftershave wie Papa. Sonst ist keine Ähnlichkeit zwischen den beiden. Papa ist ein bescheidener hagerer Mann mit einer leisen Stimme. Und Hartmann ist wuchtig und laut. Die Tür hat er aufgezogen, als sei sie vernagelt gewesen. Schiebt den Stuhl zurück, dass es quietscht. Lockert die Krawatte, fährt sich mit den Fingern durch die Haare, schlägt die Beine übereinander und schaut Marta lange an, mit diesem spöttischen Grinsen.

Vielleicht habe ich ein wenig zu harsch auf die Geschichte mit dem Metzger reagiert, Herr Hartmann, sagt sie. Das tut mir sehr leid.

Harsch?, sagt Hartman und lacht. Das Wort kenne ich gar nicht.

Ich freue mich jedenfalls auf unsere Zusammenarbeit, sagt sie. Es ist gut, einen erfahrenen Polizisten wie Sie an meiner Seite zu wissen.

Das hat Ihr Vorgänger auch immer gesagt. Anscheinend halten mich Vorgesetzte für den idealen zweiten Mann.

Und wofür halten Sie sich, Herr Hartmann?

Sein Lächeln wird schmaler, wird zu einem Lauern und dann zu einem misstrauischen Blick.

Ich habe nicht so den Ehrgeiz, sagt Hartmann. Sie sind sicher sehr ehrgeizig, Frau Kommissarin, stimmt es? Und außerdem sind Sie eine Frau.

Glauben Sie, dass ich den Posten bekommen habe, weil ich eine Frau bin?

Um Gottes willen, nein, sagt er und hebt beschwichtigend die Hände. Ich weiß doch, dass Sie in Pohlmanns Team waren. Und da sind nur die Allerbesten.

Er schaut treuherzig, aber Marta hört die Ironie.

Ich wünsche mir sehr, dass wir ein gutes Team werden, Herr Hartmann, sagt sie.

Das werden wir, sagt er, und Marta fragt nach seiner Familie, und Hartmanns Miene entspannt sich. Seine Frau ist Rektorin an einer Grundschule, und die Söhne haben gute Berufe.

Und das ist mein Paulinchen, sagt Hartmann und zeigt auf dem Handy ein Baby. Unser erstes Enkelkind.

Oh, sie ist sehr hübsch, sagt Marta.

Das mit Ihrer Tochter tut mir leid, Frau Kommissarin, sagt er.

Sie erschrickt. Marta hatte nicht die Absicht, mit ihm über Charlotte zu sprechen.

Mit der Zeit lernt man irgendwie, damit zu leben, sagt sie ausweichend. Und hier gefällt es mir sehr gut.

Wirklich?, sagt er.

Natürlich, sagt Marta.

Das ist schön, sagt er. Falls ich irgendetwas für Sie tun kann, Frau Kommissarin, lassen Sie es mich unbedingt wissen.

Er schwärmt dann von seinem Chor. Sie singen Lieder von den Rolling Stones oder den Beatles.

Singen ist sehr gut für die Seele, sagt Hartmann. Kommen Sie doch mal zur Probe und versuchen es auch.

Ich bin eher eine Sportlerin, sagt Marta.

Welche Sportarten machen Sie?

Ich fahre Mountainbike, ich schwimme und fahre Ski. Und manchmal wandere ich auch.

Es gibt eine Mountainbikestrecke an der ehemaligen Grenze, die ist letztes Jahr erst gebaut worden, sagt er.

Das ist gut zu wissen, sagt Marta. Ich würde Sie gerne noch etwas Dienstliches fragen, Herr Hartmann.

Nur zu, sagt er und reibt sich die Hände.

Erinnern Sie sich an den Fall Jens Fritsche?

Natürlich. Alle haben gedacht, der Junge sei von zu Hause weggelaufen.

Hätte er denn einen Grund dazu gehabt?

Keine Ahnung, sagt Hartmann. Jens Fritsche war ein Einzelgänger. Der hatte keine Freunde, keine Mädchen, nichts.

In der Akte las ich, er habe kurz vor dem Abitur gestanden, als er verschwand. Ein Junge mit sehr guten Noten. So einer läuft ja eigentlich nicht weg.

Weiß man das bei einem Jungen, der in der Pubertät steckt?, sagt Hartmann.

Kannten Sie seine Eltern? Waren die streng?

Hartmann schaut sie an. Überrascht, aber irgendwie auch belustigt, als sei es absurd, dass sie sich für den abgelegten Fall interessiert.

Die Fritsches haben zwei Jahre vor der Wende in den Westen rübergemacht. Hier haben sie den Gasthof an der Grenze übernommen. Die Fritsches waren nicht sehr kontaktfreudig. Da wird schnell komisches Zeug geredet.

Komisches Zeug?

Na ja, der Alte hat seine Kinder wohl ganz schön rangenommen. Die waren ja billiger als Personal.

War die Familie Fritsche aus der DDR geflüchtet?

Hartmann schaut auf die Uhr, wirft mit einem Ruck die Haare zurück, lacht auf.

Man konnte nicht einfach mit drei Kindern an der Hand durchs Minenfeld laufen, Frau Kommissarin. Oder einen Tunnel graben. Die Fritsches sind vom Westen gegen harte D-Mark freigekauft worden.

Ist es nicht seltsam, dass sie sich dann gleich hinter der Grenze niederließen?

Vielleicht wollten sie sich den Stacheldraht gerne von der richtigen Seite anschauen.

Hartmann lacht und schaut wieder auf die Uhr.

Ich muss jetzt zur Chorprobe.

Hatten die Fritsches viele Gäste in dem Gasthof?

Anfangs schon. Der alte Fritsche hatte eine gute Idee. Der machte Führungen und erzählte den Wessis, wie es in der DDR zugeht. Mit Musik und Diavortrag. Der tat so, als hätte ihn der Staatsratsvorsitzende persönlich aus der DDR geworfen. Der ist mit dem Megafon auf den Hochsitz und hat gebrüllt, die Grenzer würden ihren eigenen Knast bewachen. Die Wessis sind sofort in Deckung gegangen, die dachten ja, die Grenzer schießen den vom Hochsitz.

Und? Haben sie geschossen?

Dann wäre ja der Dritte Weltkrieg ausgebrochen. Die haben Lautsprecher aufgestellt und die *Internationale* abgespielt. Hätte gar nicht gedacht, dass die so viel Humor haben. Na ja, war eine verrückte Zeit. Jüngere wie Sie können sich das gar nicht vorstellen.

Und dann kam die Wende.

Ja. Damit hatte keiner gerechnet. Alle dachten ja, die Grenze bleibt für immer. Wie die Chinesische Mauer. Nach der Wende gab es Gewinner und Verlierer, und Fritsche gehörte zu den Verlierern. Das war die Pointe seines Lebens. Der hatte gedacht, der Westen kauft ihn frei und er verdient sich hier eine goldene Nase, indem er die DDR beschimpft. Und plötzlich gab's keine DDR mehr.

Hartmann legt die Hand auf die Türklinke.

Ich muss los. Wer zu spät kommt, muss solo ein *Ave Maria* singen.

Lebt der Vater noch?

Ist vor einigen Jahren gestorben.

Und der Gasthof?

Den führt sein Sohn Kai.

Dann wünsche ich Ihnen eine schöne Chorprobe, Herr Hartmann. Und Grüße an Ihre Frau.

Marta schaltet das Tablet ein, macht sich Notizen, als Hartmann wieder in der Tür steht.

Mir ist noch was eingefallen. Der Geschäftsführer vom

Elektromarkt hat heute morgen angerufen. Da fehlten gestern schon wieder zwei Smartphones.

Aber Cislarczyk war doch gar nicht auf der Arbeit. Davon haben Johanna und ich uns ja überzeugt.

Für einen Moment friert sein Lächeln ein.

Stimmt auch wieder, Frau Kommissarin, sagt er und zieht die Tür zu.

Marta betritt ihr Appartement, und es kommt ihr vor, als hätte sie sich in der Wohnungstür geirrt, so fremd ist ihr die Musterwohnung aus dem Möbelhaus. Sie hängt den Mantel an den Haken, zieht die Balkontür auf, die Sonne blendet, sie schließt die Augen und genießt die kühle, frische Luft. Später streamt Marta eine Serie. Die Tochter eines Rechtsanwalts springt beim Baden mit ihrer Studentenclique in einen See und taucht nie wieder auf.

Wie wird eine Familie genannt, die ein Kind verlor? Waisenfamilie? Und die Eltern, wie nennt man die? Waiseneltern, Waisenväter, Waisenmütter? Marta lässt den Wein ins Glas gluckern, sonst ist es in der Wohnung still wie in einem leeren Museum. Es gibt gar kein Wort für Eltern, die ein Kind verloren haben, denkt Marta. Eine solche Begebenheit ist in der Sprache gar nicht vorgesehen, als werde ein solches Wort nie gebraucht.

Ich vermisse dich, Liebling, sagt Marta und trinkt das Glas in einem Zug aus.

Die Trauer kommt immer wieder hoch, wie eine chronische Krankheit immer wieder zurückkehrt. Marta lehnt sich zurück, schließt die Augen, kann nichts dagegen tun, Charlotte auf der Bahre zu sehen, in dem Leichenschauhaus. Charlotte war kalt und bleich gewesen, unter dem Laken nackt und tot und hatte traurig geschaut.

Wie denn auch sonst?

Marta schläft ein, trostlos, gleich da auf dem Sofa, und

schreckt nach ein paar Minuten wieder hoch. Der Wind hat die Balkontür aufgeschoben. Marta ist benommen, wie nach den Tabletten, die ihr das Leben retteten, damals, in den Tagen danach.

Sie rappelt sich auf und kocht einen starken Kaffee. Marta verdrängt die Gedanken an Charlotte, sie denkt an die Arbeit, denkt an Hartmann, an Cislarczyk und an den Jungen, der von der Party verschwand und Monate unter dem Schnee gelegen hatte. Sollte es ihr gelingen, die Umstände seines Todes aufzuklären, wird es seine Familie vermutlich nicht trösten. Ihr aber wenigstens die Gewissheit geben, was dem Jungen zugestoßen war. Und der Mörder, falls er noch lebt, wird die Strafe bekommen, die das Gesetz für Mord oder Totschlag vorsieht.

Natürlich ist es Ironie gewesen, als der Redakteur Regh sagte, Fritsches Mörder müsste doch unter den Abonnenten des Accounts *#JensF* zu finden sein. Und vermutlich hat Regh recht damit. Sie klickt die Seite an, Jens Fritsches Account hat zwei neue Abonnenten.

Dann sind es jetzt fünftausendzweihundertfünfundachtzig Follower.

Von denen viele mit Klarnamen auftreten, Fotos von sich zeigen und witzig sein wollen. Unter den *#JensF*-Followern finden sich auch Journalisten, Kriminalisten, Strafverteidiger und ein Landtagsabgeordneter, der für die Wiedereinführung der Todesstrafe eintritt, und ein True-Crime-Schriftsteller, der seine Werke anpreist. Viele Follower kommen aus Schwarzbach, die entweder noch hier leben oder irgendwo hingezogen sind, sich aber ihrem Heimatort immer noch verbunden fühlen. Ein *Eskimo84467* posiert im Trikot des SV Schwarzbach vor einem Schneemobil in Alaska, *Ankemouse* winkt von einem Strand in Neuseeland, *Dr. Grob77* trinkt einen Espresso am Genfer See.

Warum sind so viele Lack- und Lederfetischisten unter den Abonnenten?, fragt sich Marta. Und Sprayer, Waffensammler oder Menschen, die sich als Ritter verkleiden? Auch einige Polizisten und eine Organisation, die sich um ungesühnte Verbrechen kümmert. Angemeldet sind auch etwa fünfzig Tschechen in Fantasieuniformen. Wieder andere verstecken sich hinter Comicfiguren, Avataren oder den Fotos prominenter Schauspielerinnen, Politiker oder Rockstars. Und dann gibt es noch Hunderte Anonyme, die sich hinter Zahlencodes oder Symbolen wie Schwertern, Raumschiffen oder Tierköpfen verstecken.

#JensF folgen auch etwa hundert junge Frauen, die sich sehr ähnlich schminken und anziehen und merkwürdige Namen tragen, *Lady Gehirntod*, *Miss Piggy* oder *Adventure-Girl*. Und noch merkwürdigere Dinge schreiben, dass sie nicht wüssten, auf welchem Planeten sie leben, oder sich in eine Schildkröte oder einen Fuchs verliebt zu haben.

Je länger Marta die Profile anschaut, umso mehr ist sie überzeugt, dass Regh recht hat.

Einer dieser fünftausendzweihundertfünfundachtzig Follower ist der Mörder von Jens Fritsche.

Marta raucht auf dem Balkon. Es ist ein friedlicher Abend, irgendwo klimpert ein Klavier, lachen Menschen, flimmern Fernseher hinter den Fenstern. Sie wird Johanna und Oehlert bitten, sich die Follower von *#JensF* genauer anzusehen.

Fünftausendzweihundertfünfundachtzig.

Bei den Garagen sind Schritte, ein feines Kratzen und ein dunkles Knurren. Eine Frau zieht einen müden Hund an einer Leine hinter sich her, geht unter der Laterne durch und verschwindet aus Martas Blick.

Als es knallt. Zweimal.

Ein Schlag gegen die Jalousie. Wie von einem Hammer. Mit einem Nachhall von zwei, drei Sekunden, und dann, auf der Straße, ein dumpferes Geräusch. So ähnlich hat es sich angehört, wenn Papa aus Spaß die Brötchentüte aufgeblasen und zum Platzen gebracht hat.

Marta liegt auf dem Bauch hinter der Balkonumrandung. So, wie sie es oft genug geübt haben für den Fall einer überraschenden Attacke. Auf allen vieren kriecht sie in die Wohnung, holt die Pistole, will zurück, als ein heller heißer Schmerz auf ihrer Stirn blitzt und ihr etwas Warmes über die Braue ins Gesicht tropft. Blut. Der verdammte Couchtisch.

Sie hält ein Kissen gegen die Wunde, in dem Haus auf der anderen Straßenseite wird eine Balkontür aufgezogen. Ein Mann und eine Frau, die vielleicht auch das Geräusch gehört haben. Marta schaut unter der Balkonumrandung durch, sieht die Einfahrt zu den Garagen, aber Menschen sieht sie nicht. Da sind Schritte, Schritte von jemand, der sich keine Mühe gibt, sich anzuschleichen. Sie hört den Aufzug aus dem Erdgeschoss nach oben fahren.

Marta ist jetzt hinter der Tür. Sie hält die Pistole im Anschlag. Ihr Herz schlägt wild, sie hält die Luft an und lauscht. Auf jeder Etage sind drei Wohnungen. Links von Marta wohnt die Frau mit dem Kater, in der Mitte wohnt sie selbst, und in der dritten Wohnung lebt eine jüngere Frau: Sie sind sich vorgestern im Flur begegnet, grüßten, aber mehr ist nicht gewesen.

Marta schaut durch den Spion in den Flur. Die junge Frau steht in einem rosafarbenen Bademantel in der Wohnungstür und lächelt breit. Als die Aufzugstür aufgestoßen wird, sieht Marta den Mann nur von hinten. Er hat eine Glatze, einen gebogenen Rücken und einen tapsigen Gang. Dann fällt hinter ihm die Tür ins Schloss, und Marta lässt die Waffe sinken.

Sie sieht also Gespenster.

Licht macht sie keines. Mit tastenden Schritten geht sie durch die Wohnung, kniet sich auf den Balkon. Ein Motor heult auf, ein helles, singendes Geräusch. Eher ein Moped als ein Motorrad, entfernt sich, wird leiser und leiser, und dann ist es wieder still. Als Marta ins Appartement zurückwill, stößt sie mit den Zehen an etwas Kaltes und Weiches. Sie schaltet das Handy ein, und auf dem Boden liegt ein Vogel.

Ein Spatz. Grau, tot, kalt und steif, auf dem Rücken, mit hochstehenden Beinen. Eine Handbreit entfernt entdeckt sie ein gepresstes Büschel Haare, gelb, aus einem Metallstift ragend. Ein Federbolzen. Sie hat diese Dinger in der Waffenkunde gesehen. Es ist Munition für Luftdruckgewehre, wenn sie sich recht entsinnt. Nicht allzu gefährlich, wenn ein Mensch nicht gerade aus nächster Nähe getroffen wird.

Marta überlegt, was sie tun könnte. Sie zögert, wählt dann aber doch die Nummer der Dienststelle, und Oehlert schickt einen Streifenwagen los. Marta geht ins Bad, wischt sich das Blut aus dem Gesicht, desinfiziert die Wunde und klebt sich ein Pflaster auf die Stirn.

Sie schaut auf den toten Vogel und den Bolzen. Es kann alles Mögliche bedeuten.

KAPITEL 5

Ganz gleich, wie lange Du Dich versteckst. Und an welchem Ort Du Dich versteckst. Vor meiner Familie bist Du nirgendwo sicher. #JensF

Marta tritt in die Pedale, auf dem letzten Stück werden ihr die Beine schwer, sie fährt schon im niedrigsten Gang, mit schlingernden Reifen, keucht und schwitzt, und auf der Höhe hat sie kaum mehr Luft. Marta hält an einer Bank, lehnt das Rad an, setzt sich, trinkt die Flasche leer und schüttelt die Beine aus. Radfahrer grüßen im Vorbeifahren, es sind auch viele Wanderer unterwegs.

Sie weiß nicht, was sie von dem Schuss und dem toten Vogel halten soll. Oehlert und Becher waren zu ihr gekommen und hatten sie unbedingt ins Krankenhaus fahren wollen wegen der Schramme an ihrer Stirn. Aber sie hatte Nein gesagt. Becher fand dann bei den Garagen einen weiteren Bolzen. Was den zweiten Schuss erklärte. Dieser Bolzen hatte rote Federn.

Am Morgen danach hat Christoph angerufen und gefragt, warum sie sich nicht schon in der Nacht gemeldet habe. Er hat sich nicht davon abbringen lassen, die Spurensicherung zu schicken.

Es war doch nur ein Luftgewehr, sagte sie.

Na und, sagte er. Hast du eine Idee, wer es getan haben könnte?

Nein, sagte Marta und hatte doch an Cislarczyk gedacht.

Was ist mit dieser italienischen Familie?, sagte Christoph.

Diese Möglichkeit hatte Marta auch schon bedacht. Eine Warnung für die Bestia.

Nein, hatte sie gesagt, das kann ich mir nicht vorstellen.

Hoffentlich hast du recht, sagte Christoph. Und der tote Vogel?

Der ist vielleicht einfach vom Himmel gefallen. So etwas gibt es.

Der Bolzen und der Vogel, ein bisschen viel Zufall, oder?, sagte Christoph, und Marta hatte seine Enttäuschung darüber gespürt, dass sie ihn nicht um Hilfe gebeten hatte.

Ich bin müde, hatte sie gesagt, und sie legten dann auf.

Bei der Morgenbesprechung auf der Leitstelle hat Hartmann immer wieder den Kopf geschüttelt und Kringel auf seinen Block gemalt.

Das gab's noch nie in Schwarzbach, sagte er, dass ein Polizist zu Hause angegriffen wurde. Könnte es Cislarczyk gewesen sein, Frau Kommissarin? So, wie sie sich mit ihm angelegt haben.

Mit dem Metzger habe ich mich auch angelegt, hat sie gesagt und gelacht.

Sie sollten es nicht auf die leichte Schulter nehmen, sagte er und hat sie ernst angeschaut.

Später rief sie Oehlert und Johanna zu sich und gab ihnen den Auftrag, sich die Follower des Accounts anzuschauen.

Und wonach suchen wir?, hat Johanna gefragt.

Nach dem Mörder von Jens Fritsche.

Marta hätte sich anmelden können, aber dann hat sie es doch lieber aussehen lassen wollen wie einen Zufall. Als sie wieder bei Atem ist, setzt sie sich aufs Rad und rollt auf den Platz vor dem Gasthof. Drei Autos parken dort, aus Berlin, Leipzig und Jena. Die Hühner gackern, aus dem Kamin steigt eine schmale Rauchfahne auf. Eine Katze streunt, der Gasthof wirkt kalt und abweisend. Marta lehnt das Rad an, nimmt den Helm ab und zieht die Handschuhe aus.

Ah, die Frau Kommissarin, sagt er.

Marta hat Fritsche nicht kommen hören und ihn auch nicht gesehen. Er steht nur plötzlich hinter ihr. Mit diesem Lächeln, als könnte ihm nichts passieren. Fritsche trägt eine Baseballkappe, Gummistiefel, einen verwaschenen Anorak, er sticht den Spaten mit Kraft in den Boden, das Blatt bleibt in der Erde stecken.

Er schaut sie an, als erwarte er ein Lob. Aber Marta lächelt nur und schiebt die Handschuhe in die Jacke.

Sind Sie mit dem Rad den ganzen Weg von der Stadt bis hierher gefahren, Frau Kommissarin? Respekt.

Danke, sagt Marta. Ich habe eine recht gute Kondition. Und als ich dann hier oben war, dachte ich, Sie hätten vielleicht ein paar Minuten Zeit für mich, Herr Fritsche.

Sie haben sich meinen Namen gemerkt, sagt er und nimmt die Kappe runter.

Es gehört zu meinem Beruf, mir Namen und Gesichter einzuprägen, sagt Marta.

Geht es um unseren gemeinsamen Freund, den Metzger?, sagt er grinsend und setzt die Kappe wieder auf.

Es geht um Ihre Familie, sagt Marta.

In Fritsches Augen sieht sie ein Zucken, eine Unsicherheit, für einen winzigen Moment nur, dann lächelt er wieder so selbstgewiss wie zuvor.

Dann kommen Sie doch auf einen Kaffee ins Haus, sagt er und weist Marta mit einer angedeuteten Verbeugung den Weg.

Im Gasthof riecht es modrig, nach feuchten Teppichen oder durchweichtem Papier. Der Empfang ist ein großer, ovaler Raum, voller Möbel aus einer vergangenen Zeit, schummrig beleuchtet. Über dem Billardtisch schwebt eine

Lampe voller Dellen. Aus dem Foyer schwingt sich eine großzügige Freitreppe ins obere Geschoss. Von irgendwo säuselt Schlagermusik. Fritsche führt Marta in die Bar, deren geschmackvolle Einrichtung sie überrascht. Dunkle Ledersofas, orangefarbene Cocktailsessel, Hocker auf seltsam verdrehten Beinen. Im Kamin liegt hellgraue Asche, über der Anrichte hängt das Porträt eines entschlossen in die Ferne blickenden Mannes, er sitzt vor einer Fahne mit Hammer und Sichel.

Mein Vater, sagt Fritsche und lacht leise. Die Genossen haben ihn aus der DDR geworfen, obwohl der Alte ein glühender Verehrer des real existierenden Sozialismus war.

Sind Sie in der DDR aufgewachsen?

Ja. In Krassnitz. Das ist nicht weit von hier. Zwei Jahre vor der Wende sind wir rübergekommen. Mein Vater hatte sich bei den Genossen unbeliebt gemacht. Wir dachten zuerst, es sei ein Witz, als es hieß, wir gehen in den Westen. Das war aber kein Witz.

Er lacht wieder. Fritsche hat Charme, denkt Marta, und ist sich seiner Wirkung bewusst.

Aber Sie sind doch bestimmt nicht den weiten Weg zu uns heraufgeradelt, um sich meine Familiengeschichte anzuhören, Frau Kommissarin. Oder irre ich mich?

Nein, Sie haben recht, sagt Marta. Ich wollte mit Ihnen über Ihren Bruder sprechen. Ich habe mir seine Akte angesehen. Und bin davon überzeugt, man könnte seinen Mörder finden.

Barbara?, sagt Fritsche und dreht sich von Marta weg.

Marta schaut auf, sie hat angenommen, sie seien allein in der Bar.

Komm da sofort raus, sagt Fritsche in einem freundlichen, aber bestimmten Ton.

Zuerst ist da nur Paar Sneaker zu sehen. Die mal weiß

waren und nun abgetragen sind. Dann eine Jogginghose. Und zuletzt das Mädchen. Marta hat es in dem blauen Toyota und vor einigen Tagen in dem seltsamen Kleid mit Flügeln gesehen.

Das ist meine Tochter, sagt Kai Fritsche.

Barbara ist gar kein Mädchen. Aber auch keine Frau. Sie ist irgendetwas dazwischen. Sie trägt das Haar zu einem Zopf geflochten, ihre Haut ist blass, und sie ist ungeschminkt. Fritsches Tochter hat ein hübsches Gesicht, große dunkle Augen, eine zierliche Nase und fein geschwungene Lippen.

Ich hab nur zweiundachtzig geschafft, sagt sie.

Dann versuch es noch mal, sagt er.

Hab ich schon.

Lass uns bitte allein, Barbara. Wir haben Besuch.

Ich will keinen Besuch, sagt sie.

Fritsche verzieht das Gesicht. Und zum ersten Mal, seit Marta hier ist, lächelt er nicht. Er macht zwei, drei schnelle Schritte, Barbara hebt den Arm und weicht zurück.

Ich bringe dich jetzt aufs Zimmer, Schatz. Und dann wirfst du fünfundachtzig.

Barbara senkt den Kopf und nickt. Fritsche schiebt sie ins Foyer, eine Tür wird aufgezogen und fällt gleich wieder ins Schloss.

Entschuldigen Sie, Frau Kommissarin. Manches versteht sie einfach nicht.

Was ist ihr passiert?

Sie hatte bei der Geburt zu wenig Sauerstoff.

Das tut mir sehr leid.

Ja, sagt Fritsche und schaut sie an.

Was meinte sie mit zweiundachtzig?

Sie spielt Darts, sagt er. Und was ist jetzt mit meinem Bruder?

Ich habe mir auch den Account im Internet angesehen, sagt Marta. Sind Sie *#JensF*?

Was denken Sie? Bin ich es?, sagt er und lacht.

Genau das denke ich, sagt Marta.

Andere laufen einmal im Jahr zum Friedhof und legen Blumen auf die Gräber ihrer Liebsten. Ich habe meinen Bruder lieber im Internet beerdigt.

Das ist sehr ungewöhnlich, sagt Marta, und er lächelt und schüttelt den Kopf.

Haben Sie Geschwister, Frau Kommissarin?

Leider nein.

Mein Bruder und ich haben jahrelang im selben Bett geschlafen und in derselben Badewanne gebadet, sagt Fritsche. Wir haben uns gestritten und wieder vertragen. Wir waren jeden Tag zusammen. Und dann plötzlich war Jens wie vom Erdboden verschluckt. Und vier Monate später findet ein Hund unter einem Haufen Schnee und Dreck seine Leiche. Oder besser gesagt das, was davon noch übrig war.

Das war sicher furchtbar für Sie und Ihre Familie, sagt Marta.

Und ob es das war, sagt Fritsche. Wir hatten all diese Monate in völliger Ungewissheit gelebt. Niemand wusste, was Jens geschehen war. Die Polizei hat sich auch nicht gerade übertroffen bei der Suche nach ihm. Für die war er weggelaufen, und dann waren sie überrascht, als seine Leiche gefunden wurde. Was aber nicht dazu geführt hat, dass sich die Polizei nun angestrengt hätte, Jens' Mörder zu finden. Ich glaube, am Ende waren sie erleichtert, den Fall zu den Akten legen zu können. Sie sind die erste Polizistin, die überhaupt nach Jens fragt.

Es ist schwierig, einen Täter zu finden, wenn es keine Verbindung zwischen ihm und dem Opfer gibt, sagt Marta.

Wer sagt das?, sagt Fritsche.

Er hat recht. Natürlich kann Jens Fritsche auch an

jemand geraten sein, der ihn kannte, der irgendeine Rechnung mit ihm offen hatte. Nur dass Wagner damals nichts dergleichen gefunden hatte.

Der ermittelnde Kommissar sah seinerzeit mehrere Möglichkeiten, sagt Marta. Mord, eine Prügelei zwischen Fremden, ein Unfall. Sogar Selbstmord wäre denkbar.

Quatsch, sagt Fritsche. Das war ganz klar Mord. Was denn sonst? Jens ist doch nicht mitten im Winter in der Kälte nach Steinach spaziert. So dumm war er nicht, was sollte er denn da?

Es war nicht kalt, sagt Marta.

Was?

Es waren zehn Grad über null. Ich habe nachgesehen. Für die Jahreszeit war es ungewöhnlich warm. Es schneite erste einige Tage später.

Kann sein, sagt er und schaut auf die Uhr.

Und Sie sind sicher, dass Ihr Bruder kein Geld dabeihatte?

Keiner von uns hatte Geld. Jens hatte höchstens Verzehrbons für die Party.

Und was ist mit Selbstmord?, sagt Marta.

Mein Bruder war ein sehr guter Schüler. Er wollte Pilot werden. Warum sollte Jens sich dann umbringen?

War Ihr Vater sehr streng?

Streng nicht, nur frustriert. Aber wegen dem Alten ist der Jens nicht weg.

Warum waren Sie nicht auf dieser Party, von der Ihr Bruder verschwand, Herr Fritsche?

Weil es nicht mein Jahrgang war. Ich war bei einem Kumpel.

Und was ist Ihre Theorie zum Verschwinden Ihres Bruders?

Ich vermute, Jens hat sich gelangweilt und wollte nach Hause. Und dann muss er irgendwem begegnet sein, dem er besser nicht begegnet wäre.

Denken Sie an eine bestimmte Person?

Fritsche schaut sie wieder an mit diesem arroganten Lächeln. Als hätte er Mitleid mit ihr.

Wenn ich wüsste, wer das getan hat, wäre diese Person gar nicht mehr am Leben, sagt er.

Wirklich?

Marta und Fritsche schauen sich an und lächeln nun beide. Fritsche fährt sich durchs Haar und steht auf.

Da können Sie sicher sein, Frau Kommissarin, sagt er.

Es dämmert bereits, als Marta und Kai Fritsche durch die Lobby gehen. Vor den Fenstern ein gelbliches, trübes Licht.

Was versprechen Sie sich von dem Account im Internet, Herr Fritsche?, sagt Marta.

Dass der Kerl, der meinen Bruder getötet hat, nicht eine ruhige Minute mehr hat.

Könnte es auch eine Frau getan haben?

Eine interessante Frage, sagt er. Die ich mir noch nie gestellt habe. Aber vermutlich war es ein Mann. Jens war ziemlich kräftig. Selbst ich habe manchmal den Kürzeren gezogen als der Ältere von uns beiden.

Haben Sie sich geprügelt?

Manchmal schon. Aber da waren wir noch jünger.

Neigte Ihr Bruder zu Tätlichkeiten?, sagt Marta.

Habe ich das gesagt?, sagt Fritsche. Nein, Jens wusste sich bloß zu wehren.

Hatte Ihr Bruder eine Freundin?

Das hätte ich gewusst, sagt Fritsche und lacht.

Am Billardtisch nimmt er den Queue, stößt die Kugel an und trifft die beiden anderen.

Sehr gut, sagt Marta.

Spielen Sie auch Billard, Frau Kommissarin?

Leider nicht.

Ich könnte es Ihnen beibringen, sagt er.

Das ist sehr freundlich, sagt Marta. Vielleicht komme ich darauf zurück.

Immer gerne, sagt er und legt sich die Billardkugel zurecht.

Haben Sie jemals von den Followern des Accounts irgendwelche Hinweise zum Verschwinden Ihres Bruders bekommen?, sagt Marta.

Nein, sagt er. Da im Internet sind mehr Irre als in der Irrenanstalt. Hellseher, Schamanen, Verschwörungstheoretiker. Vor einigen Jahren hat mal einer geschrieben, unser Vater hätte Stasi-Leute enttarnt, und die hätten sich dann mit dem Mord an Jens gerächt.

Halten Sie das für denkbar?

Keine Ahnung, sagt er. Ich habe es der Polizei gemeldet, aber dann nie wieder etwas davon gehört. Ich muss jetzt leider an die Arbeit, Frau Kommissarin. Ich erwarte noch Gäste. Wann nehmen Sie Ihre erste Billardstunde?

Fritsche schaut sie mit einer Gewissheit an, mit der er wahrscheinlich schon viele Frauen anschaute und beeindruckte.

Mal sehen, sagt sie.

Wollen Sie schauen, wie meine Kleine trainiert?, sagt er.

Natürlich, sehr gerne, sagt Marta und ist überrascht von seinem Angebot.

Dann folgen Sie mir bitte unauffällig, sagt er und lacht.

Fritsche führt sie zu einer Tür unter der Freitreppe. Barbara steht in der Mitte des großen Raums, bewegt den Arm langsam vor und zurück, fixiert die Zielscheibe, wirft plötzlich mit einer erstaunlichen Leichtigkeit und Eleganz.

Prima, sagt ihr Vater und klatscht in die Hände.

Das Mädchen erschrickt, schaut auf, sagt aber nichts. Barbara nimmt einen weiteren Pfeil, stellt sich in Position, wieder diese Armbewegungen, sie wirft und trifft – als bereite es nicht die geringste Mühe – den roten Punkt in der Mitte der Scheibe.

Sie haben Ihr Fahrrad gar nicht abgeschlossen, sagt Fritsche.

Man sagte mir, Schwarzbach sei eine harmlose kleine Stadt mit lauter harmlosen Einwohnern, sagt Marta. Stimmt das etwa nicht?

Das habe ich auch immer gedacht, bis mein Bruder verschwand. Und jetzt haben wir auch noch eine neue Polizeichefin, die die Pistole ziemlich locker sitzen hat, sagt er und lacht.

Sie machen sich also lustig über mich, sagt Marta.

Fritsche lacht weiter, schüttelt den Kopf und berührt sie am Arm. Ganz leicht, aber so, als seien sie einander vertraut.

Keine Angst, sagt er. Ich tratsche es schon nicht herum.

Ich habe nicht so schnell Angst, sagt Marta.

Das dachte ich mir, sagt er.

Ich schaue mir den Fall Ihres Bruders in den nächsten Wochen genauer an, sagt sie. Vielleicht finde ich irgendeinen Hinweis, der bei den Ermittlungen übersehen wurde.

Das wäre gut, sagt Fritsche und lächelt wieder. Ich hasse diesen Kerl, der das getan hat. Es hat Unglück über unsere Familie gebracht.

Marta setzt den Helm auf und greift nach dem Rad.

Das sieht professionell aus, sagt er.

Mein Vater war Radrennfahrer. Er war Vizemeister von Slowenien.

Ein schwere Limousine rollt auf den Platz. Der Kies knirscht unter den Reifen. Ein BMW mit tschechischem Kennzeichen. Die Scheiben sind verdunkelt, der Fahrer schaltet den Motor ab, steigt aber nicht aus.

Haben Sie viele Gäste aus Tschechien?, sagt Marta

Ja, sagt er. Die Tschechen sind treue Leute.

Aber es sind doch nur ein paar Kilometer bis zur Grenze.

Fritsche nickt, grinst und schaut sie an. Wieder eher mitleidig.

Nicht jeder Tscheche wohnt an der Grenze, Frau Kommissarin.

Da haben Sie auch wieder recht, sagt Marta. Wie dumm von mir.

Sie lachen, und der Fahrer des BMW steigt aus. Es ist ein Mann mittleren Alters, er hat eine athletische Figur, ist elegant gekleidet, trägt einen dunklen Anzug, einen schwarzen Rollkragenpullover unter dem Sakko und weiße Sportschuhe. Er sagt etwas auf Tschechisch, und Fritsche antwortet freundlich.

Sie können Tschechisch?, sagt Marta.

Und Billard spielen, sagt Fritsche. Und noch einiges mehr.

Er schaut sie herausfordernd an, Marta ahnt, wie er es meint.

War das einer der Gäste, die Sie für heute erwarten?, sagt Marta.

Genau, sagt Fritsche. Das ist ja hier ein Gasthof.

Aber er hat kein Gepäck.

Sein Lächeln wird schmaler jetzt, er dreht sich nach dem BMW um und dann wieder zu ihr.

Sie sind eine sehr gute Beobachterin, Frau Kommissarin. Aber wenn man die Gäste einmal verwöhnt, dann sind sie für immer verwöhnt. Deshalb erwartet auch dieser Herr, dass ich ihm das Gepäck aufs Zimmer trage.

Sie wirken nicht wie jemand, der sich allzu viele Gedanken um die Erwartungen anderer Leute macht, sagt Marta.

Ist das ein Kompliment oder eher das Gegenteil?

Auf Wiedersehen, sagt Marta.

Unbedingt, sagt Fritsche, schaut ihr in die Augen, und Marta weicht seinem Blick nicht aus.

Sie tritt in die Pedale, nicht zu schnell, aber auch nicht zu lahm. Wie Papa es ihr beigebracht hat, kommt sie geschmeidig in Fahrt, lässt das Rad über die Zufahrt rollen, weicht den Schlaglöchern aus und spürt Fritsches Blick im Rücken. Sie weiß nicht, ob es ihr angenehm oder unangenehm ist.

Vielleicht bildet Marta sich seinen Blick aber auch nur ein.

KAPITEL 6

Als ich nicht nach Hause kam, konnte meine Mutter nicht mehr aufhören zu weinen. Sie weint immer noch um ihren Jungen. #JensF

Marta bückt sich nach dem Schüssel, und ihr rutscht die Sonnenbrille aus dem Haar. Und sie erinnert sich an den Zirkus. Irgendwas erinnert immer an irgendwas, sagt Papa, der für fast alles, was im Leben geschehen kann, einen Spruch weiß.

Charlotte war noch ein Kind gewesen, und sie waren im Zirkus, und immer, wenn der Clown etwas hatte aufheben wollen, war ihm etwas anderes hingefallen. Das Portemonnaie, die Schlüssel, die Brille. Charlotte hatte gelacht, bis ihr die Tränen kamen.

Weißt du noch, Liebling, der Zirkusclown, dem immer alles hinfiel? Der war lustig, sagt Marta.

In dem Karton sind Pinsel, das Terpentin, Schleifpapier, Klebeband und eine Dose Lack. Marta hat die Tür mit dem Fuß zuschieben wollen, dann ist ihr der Schlüssel aus der Hand gerutscht und die Sonnenbrille aus den Haaren. Im Aufzug riecht sie das Terpentin. Bei irgendeinem Mordfall hat Terpentin eine Rolle gespielt. Der Fall fällt ihr nur gerade nicht ein.

In der Luft der Tiefgarage steht ein Eau de Toilette. Es riecht auch nach Benzin und Gummi dort unten. Es ist warm und schummrig. In den Rohren gluckert Wasser, aus einem Stromkasten tönt ein gleichmäßiges Klacken. Martas Wagen steht ganz hinten. Ein Parkplatz nahe der Tür wäre ihr lieber gewesen. Sie fühlt sich unwohl in Parkgaragen, seit Malte Röder, mit dem sie in der Ausbildung war, in einer Tiefgarage am Flughafen von Dealern erschossen worden war.

Gibt es hier keine Parkplätze für Frauen?, hat Marta zu Novák gesagt.

Aber Sie haben doch sicher ein Schießgewehr, Frau Kommissar. Oder nicht?

Marta hat den Verwalter bloß schweigend angeschaut, und er ist dann genauso schweigend davongeschlurft. Von einem Sportwagen kommt ein Knacken und Knistern, der Wagen hupt, als Marta daran vorbeigeht. Verdammt noch mal, sie hat sich erschrocken.

Ich wollte Sie nicht erschrecken, junge Frau, dieses blöde Auto macht, was es will.

Der Mann ist um die siebzig, er hat grau melierte, nach hinten geölte Haare und trägt einen Trachtenanzug.

Ich habe mich nicht erschrocken, sagt sie.

Nicht? Es sah aber so aus. Sie sind die neue Mieterin, nicht wahr? Dritte Etage. Da müssen Sie einen herrlichen Blick auf unser schönes Schwarzbach haben. Ich wohne Parterre, da sehe ich nur den Garagenhof. Was machen Sie beruflich?

Entschuldigen Sie, sagt Marta, aber ich habe leider wenig Zeit.

Als Pensionist vergisst man leicht, dass die Jüngeren keine Zeit haben, sagt der Alte. Meine Frau ist letztes Jahr gestorben. Die hatte Brustkrebs. Falls Sie sich mal einsam fühlen, ich habe immer ein Fläschchen Wein im Kühlschrank. Appartement 1 B. Udo Sailer.

Marta nickt, lächelt und geht weiter. Sie möchte nicht für einsam gehalten werden. Auch wenn es so ist und sie sich einsam fühlt. Sie hatte eine Familie mit Charlotte und Tom und jetzt eben nicht mehr. So einfach ist es. Anfangs hatte sie geglaubt, den Schmerz nie überwinden zu können, aber so war es nicht. Der Schmerz ist zwar noch da, aber nicht in jedem Moment ihres Lebens, nur noch dann, wenn sie den Schmerz in ihr Leben lässt.

Marta stellt den Karton auf die Motorhaube. Von der Decke tropft eine rostbraune Flüssigkeit auf das Dach des Pick-ups. Sie tastet die Jacke nach dem Wagenschlüssel ab, und dann rutscht der Karton wie in Zeitlupe von der Motorhaube. Slapstick. Und sie lacht. Marta lacht auch noch, als sie das Zeug vom Boden einsammelt.

Liebling, es ist Sonntag, zwölf Uhr vierundvierzig, sagt Marta, als sie im Wagen sitzt, und zählt Charlotte auf, was seit dem Frühstück passiert ist. Sie hat eine halbe Stunde Yoga gemacht, die Serie zu Ende gesehen, die sie vor einigen Tagen angefangen hat, und ist erleichtert gewesen, als sich das Paar am Ende küsste.

Marta mag es nicht, wenn die Dinge kein Ende finden. Wenn alles im Ungefähren bleibt. Sie mag es nicht im Leben und bei der Arbeit erst recht nicht.

Ein ungeklärter Mord ist eine Provokation für jeden guten Polizisten, sagt Christoph immer.

Und tatsächlich ist er deprimiert gewesen, wenn sie mit einer Ermittlung nicht weitergekommen sind. Marta mag ihn, vielleicht etwas mehr, als man einen Kollegen und Vorgesetzten mögen sollte. Christoph ist ihr gleich bei der ersten Unterrichtsstunde an der Polizeischule aufgefallen. Sie könnte ihn anrufen heute. Nein. Es ist Sonntag. Dann ist er bei seiner Frau.

Sie fährt nah an das Rolltor, zieht an dem Strick, der von der Decke baumelt, und das Gitter fährt knirschend hoch. Auf der Straße fällt Marta dann doch noch ein, wo es nach Terpentin gerochen hat. In der Lackfabrik. Sie hatten nicht beweisen können, dass jemand den Vorarbeiter absichtlich ins Becken stieß, auch wenn es ein Motiv gegeben hatte. Die Kollegen hatten sich über eine Wette für ein Fußballspiel zerstritten.

Und dann wollte niemand bemerkt haben, dass der Vorarbeiter ins Becken fiel und erfahren musste, dass er in Autolack nicht schwimmen konnte.

Schwarzbach zeigt sein unschuldiges, harmloses Gesicht, denkt Marta, als sie auf der Durchgangsstraße fährt. Falls sich die Unschuld eines Ortes in Geranien ausdrückt, die üppig über Balkonbrüstungen wuchern, dass die Mülltonnen nicht überquellen wie in der Großstadt, dass die Kirchgänger im Sonntagsstaat zur Messe pilgern und zuvor ihre frisch gewaschenen Wagen vorschriftsmäßig einparkten.

Vielleicht hatte Christoph recht und es ist der richtige Ort, ein neues Leben zu beginnen.

Vor Marta fährt ein kleiner blauer Skoda, viel langsamer als erlaubt. Der Aufkleber auf der Heckklappe wirbt für *Das schöne Schwarzbach,* hängt aber schief. Ein merkwürdiger Widerspruch zu all dem Akkuraten hier. Schon weit vor der Kreuzung wird der Wagen langsamer, als wartete die Fahrerin darauf, dass die Ampel auf Rot umspringt, und genau das geschieht.

Marta schaut nach einer Frau, die einen Kinderwagen schiebt, mit den Lippen eine Zigarette hält und eine Tätowierung am Hals trägt. Es wirkt beinahe rebellisch in dieser Umgebung. Bei der Bushaltestelle beugen sich Radfahrer in Allwetterkleidung über eine Karte, und im Radio beginnen die 12-Uhr-Nachrichten. Es ist eine Idylle, und man könnte glauben, alles Schlimme, worüber in den Nachrichten gesprochen wird, die Kriege, Anschläge, Unglücke und Katastrophen, geschähe an anderen Orten der Welt, nur nicht in Schwarzbach.

Bevor Marta hergezogen ist, hat sie sich die Webseite des Fremdenverkehrsvereins angesehen. Auf der Luftaufnahme schien der Ort auf dem Grund eines Suppentellers zu liegen, inmitten eines Höhenzugs, dicht und grün bewachsen. Die Schwarzbacher sprechen von den Bergen, tatsächlich sind es bloß flach ansteigende Hügel.

Die Ampel schaltet auf Grün, und stotternd kommt der Skoda in Fahrt. Und dann sieht sie Oehlert. Marta hätte ihn beinahe nicht erkannt, er trägt Jeans und einen Hoodie. In einem Tuch schlummert ein Baby vor Oehlerts Brust, er geht mit weit ausholenden, wiegenden Schritten. Marta hatte gar nicht gewusst, dass Oehlert ein Baby hat. Sie lächelt und winkt ihm, aber er schaut nicht auf.

Bevor Marta sich ins Wochenende verabschiedete, hatte sie Hartmann gebeten, den Halter des tschechischen Wagens zu ermitteln, den sie bei Fritsche auf dem Parkplatz sah.

Was hat der denn ausgefressen?

Der ist mir nur aufgefallen, hatte sie gesagt.

Später schickte Hartmann eine Nachricht, der SUV sei auf eine Autovermietung in Karlovy Vary zugelassen.

Wenn Sie den Namen des Fahrers haben wollen, müssen wir die tschechische Polizei um Amtshilfe bitten, sagte er.

Nicht nötig, hatte sie geantwortet, es hat sich schon erledigt.

Der Skoda biegt ab, und Marta beschleunigt. Die Straße führt in engen Serpentinen durch einen Fichtenwald aufs Plateau, wo ein geräumiger Parkplatz angelegt wurde. Vermutlich für die Ausflügler, die es zu dem Wasserfall in der Nähe ihrer Hütte zieht.

Ich brauche keine Berghütte, hatte Marta zu dem Wohnungsmakler gesagt.

Das Appartement wird aber nur mit Hütte oder gar nicht vermietet, hatte er gesagt.

Die Hütte hat Marta dann auf Anhieb gefallen, ein kleines Holzhaus, das sich an eine Anhöhe duckt und an einer Felswand lehnt. Die Farbe blättert ab, die Fensterrahmen sind verwittert. Überall sind Spinnweben und Moos und Unkraut. Es gibt auch noch einen Schuppen voller eingestaubter und verrosteter Gartengeräte.

Marta stellt den Karton ab und beschließt, doch nicht zu streichen. Lieber legt sie sich auf die Veranda, auf das angewärmte Holz, und zieht Jacke und Shirt aus. Wie Schmuck funkelt ein Flugzeug am Himmel und zieht einen Kondensstreifen an das wolkenlose Blau.

Mama, nein, nicht nackt machen, hatte Charlotte gesagt.

Da war sie acht, und sie waren im Urlaub in Frankreich. Am Strand hatte Marta das Oberteil des Bikinis abgelegt und es dann nie wieder getan.

Hier sieht mich ja keiner, Liebling, sagt Marta, hakt den BH auf und legt sich zurück.

Eine leichte Brise streift ihre Brüste. Marta verschränkt die Arme im Nacken und streckt die Beine aus. Als das Handy klingelt, zieht sie das Shirt über, sie mag nicht halb nackt mit Christoph telefonieren.

Es ist Sonntag, sagt Marta.

Sie ist mit dem Hund draußen, sagt er.

Gab es Streit?

Nein, nur das Übliche. Und was machst du?

Marta beschreibt die Hütte, schwärmt von dem Ausblick aufs Tal und dass sie sich lieber sonnt, als Moos zu kratzen. Sie blinzelt in die Sonne, ein Bussard dreht seine Runden, hält Ausschau nach Beute, schwingt sich auf und fliegt davon.

Ich habe hier den Bericht der Ermittler, sagt Christoph. In Fachingen wurde am selben Abend auch mit diesen Bolzen herumgeballert. An einer Schule und einer Molkerei.

Das ist ungefähr fünfzehn Kilometer entfernt, sagt

Marta. Dann war es vielleicht doch ein Zufall, dass er auf meinen Balkon geschossen hat.

Vielleicht, sagt Christoph. Vielleicht möchte er aber auch, dass wir genau das denken.

Mmh, sagt Marta und kann sich nicht vorstellen, dass Cislarczyk sich die Mühe machte, mit dem Bus nach Fachingen zu fahren, um eine falsche Spur zu legen.

Wir behalten die Italiener im Auge, sagt Christoph.

Du weißt ja, wie ich darüber denke, sagt Marta.

Die Kollegen haben auf deinem Teppich Blutspuren gefunden.

Ja, sagt sie. Ich habe mir am Tisch den Kopf gestoßen.

Der Couchtisch geht dir höchstens bis an die Knie, Marta.

Ich habe ja auch Liegestütze gemacht.

Sie lacht und erzählt von ihrem Missgeschick mit dem Karton, der ihr vom Auto gerutscht ist. Hauptsache, sie reden nicht mehr über die Italiener. Christoph wird plötzlich einsilbig.

Kommt sie nach Hause?

Wie kommst du denn darauf?

Ich höre es an deiner Stimme, sagt Marta.

Du bist eben eine verdammt gute Polizistin, sagt Christoph und legt auf.

Marta erwacht von einem Knacken. Da ist auch ein schroffes, leises Knirschen. Als zerträte jemand morsche Zweige. Sie setzt sich auf, ist benommen, hat irgendwas geträumt, aber keine Erinnerung. Der Wald liegt dunkel und ruhig da. Ein Käfer kriecht ihr übers Bein. Winzig, schwarz, die Fühler stehen ab wie Antennen. Der Käfer scheint unschlüssig, wohin er sich bewegen soll, und als er auf ihren Oberschenkel kriecht, schnippt sie das Insekt weg.

Sie streift das Shirt über und stopft den BH in die Tasche.

Die Sonne steht inzwischen tief. Das Licht ist milder geworden, weniger grell, beinahe goldfarben. Zum Nachmittag hin ist es immer noch angenehm warm. Marta verschließt die Hütte, geht den Pfad zum Wasserfall, wie die Einheimischen den schmalen Bachlauf nennen, der von einem Felsvorsprung herunterfällt. Marta schaut auf ihre Schuhe, und da ist ein Regenwurm.

Wo kommst du denn her?, sagt sie. Bist du ganz alleine auf der Welt? Wo sind denn deine Eltern? Ach, bei der Arbeit. Und die können nicht auf dich aufpassen? Eltern sollten aber auf ihre Kinder aufpassen. Es ist gefährlich für ein Kind, alleine im Wald herumzukriechen.

Als könnte der Wurm ihre Worte verstehen, kriecht er von ihr weg. Und da tritt sie ihn tot.

Siehst du, sagt Marta, das passiert, wenn die Eltern nicht auf ihre Kinder aufpassen.

Sie schließt die Augen, spürt die Tränen. Es ist töricht. Das weiß sie selbst, aber es war so ein Moment, in dem der Schmerz hochkam. Marta schaut übers Land, mit ihrem verschwommenen Blick sieht alles aus wie unter Wasser. Eine Dampflok fährt durchs Tal, stößt einen Schrei aus, der Schrei bekommt ein Echo, die Vögel schrecken auf und fliegen eilig davon.

Hey. Sie hat den Mann nicht bemerkt. Schon wieder nicht, wie vorhin in der Garage, als da plötzlich der Nachbar gestanden hat. Er kommt den Pfad herauf, winkt und lacht. Ein großer, kräftiger Mann von Anfang vierzig vielleicht, mit langen blonden Haaren und einem wuchernden Bart. Der Mann trägt derbe Schuhe und einen dunkelbraunen Overall. Als er nah genug ist, sieht sie seine blauen Augen.

Na du, sagt er, lacht und streicht die Haare zurück. Das ist schön hier oben, was?

Kennen wir uns?, sagt Marta.

Jetzt schon, sagt er und lacht noch lauter. Ich bin der

Hannes. Der Tischler, ich wohn dahinten im Wald. Und das ist der Seppi, sagt er und wirft dem Hund ein Stöckchen. Der Hund reagiert nicht, schaut das Herrchen und Marta mit weit aufgerissenen Augen an, und sie muss lachen.

Wenn du das Holz nicht holst, Seppi, dann kriegst du nichts zu Weihnachten, sagt Hannes.

Jetzt rennt der Hund los, fetzt durchs Gebüsch, ist nach ein paar Sekunden mit dem Stöckchen im Maul zurück.

Sie lachen wieder, und Hannes nimmt den Hund hoch.

Okay, ich gebe es zu, sagt er. Das ist unser Zaubertrick. Und du? Was machst du hier oben?

Ich habe die Hütte gemietet. Eigentlich wollte ich nur ein Appartement im Ort, aber die Hütte gehört dazu.

Hannes nickt, und Marta bemerkt seinen Blick. Sie hätte den BH anziehen sollen.

Magst was trinken bei uns?, sagt er.

Ich wollte eigentlich zurück in die Stadt, sagt sie.

Die Petra würde sich freuen.

Wer ist Petra?

Na, meine Frau, sagt Hannes. Wir bringen dich später zum Auto, wenn du Angst hast, allein durch den Wald zu gehen.

Ich hab keine Angst, sagt Marta.

Das sagen alle, sagt Hannes und nimmt ihre Hand.

Marta ist überrascht. Von ihm. Aber noch mehr, dass sie sich wie ein Kind an die Hand nehmen lässt von einem Wildfremden. Erst als es flacher wird, lässt Hannes ihre Hand los. Der Hund springt zwischen ihnen hin und her, mit der Nase am Boden. Der Weg macht einige Biegungen, und dann schauen sie von oben auf das Haus. Es ist ein geräumiges Bauernhaus mit einem Satteldach, dazu noch ein Nebengebäude, vielleicht eine Werkstatt. Vor dem Haus stehen Holzbänke und ein Tisch, gedeckt mit Kaffeegeschirr, Besteck und unter einer Haube ein Kuchen.

Beinahe, als sei sie erwartet worden, denkt Marta.

Es dämmert schon, als Hannes sie zum Wagen bringt. Marta wollte alleine gehen, aber er hat darauf bestanden, sie zu begleiten. Petra machte Kaffee, der Kuchen schmeckte wunderbar. Petra sieht ihrem Mann sehr ähnlich, sie ist rundlich und kräftig wie er, hat lange blonde Haare, die ihr einfach so herunterhängen.

Nachdem sie ein paar Minuten zusammengesessen hatten, war es, als seien sie sich seit Ewigkeiten bekannt. Marta hat sich wohlgefühlt, es hat ihr gefallen, dass die beiden ihr keine Fragen stellten.

Wo sie herkommt, was sie macht, wie sie lebt, ob sie einen Mann oder Kinder hat?

So sagte Marta nur, was sie sagen wollte, erzählte von Slowenien, schwärmte von den Wäldern, den Bergen, den Höhlen. Hannes und Petra redeten über ihre Zwillinge, die in der Hauptstadt studieren. Petra ist auch Tischlerin wie er.

Es haben immer alle gesagt, ein Mädel kann doch keinen Nagel ins Holz schlagen, und jetzt bin ich stärker als der da, hat Petra gesagt, und Hannes schüttelte den Kopf.

Glaub das bloß nicht, Marta.

Baut ihr Möbel?

Kann man sagen, sagte Hannes.

Die letzten Möbel, sagte Petra. Wir bauen Särge.

Sie lachten wieder. Es wurde überhaupt viel gelacht an diesem Nachmittag. Hannes erzählte von seinem Nebenjob, er tritt in den Sommern als Clown in Altenheimen, Krankenhäusern und Kindergärten auf. Und vor Weihnachten als Nikolaus. Er erzählte noch mehr Anekdoten, und die Zeit verflog, und plötzlich war es dunkel gewesen.

Der Weg wird steiler am Wasserfall, und wieder nimmt Hannes sie bei der Hand. Sie würde es auch ohne ihn schaffen, aber es hat etwas Selbstverständliches, dass er ihre Hand hält, und Marta will nicht unhöflich sein. Der Hund rennt vor und zurück, knurrt, als er ein Kaninchen entdeckt, jagt durchs Unterholz, kommt aber mit leerem Maul zurück.

Das ist ja ein richtiger Bulldozer, sagt Hannes, als sie an Martas Pick-up sind.

Ich schau gerne von oben auf die Straße, sagt Marta, und sie lachen.

Hannes legt die Arme um sie, er riecht gut, nach einem herben Aftershave und Holz. Marta steigt ein, lässt den Motor an, kurbelt die Scheibe herunter.

Vielleicht sieht man sich noch mal, sagt sie. Und grüß die Petra.

Das mache ich, sagt er.

Hannes winkt, solange er in ihrem Blick ist, und verschwindet dann mit dem Hund zwischen den Bäumen. Marta lässt den Motor an und fährt durch den Wald zurück hinunter nach Schwarzbach, im Radio läuft italienische Musik, und es war ihr schönster Tag seit langer Zeit.

KAPITEL 7

*Wenn Du nicht mehr daran denkst, werden sie
Dich zur Rechenschaft ziehen. #JensF*

Joachim Wagner lebt in einem hübschen Haus in einem der besseren Viertel der Stadt, die Farbe der Fassade ist ausgebleicht, ein Fensterladen hängt schief, die Scheibe in der Haustür hat einen Sprung, Gestrüpp überwuchert die Treppe. Vermutlich wurde das Haus seit Jahren nicht renoviert und ist sicher trotzdem ein Vermögen wert.

Marta ist zum ersten Mal seit ihrem Wegzug wieder in München. Mit jedem Kilometer, den sie sich der Stadt näherte, hat ihr Herz schneller geschlagen. Und sie ist einen Umweg gefahren, um dem Bahnhof nicht zu nahe zu kommen, an dem es passierte.

In die Klingel ist der Name seiner Mutter eingraviert. Marta wartet, hört ein Klavier und ein Saxofon, es klingt, als spielten die Musiker nicht zusammen, sondern jeder für sich. Als Marta klingelt, wird die Musik leiser und langsamer und hört dann ganz auf.

Im Internet hat sie ein Foto von Wagner gefunden. Es ist ungefähr zehn Jahre alt und zeigt ihn bei seiner Verabschiedung aus dem Polizeidienst. Auf dem Foto trägt er einen Anzug mit Krawatte und steht mit einem Blumenstrauß neben der Polizeipräsidentin. Ein schlanker, durchtrainierter Typ mit sorgfältig getrimmten Haaren, glatt rasierter Haut, etwas unscheinbar.

Der Mann, der Marta öffnet, hat keine Ähnlichkeit mit dem Kommissar Joachim Wagner auf dem Foto. Sein Gesicht ist hinter einem wuchtigen Bart verschwunden, er ließ sich die Haare bis auf die Schultern wachsen. Ein Bauch wölbt sich auf, der Hals ist zwischen Brust und Kopf beinahe verschwunden. Wagner trägt einen sackartigen Pullover, schlabbrige Jeans, Holzblotschen, er hält ein Saxofon und bittet sie herein. Marta wundert sich nicht, dass es im Haus nach Gras riecht.

Auf dem Foto Ihrer Verabschiedung sehen Sie etwas anders aus, sagt sie.

Da war ich ja auch noch Polizist, sagt Wagner. Und jetzt bin ich ein Hippie mit Beamtenpension.

Er lacht und räumt das Sofa frei. Die Regale quellen über von Büchern und Schallplatten. Auf den wenigen freien Flächen Plakate und Aquarelle. Das Mobiliar ist ein Durcheinander aus Sesseln, Zeitschriftenstapeln, Instrumenten, Lautsprecherboxen, einem Schlagzeug und einem Flügel.

Darf ich dir Archie vorstellen?, sagt er. Der beste Jazzpianist Münchens.

Der Matti übertreibt mal wieder, sagt Archie, ein kleiner dunkelhäutiger Mann mit Glatze, und klimpert lachend eine kurze Melodie.

Wir haben bald einen Gig und proben, sagt Wagner, man will sich ja nicht blamieren.

Archie klappt den Klavierdeckel zu, küsst Wagner, streift die Jacke über und zieht die Tür hinter sich zu.

Magst du Free Jazz?, sagt Wagner.

Ich kenne mich da nicht so aus, sagt Marta.

Für Laien hört es sich an, als spielten alle durcheinander.

Genau das habe ich gedacht, sagt Marta.

Sie lachen. In ihrer Nase kitzelt der Staub. Eine Katze

springt aufs Klavier und an der anderen Seite wieder herunter.

Das Haus ist sehr hübsch, sagt Marta.

Hab es von den Eltern geerbt, sagt er. Früher durfte hier keine Fluse rumliegen. Zigaretten, Alkohol und Genussmittel aller Art, alles verboten. Sex sowieso. Was keinen Marschrhythmus hatte, war für meinen Vater Negermusik.

Ihr Vater war auch Polizist, nicht wahr?, sagt Marta.

Sonst wäre ich nie Bulle geworden, sagt er. Ich wollte auf die Musikhochschule. Das fand der Alte aber schwul. Mutti und ich waren froh, wenn der auf dem Präsidium war, dann haben wir das Radio aufgedreht und Jazz gehört.

Joachim Wagner lacht, schaut Marta an mit schnellen, wachen Augen, holt eine Flasche Wein aus dem Kühlschrank, und sie stoßen an. Er ist ihr sympathisch und ganz anders als alle Kriminalbeamten, die sie kennt.

Erinnern Sie sich an den Fall Jens Fritsche, Herr Wagner?

Ich heiße Joachim, sagt er. Der Kommissar Wagner ist pensioniert.

Okay, sagt sie. Ich heiße Marta.

Jens Fritsche aus Schwarzbach, den meinst du doch, oder?

Genau. Verschwand von einer Party, vier Monate später wurde seine Leiche gefunden.

Abgenagt wie ein Brathuhn, sagt Wagner. Wir hatten von Anfang an schlechte Karten. Keine Spuren, kein Motiv, keine Zeugen, nichts.

In deinem Bericht hast du einen Unfall oder Selbstmord nicht ausgeschlossen.

Was man so schreibt, wenn man nicht zugeben will, dass man im Dunklen steht.

Sein Bruder Kai sagt, die Polizei hätte sich nicht angestrengt, den Mörder zu finden.

Das sagt er? Wagner schüttelt den Kopf und schaut belustigt. Wir haben alles unternommen, um den Fall aufzuklären.

Kai Fritsche unterhält einen Account im Netz und schreibt unter dem Hashtag *#JensF* Nachrichten an den Mörder seines Bruders.

Ich bin nicht im Internet, sagt Wagner und dreht sich eine Zigarette, faltet Silberpapier auf, bröselt das Gras in den Tabak.

Rauchst du mit?

Ich bin im Dienst, sagt Marta.

Und sonst?

Bin ich nicht im Dienst.

Sie lachen, der Wein und der süßliche Duft seines Joints machen sie müde. Marta lehnt sich zurück, sie könnte auf der Stelle einschlafen. Ein Bote eines Paketdienstes läuft durch den Garten, die Klingel scheppert, Wagner stemmt sich aus dem Sessel.

Das ist das neue Saxofon, sagt er und legt das Paket auf die Anrichte.

Ich werde den Fall Jens Fritsche neu aufrollen, sagt Marta. Du könntest mir helfen.

Er schaut sie an, streicht sich über seinen Bart und schüttelt den Kopf.

Wie könnte ich dir helfen?, sagt er. Wir haben es doch damals schon nicht herausgefunden.

In Schwarzbach kennt jeder jeden, sagt Marta, ich könnte jemand gebrauchen, den man nicht für einen Polizisten hält.

Und wenn mich einer wiedererkennt?

Das wird nicht passieren, sagt Marta, so, wie du dich verändert hast.

Und warum das Ganze? Der Junge ist seit zwanzig Jahren tot. Was wird sich ändern, wenn man weiß, wer ihn umgebracht hat?

Wir sind es den Angehörigen und dem Gesetz schuldig, sagt Marta, die Täter zu finden und zur Rechenschaft zu ziehen.

Wagner lacht auf, schüttelt wieder den Kopf, schaut an Marta vorbei auf das Regal und die Schallplatten. Es wird still bis auf das feine Ticken der Wanduhr, und er wirkt nun nachdenklich, als kehrte die Erinnerung an etwas Eingeschlossenes, Verborgenes, vielleicht sogar Vergessenes zu ihm zurück.

Weiß Hartmann, dass du hier bist?

Nein.

Und Pohlmann?

Der auch nicht.

Okay, sagt er, wenn ich länger darüber nachdenke, fällt mir ein, dass in dieser Angelegenheit noch eine Rechnung bei mir offen ist.

Wagner reicht ihr den Joint, Marta schließt die Augen, und als sie an dem Joint zieht, spürt sie ein Brennen in der Lunge und nach einigen Minuten eine große Ruhe und Stille.

In der Nacht ist Marta von einem Traum erwacht, der sie zuerst schwitzen und dann nicht wieder hat einschlafen lassen. In dem Traum ist sie eine Frau gewesen, die wie tot auf einem Rollbett gelegen und in den Himmel über der Klinik gestarrt hat.

Am Vormittag berichteten Johanna und Oehlert von ihrer Recherche. Seit der *Kurier*, das Lokalradio und das Fernsehen über die Wiederaufnahme der Ermittlungen im Fall Jens Fritsche berichtet haben, meldeten sich über hundert neue Follower auf dem Account von *#JensF* an. Johanna und Oehlert waren deprimiert, sie haben über zweitausend Profile angeschaut, ohne auf irgendetwas Verwertbares zu stoßen.

Sie sind dann zu dritt zum Essen in ein Restaurant in der Nähe der Polizeistation gegangen. Johanna schwärmte von einem Buch ihres Predigers, in dem es um die Erlösung von allen irdischen Qualen ging. Marta hat kaum hingehört, immer wieder ist ihr dieses Szenario durch den Kopf gegangen: Di Natale in dem Rollstuhl, die schneeweißen Sneaker, sein Blick in den leeren Himmel. Marta hat dann nicht länger widerstehen können und sich vom Dienst abgemeldet.

Sie fährt übers Land, als wollte sie einen Freund besuchen. Marta hat es nicht eilig, sie hört Musik, lässt den Arm aus dem Fenster baumeln. Der Asphalt flimmert, an einem blassblauen Himmel hängen winzige Wolken. Die Sonne scheint zu glühen. Sie fährt durch Dörfer, die wie tot in der Hitze brüten, kommt durch schattige Wälder, an einem Badesee sonnen sich die Menschen, die Moderatoren im Radio scherzen über die Hitze.

Marta fährt tiefer in den Wald hinein als beim letzten Mal, geht zu der Lichtung und schaut auf den Park. Heute sind es nur vier Rollstühle. Wie gelangweilt plätschert das Wasser aus den Mündern der Engel. Di Natale trägt eine verspiegelte Sonnenbrille, starr lehnt sein Kopf an der Rückenlehne. Vielleicht schläft er, vielleicht auch nicht. Marta setzt sich auf einen von Schlingpflanzen, Gestrüpp und Brombeersträuchern überwucherten Baumstamm. Es wird wieder still, vollkommen still, wie schon beim letzten Mal. Als schaltete ihr Gehirn automatisch alle Geräusche um sie herum stumm. Ihr werden die Augen schwer, und trotzdem weiß sie sofort, was ihr geschieht, als sie den Stoß spürt.

Ein heftiger Stoß in den Rücken, vielleicht von einem Knie oder einer Faust.

Bevor sie etwas tun kann, schrauben sich zwei Arme um ihre Brust, die Hände ineinander verkrallt. Es sind die Hände eines Mannes, schlank und sehnig, behaart, am Mittelfinger ein breiter silberner Ring. Der Stoß ließ Martas Kopf nach hinten schnellen, der Mann schiebt seine Arme höher, quetscht ihren Kehlkopf, und ihr wird die Luft knapp. Marta will die Hände heben, will sich wehren, aber der Mann ist schneller und stärker und geschickt wie ein Ringer, zieht sie nach hinten weg, zieht sie über den Stamm, ihre Fersen schlagen auf dem Boden auf, er zerrt sie weiter, zerrt sie rückwärts.

Über den Baumwipfeln glüht immer noch die Sonne, ein grelles Flackern, der Himmel ist blau, und sie hört ihn keuchen. Sie müsste Angst haben, denkt sie, große Angst, aber sie hat keine Angst, als sei alles, was gerade geschieht, zu erwarten gewesen und nun unabänderlich.

Seine Arme sind wie Schraubzwingen, so unnachgiebig. Marta will ihn sehen jetzt, sie dreht den Kopf zu ihm, will ihn mit den Füßen bremsen. Aber er lässt sich nicht bremsen, zerrt sie weiter, immer weiter, ihre Füße hüpfen über den Boden, wie die Füße einer Leiche, durchs Gestrüpp, über Steine, Zweige, Äste. In der rechten Wade blinkt ein greller Schmerz auf, Marta stöhnt, und jetzt lockert er ein wenig den Griff.

Dann fallen sie.

Fallen nach hinten weg, rücklings, wie bei dem Spiel am Strand, das sie und ihre Freundinnen mit den Jungs spielten, als sie jung waren, in Piran, am Meer, wenn die Jungs die Mädchen packten auf dem Steg und sich lachend und schreiend mit ihnen rücklings ins Meer fallen ließen.

Merda.

Marta hört zum ersten Mal seine Stimme. Es ist eher die Stimme eines Jungen, so hoch. Aber sein Körper ist hart, muskulös und stark. Er ist kein Junge, er ist ein Mann. Ihre Gesichter sind so nah. Marta riecht ein Aftershave und ein Gewürz. Es könnte Oregano sein. Er rappelt sich auf, zerrt sie hoch, es tut weh, nein, es ist kein Spiel zwischen Jungs und Mädchen, er schleppt sie zu einer von Moos überwucherten Anhöhe, in einem Hain aus stämmigen Birken.

Lass mich los, sagt Marta leise. Lass mich los.

Er sagt nichts, stößt sie aber von sich wie eine lästige

Beute. Marta fällt mit dem Gesicht ins Moos, spürt im nächsten Augenblick sein Knie im Rücken. Seine Hände pressen ihren Kopf ins Moos, als wollte er ihr Gesicht unter die Erde drücken. Alles wird schwarz jetzt, und er reißt ihre Arme nach hinten, sie hört ein Klicken, vielleicht eine Handschelle, das Metall schneidet ihr scharf ins Gelenk. Marta bekommt etwas mehr Luft, wenigstens das, und dann endlich, obwohl sie nicht damit gerechnet hat, lässt er von ihr ab. Sie hört seinen Atem, sein Keuchen, er versetzt ihr einen Tritt in die Hüfte, und ein schriller Schmerz fegt durch ihren Körper, lässt sie nach Luft schnappen.

Dann Schritte. Marta hebt den Kopf, und der Mann kniet vor einer der Birken. In ihrem Mund Moos und Erde, und sie spuckt. Er trägt einen schwarzen Trainingsanzug und schwarze Sneaker. Auf dem Kopf eine Sturmhaube. Auch schwarz. Und dann ist da ein Rasseln, eine Kette vielleicht. Der Mann geht rückwärts, geht an ihr vorbei. Hinter ihr wieder das Rasseln. Er setzt sich auf sie. Packt ihren linken Fuß, und etwas Metallisches legt sich um ihr Gelenk, klickt ins Schloss. Der Mann öffnet die Handschelle, packt ihren rechten Arm, streckt ihn, verbindet die Handschelle mit der zweiten Kette, steht auf und betrachtet sie wie eine erledigte Arbeit.

Ihr linkes Bein und der rechte Arm hängen ausgestreckt an den stramm gezogenen Ketten.

Sie riecht seinen Schweiß. Scharf, bitter. Marta atmet flach, will so wenig Energie verbrauchen wie nur möglich. Sucht einen Ausweg, aber da ist kein Ausweg. Der Mann zieht ihr das Handy aus der Tasche, legt es auf einen Stein, drei, vier Schritte von ihr entfernt, kommt herum, ist jetzt hinter ihr, stellt die Füße neben ihre Hüften. Marta dreht wieder den Kopf, aber sie sieht nicht mehr als die Sturmhaube mit den Löchern für die Augen, die Nase und den Mund.

Er kniet über ihr, seine Hand streicht über ihren Bauch,

eine Zärtlichkeit, die keine ist. Seine Hand verschwindet in ihrer Hose, verschwindet in ihr. Er ist grob, sie hört ihr eigenes Stöhnen, die Tränen des Schmerzes schießen ihr in die Augen. Er ratscht seinen Reißverschluss auf, sie spürt seine Bewegung, ahnt, was geschehen wird. Seine Bewegungen werden schneller, der Mann keucht, stöhnt, bis etwas Warmes, Feuchtes aus ihm herausschießt.

Bestia, sagt er.

Er atmet schnell und tief, zieht den Reißverschluss zu. Marta riecht das Sperma, und er lacht und geht weg und lässt sie zurück.

Bestia, Bestia, Bestia.

Marta schaut nach hinten, sucht ihn, sieht ihn nicht. Sie ist wie betäubt jetzt. Seine Schritte verschwinden im Wald, hinter dem Rascheln der Bäume und dem Zwitschern der Vögel. Ein Motor wird angelassen, entfernt sich rasch.

Sie ist allein. Gefesselt an Arm und Bein. Es ist eine Demütigung. Eine Vergewaltigung. Eine Bestrafung. Nein, es ist mehr als das. Es ist eine Hinrichtung. Weil niemand sie hier suchen wird, niemand wird sie finden. Sie ist zu weit entfernt von allem. Von dem Krankenhaus, von der Straße, den Bauernhöfen, den Dörfern.

Charlotte, sagt Marta leise. Hilf mir.

Die Kette schimmert silbrig im Licht der untergehenden Sonne. Bald wird es dunkel sein. Das Telefon klingelt. Vielleicht Oehlert, der den Tagesbericht durchgeben will. Marta dreht sich, findet mit der freien Hand einen Ast, will das Handy zu sich ziehen.

Nein, es ist zu weit weg.

Niemand wird sie vermissen. Nicht mal Papa. Niemand wartet in der Wohnung auf sie. Niemand, der sich fragen könnte, wieso sie nicht nach Hause kommt. Und auf der Wache anruft und nach ihr fragt. Marta legt die Wange ans Moos. Das warm ist vom Tag. Warm wie ein Kopfkissen. Er muss sie beobachtet haben. Seit Tagen oder vielleicht sogar seit Wochen. Und darauf gewartet haben, dass sie wieder herkommt. Es sollte hier passieren, an diesem Ort, von dem sie auf die Klinik schaut, auf di Natale in seinen ungetragenen Sneakern, geplagt von ihrem Gewissen. Ein Rascheln, als ein Eichhörnchen durchs Laub rennt, an einen Baum springt und aus Martas Blick verschwindet.

Merda. Bestia.

Zwei Worte. Es ist das Wort seines Vaters. *Bestia.* Christoph hatte recht. Sie wollten Rache nehmen. Und jetzt haben sie Rache genommen.

Wahrscheinlich haben sie einen von ihren Leuten auf sie angesetzt, einer, der für ein paar Tausend Euro einen Mord begeht, einen Brand legt oder einen ihm fremden Menschen zum Krüppel prügelt. Oder einfach nur Angst macht. Sie hatten viele solcher Fälle in München. Die Männer kamen aus dem finsteren Süden Italiens, bekamen eine Adresse, einen Namen, ein Foto, erhielten einen Auftrag, erledigten ihren Job und verschwanden so lautlos, wie sie gekommen sind.

Die Polizei hat fast immer nur die Opfer gefunden und nicht die Täter. Und die Auftraggeber der Mörder und Brandstifter behaupteten, von nichts zu wissen. Die Opfer und ihre Familien schwiegen auch, schon aus Angst, alles könnte sonst noch viel schlimmer werden.

Wenn die Opfer und die Täter schweigen, was soll die Polizei dann noch tun?

Es wird dunkel und kühlt ab. Eine laue Sommernacht geht zu Ende. Marta hat Durst. Wie lange wird sie es aushalten so? Und wozu?

Ein leichter Wind kommt auf, der Mond steht am Himmel. Eine schmale Sichel. Vögel flattern, das Rauschen der Bäume hat etwas Beruhigendes. Angst hat Marta keine.

Nein, seltsamerweise ist jetzt sogar eine tiefe Ruhe in ihr. Sie denkt an Charlotte, an Papa, an Vid. Noch einmal surrt das Handy. Sechs, sieben Mal. Vielleicht ist es Tom.

Ich habe ihn nicht gehört, als er hinter mir war, sagt sie. Ich war taub. Genauso taub wie du, Liebling.

Marta weiß nicht, wie lange sie geschlafen hat. Fünf Minuten? Zwei Stunden? Die Fessel schneidet ihr in die Haut. Ein Schmerz wie Feuer. Sie reibt mit der freien Hand darüber, irgendwo schreit ein Tier. Ein Fuchs vielleicht oder eine Katze. Wenn Katzen in der Nähe sind, dann sind da irgendwo auch Häuser. Oder Höfe.

Hilfe!

Nein, es ist sinnlos. Sie sagt es auch nur, sie ruft es nicht mal. Niemand kann sie hören. Sie müssten nach ihr suchen, mit Scheinwerfern, Hubschraubern, Hunden, Wärmebildkameras. Aber es sucht niemand, keiner weiß doch, dass die Kommissarin Marta Milutinovic sich zu einer Klinik schleicht, um den Mann zu sehen, den sie zum Krüppel schoss.

Etwas kriecht unter den Brombeerbüschen durch. Eine Maus. Verharrt. Rennt weg.

Sie wollen Rache, hatte Christoph gesagt. Es gibt kaum ein stärkeres Motiv.

Ja. Das stimmt. Nur dass die Rache keine Genugtuung bringt, denkt Marta. Und den Schmerz nicht lindert. Sie werden es erfahren, wenn sie Rache genommen haben. Dass der Schmerz bleibt. In diesem einen Augenblick, da die Richterin Charlottes Mörder verurteilte, lebenslang mit anschließender Sicherungsverwahrung, in diesem Augenblick hat Marta Rache genommen, hat Erleichterung empfunden.

Als hätten doch noch die Gerechtigkeit und das Gute über das Böse gesiegt.

Aber dann hat sie zu ihm geschaut, zur Anklagebank, hat sein Gesicht gesehen, und er grinste und hat ihr gewunken, und alles ist dahin gewesen, die Genugtuung, die Erleichterung.

Und der Schmerz ist zu ihr zurückgekehrt, gleich dort im Gerichtssaal.

Die Vögel sind stiller geworden. Manchmal ist da ein Flattern und Flügelschlagen. Hin und wieder hört Marta von der Landstraße ein Auto. Der nächste Tag zieht herauf, aus dem Schwarz der Nacht wird ein Grau, dahinter das hellere Licht der aufgehenden Sonne.

Und dann plötzlich ist da dieses feine Summen und ein Klicken. Als öffnete sich eine elektrisch verriegelte Tür. Oder ein Tresor. Bei den Birken, am Ende der Ketten. Die Ketten erschlaffen und klirren leise, als Marta sie zu sich zieht wie tote Schlangen. Ihr Herz klopft, und sie stellt sich auf die Knie.

Ja. Sie soll gar nicht tot sein. Soll nur Angst haben. Und Schmerzen. Und Erniedrigung empfinden.

Marta kommt hoch, rappelt sich auf, schleppt sich zu der Birke. Ist frei. Wo die Kette befestigt gewesen ist, blinkt ein Sender. An aus, an aus. Sie lassen sie also laufen. Und sie läuft. Läuft hinunter zum Wagen, mit den rasselnden Ketten und steifen Beinen, schließt auf, steigt ein, schließt ab. Marta müsste die Kollegen rufen. Dass sie die Spurensicherung schicken. Eine Hundertschaft mindestens, die den Wald durchkämmt, nach Fußabdrücken sucht, nach Haaren, den Sender ortet, irgendwas.

Nein. Sie wird niemanden anrufen. Keine Hundertschaft, keine Hubschrauber, keine Spürhunde. Sie wird es akzeptieren. Es ist ihre Strafe. Ihr Schmerz gegen seinen Schmerz. Aber jetzt hat sie ihre Strafe verbüßt. Hat ihre Strafe bekommen. Es ist genug Strafe.

Genug, genug, genug.

Marta lässt den Motor an. Vom Licht der Scheinwerfer aufgeschreckt flattert ein großer schwarzer Vogel davon. Ein Traktor rollt von der Landstraße aufs Feld, zieht eine

Staubfahne. Marta tritt das Gaspedal durch, die Reifen schleudern Dreck und Steine ins Gebüsch.

Ihr Schmerz gegen seinen Schmerz.

Es ist früh am Morgen, als Martha in die Tiefgarage des Apartmenthauses fährt. Der junge Mann, dem sie vor einigen Tagen im Lift begegnete, schlendert mit einer Aktentasche zu einem VW. Marta steigt erst aus, als er davongefahren ist, sie hält die Ketten mit beiden Händen, trotzdem klirren sie mit jedem Schritt.

Im Treppenhaus flackert eine Neonröhre, jemand hat einen Handschuh verloren. Der Verwalter hat seine Wohnung im Erdgeschoss. Marta schellt, es dauert, bis sie Schritte hört, bis sich das Licht hinter dem Spion verdunkelt und der Schlüssel im Schloss gedreht wird. Nováks Haar ist wirr, unter dem Schlafanzug wölbt sich ein Bauch.

Was für eine Überraschung so früh am Morgen. Die Frau Kommissarin.

Darf ich reinkommen, Herr Novák?

Um diese Zeit bin ich noch gar nicht auf Damenbesuch eingestellt, sagt er und lacht.

Wen hätte sie sonst fragen sollen? Papa? Er ist zu weit weg und würde sich auch nur Sorgen machen. Und alle anderen würden Fragen stellen. Novák lässt sie ein, das Plumeau auf der Schlafcouch ist zerwühlt, es müsste gelüftet werden.

Was haben wir denn da, Frau Kommissarin?, sagt er und schaut grinsend auf die Ketten. Waren Sie auf einer Fetischparty? Hätte ich Ihnen gar nicht zugetraut.

Haben Sie ein Werkzeug dafür?, sagt Marta.

Man bräuchte einen Bolzenschneider, sagt er. So was hat die Polizei doch bestimmt im Schrank.

Und Sie? Haben Sie keinen Bolzenschneider, Herr Novák?

Er lacht. Geht einen Schritt zurück. Schaut sie an, als betrachte er ein Möbel. Es gefällt ihm, das weiß sie, er fühlt sich ihr überlegen. Wenigstens jetzt. Sie sieht bestimmt furchtbar aus. Ihre Kleider sind besudelt, voller Schmutz. Wenigstens hatte sie im Wagen ein paar Tücher gefunden, konnte sich den Dreck aus dem Gesicht und von den Händen wischen.

Ich könnte es mit der Eisensäge versuchen, sagt Novák.

Ja bitte, sagt Marta.

Es ist warm in der Wohnung. Marta schwitzt, während er mit der Säge hantiert. Er ist geschickt, aber es dauert fast eine Stunde, bis Novák sie von den Fesseln befreit hat. So lange muss sie sich seine Geschichten anhören, die Jugend in der CSSR, die trunksüchtige Frau, die Kinder, die sich nicht mehr melden.

Zur nächsten Sado-Maso-Party würde ich einen Ersatzschlüssel mitnehmen. Oder nehmen Sie mich mit, das geht auch, sagt Novák und lacht.

Danke, sagt sie, sehr freundlich von Ihnen.

Marta fährt mit dem Aufzug nach oben, und erst als sich die Wohnungstür hinter ihr schließt, wird ihr schwindlig und schwarz vor Augen. Sie schafft es noch bis zum Bett, lässt sich fallen und schläft sofort ein.

Marta hat sich krankgemeldet. Sie schlief Tag und Nacht und wachte nur hin und wieder auf, trank und aß etwas und versuchte, die Bilder aus ihrem Kopf zu drängen, die Ketten, seinen Atem, das Moos, der Dreck zwischen ihren Zähnen, der Geruch des Spermas.

Bestia.

Sie stellte sich etwas Schönes vor, einen Ort, an dem sie im nächsten Sommer sein könnte, in Piran vielleicht oder in Izola, an der Küste mit dem Blick aufs Meer, nach Italien, Venedig, Triest. Und sie dachte an Vid. Papa rief an und Oehlert und Christoph auch, aber sie ließ sich nichts anmerken.

Marta sagte nur, sie habe sich nicht wohlgefühlt, aber jetzt gehe es ihr wieder besser.

Am nächsten Morgen fühlt sie sich ausgeruht. Sie duscht, hört Musik, zieht sich an, hält an der Bäckerei und frühstückt. Später bittet sie Arkoc, den Pick-up aufzutanken. Marta grüßt die Kollegen in der Leitstelle, läuft die Treppe zu ihrem Büro hinauf, wirft die Jacke über den Besucherstuhl, geht um den Schreibtisch herum, und dann liegt das Foto von Charlotte und ihr auf dem Gesicht. Der Rahmen schräg auf der Schreibunterlage, wie hingeworfen.

Alles andere, der Locher, die Stifte, der Bleistiftanspitzer, befindet sich am richtigen Platz.

Und jetzt erst, zum ersten Mal seit ihrer Begegnung mit ihm, als er sie schlug und trat, beschmutzte und fesselte, jetzt erst, in diesem Augenblick, kommen Marta die Tränen und rinnen ihr wie Wasser aus den Augen. Sie lehnt den Kopf an und wartet, bis es aufhört, bis genug Tränen geflossen sind. Dann erst dreht sie den Rahmen um. Dem Bild ist nichts passiert, Charlotte lächelt, wie sie immer lächelte.

Stören wir?

Marta erschrickt. Sie hat niemanden gehört. Wieder nicht. Kein Klopfen und keine Schritte. Johanna und Oehlert müssen doch irgendwie über den Flur gekommen sein. Vor einigen Tagen war Marta bei einem Arzt und hat einen Hörtest machen lassen, es ist alles in Ordnung mit ihren Ohren.

Nein, ihr stört nicht, sagt sie.

Wir haben uns Sorgen gemacht, sagt Johanna.

Es war nichts Schlimmes, sagt Marta. Frauensachen.

Oehlert schaut verlegen und breitet auf dem Konferenztisch die letzten Ausgaben des *Kurier* aus. Die Zeitung veröffentlichte eine dreiteilige Serie über den mysteriösen Mord an Jens Fritsche.

Wird unsere neue Kommissarin Licht ins Dunkel bringen?

Jetzt weiß es jeder in Schwarzbach, sagt Johanna.

Das ist doch gut, sagt Marta. Vielleicht werden ein paar Leute unruhig. Wie weit seid ihr mit den Followern seines Accounts?

Wir sind bald durch, sagt Johanna. Einige sollten wir uns schon genauer ansehen.

Es gibt noch eine andere merkwürdige Geschichte, sagt Oehlert. Das Foto haben wir von der Verkehrsüberwachung. Der Radarwagen stand an der Bundesstraße in der Nähe der Autobahn. Der Fahrer trägt eine Sturmhaube. Als käme er gerade von einem Bankraub oder so was. Der Wagen wurde am Hauptbahnhof in München angemietet. Mit falschen Papieren, wir haben das überprüft. Könnte sein, dass der Kerl hier in der Gegend irgendwas verbrochen hat.

Marta betrachtet das Foto. Von seinem Gesicht sind nur die Augen, die Nase und der Mund zu sehen. Er könnte es sein. Die Zeit und der Ort passen. Allerdings fährt er nicht den Wagen, den sie in dem Wald an der Klinik gesehen hatte.

Gibt es irgendwelche Spuren in dem Auto?, sagt Marta. Für eine DNA-Analyse vielleicht.

Die Mietwagenfirma hat den Wagen innen und außen gereinigt, sagt Oehlert. Sehr gründlich, darauf sind sie stolz. Und das Auto wurde seitdem auch schon wieder vermietet.

Liegt eine Anzeige von einem Überfall oder einer Vergewaltigung vor?, sagt Marta.

Wieso denn Vergewaltigung?, sagt Johanna.

Ist nur so eine Idee, sagt Marta. Der muss doch irgendeinen Grund gehabt haben, sich zu vermummen und mit falschen Papieren ein Auto zu mieten.

Nein, sagt Oehlert, es wurde nichts gemeldet, was auch nur annähernd dazu passt.

Dann haben wir einen Verbrecher, aber kein Verbrechen, sagt Johanna und lacht.

Bestia.

Vielleicht kam er auch von einer Fetischparty, sagt Oehlert, lacht und wird rot. Wäre vielleicht sogar eine Erklärung, warum er den Wagen unter falschem Namen anmietete.

Oder ein Promi, sagt Johanna, der nicht erkannt werden will.

Marta betrachtet das Foto noch mal. Es löst nichts in ihr aus. Nicht mal Wut. Sie will es einfach nur vergessen. Ihr Schmerz gegen seinen Schmerz.

Ich habe Sie mit Ihrem Baby gesehen, Sören, sagt Marta. Ich wusste gar nicht, dass Sie Papa sind.

Ich hab Sie auch gesehen, sagt Oehlert. Ich habe aber gehofft, Sie sehen mich nicht. Sah wahrscheinlich nicht cool aus. Aber Julia kriegt gerade Zähne.

Es sah sehr liebevoll aus, sagt Marta.

Oehlert wird wieder rot, und sie lachen. Sie verabschieden sich, Johanna kommt dann noch einmal zurück.

Da wäre noch was, sagt sie. Was nicht in Ordnung ist. Mit einem Kollegen.

Von wem sprechen Sie, Johanna?

Ich spreche von Herrn Hartmann.

Wie festgeschraubt sitzt Jürgen Hartmann an seinem Schreibtisch. Würde sich seine Brust nicht heben und senken, könnte man ihn für tot halten. Marta klopft an den Türholm, Hartmann gibt sich überrascht, strafft sich, rückt mit einer albernen Geste die Krawatte zurecht und lacht. Als Dienstältester hat er ein Einzelbüro, auch wenn es nur ein karg möblierter Glaskasten ist, ausgestattet mit einem Schreibtisch, einem Besucherstuhl, Rollschrank und Sideboard. An der Pinnwand hat er Fotos von Geburtstagsfeiern in der Wache und seiner Familie vor dem Weihnachtsbaum befestigt. Die beiden Söhne, seine Frau im Dirndl und er im Trachtenanzug.

Hatten Sie eine gute Chorprobe, Herr Hartmann?, sagt Marta.

Wir haben *Satisfaction* eingeübt, sagt er. Kennen Sie das?

Mein Vater ist ein Fan der Beatles, sagt sie.

Es ist ein Lied der Rolling Stones, sagt Hartmann und grinst.

Das kann auch sein, sagt Marta, und sie lachen, und er bietet ihr den Stuhl vor seinem Schreibtisch an.

Ich war bei Herrn Fritsche, sagt Marta. Er behauptet, er habe vor Jahren von einem Follower des Internet-Accounts den Hinweis erhalten, der Tod seines Bruders sei ein Racheakt der Staatssicherheit gewesen. Fritsche sagt, er habe es bei der Polizei gemeldet, aber nie wieder etwas davon gehört.

Das sagt er?, sagt Hartmann, lehnt sich zurück und nickt.

Gab es denn solche Ermittlungen?, sagt Marta.

Ich weiß nichts davon. Vielleicht hat Fritsche die Geschichte Ihrem Vorgänger erzählt, Frau Kommissarin. Aber der ist ja im Himmel, falls sie ihn da reingelassen haben, sagt er, schaut zur Decke und lacht.

Es müsste dann aber doch wenigstens einen Aktenvermerk geben, Herr Hartmann. Und Sie als der Stellvertreter wären doch vermutlich auch informiert worden.

Es ist immer gut, wenn der Chef und sein Stellvertreter auf demselben Stand sind, sagt er, und sie weiß, worauf er anspielt.

Könnten Sie beim Landeskriminalamt nachfragen, ob es Ermittlungen zu dieser Stasi-Geschichte gab?

Mache ich, sagt er, aber ich glaube nicht dran.

Glauben Sie, Fritsche hat es sich ausgedacht?

Ich glaube nicht, dass sein Vater für die Genossen eine

wichtige Figur war. Der Alte hat sich als Widerstandskämpfer verkauft, was er aber nie war.

Vielleicht finden Sie ja was in den Unterlagen, sagt sie. Haben Sie heute wieder Chorprobe?

Nein. Heute ist Skatrunde im *Alten Krug*.

Marta steht auf, betrachtet die Fotos auf der Pinnwand.

Da ist noch was, Herr Hartmann. Dieser Unfall von dem Sohn des Fabrikanten. Wie hieß der noch?

Sie meinen Dallmeyer?

Richtig. Ich habe Ihren Bericht gelesen. Und habe mich gewundert, wie das passieren konnte. Dort oben ist Tempo 30, es gibt keine Bremsspuren, die Straße war trocken und ist breit genug, der Fahrer hatte keinen Gegenverkehr, die Kurve ist nicht mal besonders eng.

Das habe ich den Jungen auch gefragt, sagt Hartmann. Er hätte einen Blackout gehabt, hat er gesagt.

Einen Blackout.

Ja. Ist natürlich eine Ausrede. Wahrscheinlich hat er an seinem Mädchen herumgefummelt und ist dann von der Fahrbahn abgekommen. Junge Leute eben.

Hinter der Leitplanke geht es ziemlich tief runter. Wer da abstürzt, dem nützt auch ein Airbag nicht viel.

Ja, die hatten Glück im Unglück, sagt er, lacht und steht auf.

Der Fahrer hatte vor allem mit Ihnen Glück, Herr Hartmann.

Er steht vor ihr und schaut auf sie herunter. Der Adamsapfel geht auf und ab, auf Hartmanns Stirn glänzt ein feiner Schweißfilm.

Was wollen Sie damit sagen, Frau Kommissarin?

Dass ich mich gefragt habe, wieso Sie bei diesem Unfall den Fahrer weder auf Alkohol noch auf Drogen testen ließen. Zumal aktenkundig ist, dass der junge Herr Dallmeyer eine Vorstrafe wegen Drogenbesitz hat. Was Sie vermutlich wissen, oder?

Sie schnüffeln also hinter mir her? Oder hat mich ein lieber Kollege verpetzt?

Als Dienststellenleiterin gehört es zu meinen Aufgaben, die Berichte zu lesen. Und dann habe ich mir noch das Strafregister von Herrn Dallmeyer angeschaut.

Und jetzt?, sagt Hartmann.

Marta spürt seinen Ärger. Den Hartmann unter einem breiten Lächeln versteckt.

Jetzt wünsche ich Ihnen einen schönen Abend und beim Skat möglichst viele Asse im Ärmel, sagt sie und schließt die Tür hinter sich.

KAPITEL 8

Mörder. #JensF

Wie haben Sie mich gefunden?, sagt sie.

Hatten Sie sich denn versteckt?, sagt Marta und zeigt ihren Dienstausweis.

Fritsches Schwester hat die Tür nur so weit aufgezogen, bis die Kette spannte. Aus dem Spalt schwebt der Geruch eines süßlichen Parfüms und kalten Zigarettenrauchs.

Ich hab nicht aufgeräumt, sagt sie.

Das macht nichts, sagt Marta.

Fritsches Schwester Jutta wohnt auf der zweiten Etage eines unscheinbaren Mehrfamilienhauses an einer unscheinbaren Straße in einer unscheinbaren Kleinstadt. Im Treppenhaus werden Stimmen von Kindern und einer Frau laut. Die Frau schimpft, ein Schlüsselbund rasselt, und eine Tür wird aufgesperrt.

Dann kommen Sie meinetwegen rein.

Jutta ist jünger als ihre Brüder. Sie trägt den Nachnamen des Mannes, mit dem sie verheiratet war. Janzik. Es dauert eine Weile, bis Martas Augen sich an die Dunkelheit gewöhnt haben. Über der Kommode hängen einige unbeholfen gemalte Aquarelle. Ein Clown, eine Schneelandschaft, ein Sonnenuntergang. In der Küche stapelt sich das verschmutzte Geschirr. Neben dem Kühlschrank eine Batterie leerer Weinflaschen und auf dem Couchtisch Zeitschriften, Flaschen, Gläser, eine Schüssel mit Erdnüssen, ein Ascher voller Kippen.

Auf dem Poster über dem Sofa drei Männer und eine Frau vor einem Stahlwerk, aus den Rohren sprühen Funken. Die Männer tragen Lederjacken und Springerstiefel, die Frau einen kurzen Lederrock und eine zerrissene schwarze Strumpfhose.

Kennen Sie die Band?, sagt Jutta Janzik.

Leider nicht.

Hätte mich auch gewundert. Leute wie Sie sind für so was zu normal. Wollen Sie was trinken? Ich hab aber nur Wasser und Schnaps.

Machen Sie sich wegen mir keine Mühe, sagt Marta.

Umso besser, sagt Fritsches Schwester. Ich muss sowieso gleich zur Arbeit.

Was arbeiten Sie?

Ich bin Kassiererin im Drogeriemarkt.

Jutta Janzik ist dürr und sehnig, der Trainingsanzug schlackert um ihren Körper. Ihr Haar ist strähnig, von einer undefinierbaren Farbe, grau, brünett, blond. Am Hals trägt sie eine Tätowierung, vielleicht ein Schwert oder eine Lilie.

Stört es Sie, wenn ich rauche?, sagt sie.

Nein, sagt Marta. Ich rauche auch.

Marta ist schneller mit den Zigaretten und reicht ihr die Packung an.

Ich hab nicht gern mit der Polizei zu tun, sagt Jutta Janzik und lässt den Rauch aus dem Mund schweben.

Haben Sie schlechte Erfahrungen mit der Polizei gemacht?

Kann man wohl sagen. Als meinem Ex öfter mal die Hand ausgerutscht ist, meinten die Bullen, für miese Ehen wären sie nicht zuständig. Das müsste ich schon selber auf die Kette kriegen.

Sieht so aus, als hätten Sie es auf die Kette gekriegt, sagt Marta. Sie wohnen doch allein hier, oder?

Sie sind 'ne Schnellmerkerin, sagt sie und lacht heiser. Hier kommt mir auch kein Kerl mehr rein. Der Letzte hatte Leberzirrhose. Herr Janzik war am Ende gelb wie ein Chinese. Ich war nicht mal auf seiner Beerdigung.

Sie lacht wieder. Ein Raucherlachen. Ihre Zähne sind stumpf und gelblich.

Ich schaue mir gerade einige ungeklärte Mordfälle an, sagt Marta. Und da bin ich auf den Fall Ihres Bruders gestoßen.

Ach, der Jens, sagt Jutta Janzik. Den vermisse ich arg.

Sie rappelt sich auf, wankt zur Kommode und durchwühlt eine Schublade.

Auf dem Foto da bin ich drei, sagt sie. Und der Jens ist fünf. Da wohnten wir noch in der DDR. Wir hatten Hühner und Hasen und sind Roller gefahren, und meine Brüder haben Klimmzüge an der Teppichstange gemacht. Das war schön. Bis die Genossen unseren Vater rausgeworfen haben und uns Kinder gleich mit.

Der Junge und das Mädchen halten sich umarmt auf dem Foto, scheu blinzeln sie in die Sonne. Im Hintergrund ein schmales graues Haus, vor dem ein Auto parkt und eine Frau aus der Haustür winkt.

Die dahinten ist meine Mutter, sagt Fritsches Schwester.

Haben Sie noch Kontakt zu Ihrer Familie, Frau Janzik?

So gut wie keinen. Kai hat mit seinem Mäuschen diesen schrecklichen Gasthof, und meine Mutter sitzt im Heim. Manchmal fahre ich hin, aber sie ist ziemlich durcheinander.

Und Ihr Vater?

Tot. Der wurde hier im Westen nicht glücklich. Der hatte gedacht, hier würden sie auf einen wie ihn warten. War aber nicht so. Drüben bei den Kommunisten war mein Vater wenigstens ein Staatsfeind gewesen, und hier im Westen war er nur noch ein Nichts.

Fritsches Schwester hat nichts von dem Charme ihres

Bruders. Sie wirkt spröde und frustriert, als sei ihr das Leben entweder lästig oder egal.

Wir haben eine Zeugenaussage, dass sich Stasi-Leute an Ihrem Vater gerächt und Ihren Bruder umgebracht haben könnten, sagt Marta.

Glauben Sie das bloß nicht, sagt sie. Das hat mein Vater selber in die Welt gesetzt, um sich wichtigzumachen.

Sie zieht die nächste Zigarette aus der Packung. Während sie raucht, fragt Marta nach Jens. Aber da ist nichts, was sie nicht schon aus den Akten gewusst hatte.

Warum nennen Sie die Frau Ihres Bruders eigentlich ein Mäuschen?, sagt Marta.

Warum? Weil bei der kein Unterschied ist zwischen tot und lebendig. Die rutscht dauernd auf den Knien herum und betet. Die kommt aus einer Sekte. Ihr Vater ist so eine Art Guru.

Würden Sie sagen, Ihr Bruder und seine Frau passen gut zusammen?

Das ist eine gute Frage, Frau Kommissarin. Ehrlich gesagt habe ich mich immer gewundert, warum das Mäuschen sich ausgerechnet einen wie meinen Bruder genommen hat. Am Geld kann es nicht gelegen haben. Ihr Vater hat eine riesige Villa und stinkt nach Kohle.

Vielleicht haben sie sich ineinander verliebt, sagt Marta.

Ich weiß nicht, ob mein Bruder in der Lage ist, sich in einen anderen Menschen zu verlieben.

Ist er auch Mitglied dieser Sekte?

Der Kai? Um Gottes willen, nein. Mein Bruder ist ein Narzisst. Der ist seine eigene Sekte.

Mögen Sie ihn nicht, Jutta?

Der Jens war mir der liebere Bruder.

Haben sich Ihre Brüder untereinander denn verstanden?

Fragen Sie das doch ihn, sagt sie.

Sie können es mir nicht sagen?, sagt Marta.

Hab schon viel zu viel gesagt, sagt Fritsches Schwester und drückt die Zigarette aus.

Was halten Sie von dem Internet-Account, den Ihr Bruder für Jens betreibt?

Verlogen ist das.

Und warum?

Jutta Janzik beugt sich vor, schaut auf den Teppich, lässt ihr Gesicht hinter einem Vorhang aus Haaren verschwinden.

Frau Kommissarin, der Jens ist tot. Mein Vater ist tot. Meine Mutter ist so gut wie tot. Und was der andere und sein Mäuschen machen, ist mir egal.

Haben Sie Angst vor Ihrem Bruder, Frau Janzik?

Ich nehme mich grundsätzlich vor allen Männern in Acht, Frau Kommissarin. Männer wollen entweder einen geblasen kriegen oder sie verprügeln dich. Manchmal auch beides.

Sie schaut auf und will Martas Reaktion sehen. Aber mehr als ein Lächeln gibt Marta ihr nicht.

Gilt das auch für Ihren Vater und Ihre Brüder?

Jutta Janzik schaut aus halb geschlossenen Lidern jetzt, ein dunkler, misstrauischer Blick.

Sie sind nicht so harmlos, wie Sie tun, was?, sagt sie. Wahrscheinlich kennen Sie jede Schweinerei, die sich Menschen ausdenken können.

Was nicht stimmt, denkt Marta. Die Menschen denken sich immer wieder etwas Neues aus, die Fantasie des Bösen ist unendlich, hat Christoph einmal gesagt.

Waren Ihr Vater oder Ihre Brüder gewalttätig, Frau Janzik?

Dazu sage ich nichts, sagt sie. Muss ich doch auch nicht, ist ja Family. Außerdem muss ich jetzt los zum Job.

Musste Ihr Bruder Sie und Jens auszahlen, als er den Gasthof erbte?

Jutta Janzik lehnt sich zurück, schüttelt den Kopf, grinst schief und lacht dann auf.

Das ist ein sehr guter Witz, Frau Kommissarin. Dass wir irgendwas geerbt hätten von dem Alten. Einen Haufen Schulden haben wir geerbt, so war das.

Marta steht auf, lächelt, bedankt sich, der Flur erscheint ihr noch dunkler als vorhin.

Was soll das alles, Frau Kommissarin? Der Jens wird doch nicht wieder lebendig.

Wenn Ihnen noch was einfällt ..., sagt Marta und legt ihre Visitenkarte auf das Sideboard.

Sie ist erleichtert, als sich die Haustür hinter ihr schließt. Auf der Straße ist es laut, Autos und Mopeds fahren hin und her, als jagten sie sich gegenseitig. Marta denkt an Papa. Wie unterschiedlich Familien sein können. Manche Familien sind voller Liebe und Wärme, und in anderen ist es kalt wie in einem Eisschrank.

Marta schließt den Wagen auf und lässt sich auf den Fahrersitz fallen.

Danke, Papa, sagt sie und fährt los.

Es ist einer dieser Tage, die weder kalt noch warm sind und an denen der Himmel von morgens bis abends ein endloses Grau bleibt. Ein Tag, der einfach so vergeht und am nächsten Morgen schon vergessen sein wird.

Marta schließt das Büro auf, nimmt das Bild mit Charlotte aus der Schublade und fragt sich, wie viele solcher Tage sie noch verstreichen lassen soll.

Am Morgen ist sie müde aufgewacht, so müde, als hätte sie gar nicht geschlafen. Eine Weile schaute sie auf den Garagenhof, wo Novák an einem Motorrad bastelte und eine Frau den Hund ausführte.

Und dann hat Marta den Computer eingeschaltet und nach einem schöneren Ausblick gesucht. Eine Livecam in Piran, sie sah das tiefblaue, in der Sonne glitzernde Meer, den blassblauen Himmel, auf dem Steg saß ein Angler, ein

Schwimmer sprang ins Wasser. Mehr ist nicht passiert, aber Martas Sehnsucht war geweckt, und natürlich war es lächerlich zu hoffen, Vid käme ins Bild, um an der Promenade einen Kaffee zu trinken und aufs Meer hinauszuschauen.

Sie wacht auf aus ihren Gedanken, als das Handy summt. Sie sieht seinen Namen im Display und schließt die Tür.

Fritsche hat mich nicht erkannt, sagt Wagner.

Bist du sicher, Joachim?

Ich bin zwanzig Jahre älter inzwischen und vierzig Kilo schwerer, sagt Wagner. Fritsche hat mir ein Zimmer gegeben, und das war's.

Ist dir irgendetwas aufgefallen?

Nein, nichts Ungewöhnliches. Fritsche ist irgendwann weggefahren, und ich habe seine Frau kennengelernt. Und die Tochter. Sehr merkwürdiges Mädchen. Sie trug ein Kleid mit Flügeln.

Was denkst du über seine Frau?, sagt Marta.

Eine freundliche Person, aber sehr zurückhaltend. Man könnte auch sagen verschüchtert.

Sind noch andere Gäste im Gasthof?

Zwei Männer. Ich glaube, das sind Tschechen. Die spielen in der Halle Billard.

Glaubst du, es laufen da noch andere Geschäfte? Sex, Drogen, der Gasthof liegt sehr verkehrsgünstig.

Du hast eine lebhafte Fantasie, Marta, sagt er und lacht. Aber ich schaue mich um.

Es ist eine gut Idee gewesen, Joachim Wagner um Hilfe zu bitten. Marta ist froh, dass er sich überreden ließ, in die Ermittlungen einzusteigen.

Wir haben jetzt Lagebesprechung, Joachim, sagt Marta und legt auf.

Die anderen sitzen schon um den Konferenztisch und drehen sich um, als Marta den Raum betritt. Oehlert trägt die aktuellen Meldungen vor. Wieder nur Kleinkram. Sie lachen über einen als vermisst gemeldeten Hund, der angeblich betrunken war und durchs Einkaufszentrum torkelte.

Am Nachmittag zieht Marta das Sportzeug über, legt das Foto mit Charlotte zurück in die Schublade, schließt das Büro ab und schiebt das Bike aus der Garage. Hartmann steht an der Rampe und raucht.

Ich müsste auch mal wieder sportlich werden, sagt er und tritt die Zigarette aus.

Aber Sie spielen doch Skat, Herr Hartmann.

Machen Sie sich ruhig über mich lustig, sagt er.

Im *Goldenen Krug,* so hieß doch das Lokal, oder?

Es heißt *Im Alten Krug,* Frau Kommissarin. Fahren Sie nach Hause oder unternehmen Sie noch eine Radtour?

Ich wollte noch zur Grenze, sagt Marta. Vielen Dank für Ihren Tipp. Der Parcours ist fantastisch für Mountainbiker.

Freut mich, sagt er. Mir ist es schon zu anstrengend, mit dem E-Bike geradeaus zu fahren.

So wie sie plaudern, scheint ihre Auseinandersetzung vergessen zu sein. Vielleicht war sie zu streng mit ihm, denkt Marta, vielleicht hat Hartmann dem jungen Dallmeyer einfach nur nicht die Zukunft verbauen wollen.

Na dann, sagt sie, fährt los und ist bald an der Steigung und muss kräftig in die Pedale treten.

Beim Mittagessen hat Johanna gefragt, ob Hartmann wegen seiner Nachsicht mit Dallmeyer Ärger bekäme.

Ich habe die Sache geklärt, Johanna, hat sie gesagt.

Und wie?

Diskret.

Johanna hat sie verblüfft angeschaut, biss sich auf die Unterlippe, bis sie weiß geworden ist, und hat dann – ohne ein Wort – die Küche verlassen.

Mit jedem Tag, den Marta zur Grenze hinauffährt, ist es weniger anstrengend. Sie schwitzt kaum noch und denkt auch seltener an die Ketten, die Handschellen, an diesen Irren, der sie fast umgebracht hätte.

Fuck you, du Bastard, sagt Marta, als sie auf der Höhe ist, außer Atem zwar, aber zufrieden mit ihrem Tempo.

Sie fährt an Fritsches Gasthof vorbei, wo heute nur ein Auto parkt, ein Mercedes mit Nürnberger Kennzeichen. Der Fahrer eines Unimog grüßt im Vorbeifahren, und Marta biegt auf die Mountainbikestrecke ein. Die Wolken sind doch noch aufgerissen, die Sonne ist draußen, zwielichtig flackert das Licht zwischen den Bäumen und blendet. Marta ist eine geübte Fahrerin, sie konzentriert sich auf die Kurven, die Wurzeln, auf Steine und Äste. Die Strecke schlägt unzählige Haken, wie die Spur eines Kaninchens. Souverän nimmt Marta alle Unebenheiten und Kurven und bekommt eine wundersame Leichtigkeit.

Der Wald wird lichter, die Sonne flimmert zwischen den Bäumen, Marta sieht Kurven, Biegungen und Äste voraus, lacht, fühlt sich frei und leicht, der Lenker vibriert, die Stoßdämpfer schlucken Steine, Wellen, Wurzeln, und dann plötzlich, aus dem Nichts, ein Schlag, ein Ruck, ein brutales Zerren und Ziehen, der Vorderreifen blockiert, steht auf der Stelle.

Alles Weitere scheint in Zeitlupe zu geschehen. Aber das ist gar nicht wahr. Ihr Gehirn ist nur langsamer als ihr Körper, der aus dem Sattel katapultiert wird, Marta hält sich am Lenker fest, umklammert die Griffe, ihre Beine fliegen hoch, ihr Körper wird zu schnell und zu schwer, sie kann sich doch nicht halten, für eine oder zwei lächerlich lange Sekunden schwebt Marta, als sei sie leichter als die Luft, aber sie weiß, dass es nicht so ist.

Es wird wehtun, sehr weh.

Sie schlägt auf dem Boden auf, als wäre sie von einem Baum heruntergefallen. Wie eine Lanze sticht ihr etwas Spitzes in den Rücken. Ein brutaler Hieb trifft sie im Nacken. Ein Hammer scheint auf ihre Hüfte einzuprügeln, etwas Hartes, Scharfes peitscht Marta durchs Gesicht, und im nächsten Augenblick wird alles um sie herum dunkel.

Dunkel und schwarz und still, und dann ist nichts mehr.

Marta erwacht von etwas Feuchtem, Rauen, Nassen, das ihre Hand leckt. Sie liegt auf dem Rücken und sieht den Hund nicht, riecht ihn aber. Sein feuchtes Fell, den fauligen Atem. Sie hört auch das Hecheln und Winseln, und dann fängt der Hund an zu bellen.

Marta schlägt die Augen auf, und der Himmel ist wieder dunstig, bleigrau und endlos, die Sonne hinter der Wolkendecke verschwunden. In ihren Ohren ist ein dumpfes Rauschen, als sei da irgendwo in der Ferne ein Wasserfall. Eine Frau ruft nach dem Hund.

Ronny!

Der Hund bleibt bei Marta, hört auch nicht auf zu bellen. Marta bewegt die Zehen, die Füße, zieht die Beine an. Mit den Armen macht sie es genauso. Bewegt die Finger, die Hände, es scheint nichts gebrochen. Erst als Marta den linken Arm anhebt, schießt ihr ein widerwärtiger, spitzer Schmerz vom Handgelenk bis in die Schulter, ein so heftiger Schmerz, dass ihr der Atem stockt.

Ronny, ruft die Frau. Ronny!

Der Hund winselt, seine raue Zunge leckt über Martas Hand. Sie dreht den Arm, stemmt den Ellbogen auf den Boden, stützt sich ab, kommt hoch. Wenigstens auf die Höhe des Hundes. Der sie mit riesigen Augen und gespitzten Ohren anschaut.

Ist ja gut, Ronny. Was ist denn passiert?, sagt die Hundebesitzerin, eine ältere Frau in einem verblichenen blauen Anorak.

Ich bin vom Rad gefallen, sagt Marta.

Von welchem Rad denn?

Marta schaut sich um. Es ist eine gute Frage, sie sieht

kein Rad. Es dauert, bis sie die Felge des Vorderreifens unter einem Gebüsch entdeckt.

Was tut Ihnen weh?, sagt die Frau.

Der Arm, sagt Marta. Der tut sehr weh.

Dann rufe ich einen Krankenwagen, sagt die Frau und zieht ihr Handy aus der Tasche.

Warten Sie, sagt Marta und versucht, sich aufzusetzen. Wieder schießt der Schmerz durch ihren Arm, lässt sie aufstöhnen. Sie presst die Zähne aufeinander, kommt dann doch hoch, wenigstens so weit, dass sie auf dem Boden sitzt.

Vielleicht können Sie mir aufhelfen.

Ich kann es versuchen, sagt die Frau und umschließt Martas Hand mit beiden Händen. Die Hände der Frau sind warm und trocken, und der Hund bellt noch immer.

Jetzt sei doch endlich still, Ronny.

Jetzt, sagt Marta und zieht sich an den Händen der Frau hoch. Es tut wahnsinnig weh, in der Schulter, an der Hüfte, aber sie kommt auf die Beine, wankt, Marta ist schwindlig, die Frau hält sie.

Vielen Dank, sagt Marta, das ist sehr lieb von Ihnen.

Bei den ersten Schritten breitet sich ein dumpfer Schmerz in Martas rechtem Bein aus, kriecht in ihr hoch bis an die Brust und an der anderen Körperseite wieder hinunter bis in die Kniekehlen.

Gut, dass Sie einen Helm getragen haben.

Ich verstehe das nicht, sagt Marta, während der Hund nervös um sie herumläuft.

Marta humpelt zu ihrem Rad, zieht die Trinkflasche aus der Halterung und nimmt einen Schluck.

Sie müssen zum Arzt, sagt die Frau. Mein Mann kann Sie fahren. Wir wohnen nicht weit von hier.

Vielleicht schaffe ich es auch so, sagt Marta.

Der Hund schnuppert an dem Rad, läuft ein Stück den Pfad hinauf, springt leichtfüßig über etwas, das Marta nicht sieht. Nicht sehen kann. Erst als sie näher herangeht, erkennt sie den Draht, der beinahe unsichtbar zwischen zwei Baumstämmen über den Weg gespannt ist.

Eine Falle, sagt sie. Das war eine verdammte Falle.

Wer macht denn so was?, sagt die Frau. Sie müssen die Polizei rufen.

Martas Arm ist dann doch nicht gebrochen, aber sie hat alle möglichen Prellungen. Der Unfallarzt hat ihr eine Spritze gegen die Schmerzen gegeben, sie ließ ein Taxi kommen, und als sie einsteigt, ruft Hartmann an.

Sie hätten sich das Genick brechen können, Frau Kommissarin, sagt er.

Ich hatte wohl einen Schutzengel dabei, sagt Marta.

Johanna und Becker haben noch zwei weitere Fallen gefunden. Wir haben das ganze Gelände abgesperrt.

Gut, sagt Marta. Bitte lassen Sie bei Tageslicht noch einmal alles absuchen.

Geht klar, sagt er. Frage mich, wer so was macht.

Gab es hier schon mal Attacken auf Radfahrer?

Nein, nie. Aber scheint gerade in Mode zu sein. Es gab solche Fallen in Kalifornien, Schweden und Frankreich. Das wird heimlich gefilmt, und dann gucken sich das Millionen Idioten im Internet an.

Davon habe ich noch nie gehört, sagt Marta.

Die Presse wird sich für den Fall interessieren, Frau Kommissarin. Ich habe eine Pressemitteilung formuliert. Darf ich Ihnen das mal vorlesen?

Gerne.

Bei einem heimtückischen Anschlag wurde die Leiterin der Polizeidienststelle Schwarzbach schwer verletzt, liest Hartmann vor. Unbekannte spannten auf einer bei Mountainbikern beliebten Strecke an der ehemaligen Zonengrenze mehrere Drähte. Die Kommissarin stürzte, konnte das Krankenhaus inzwischen aber wieder verlassen.

Die Polizei fahndet nach den Tätern. Sachdienliche Hinweise nimmt jede Polizeidienststelle entgegen.

Muss das sein?, sagt Marta.

Wir haben die Pflicht, die Öffentlichkeit zu informieren, Frau Kommissarin.

Das meine ich nicht, Herr Hartmann. Muss erwähnt werden, dass ich diesen Unfall hatte?

Ich kann auch von einer Radfahrerin aus Schwarzbach sprechen, sagt Hartmann. Ohne nähere Angaben zu der Person zu machen.

Das wäre mir lieber, sagt sie und legt auf.

In der Wohnung legt Marta sich aufs Sofa, schläft ein, wacht aber nach einigen Minuten von der Klingel wieder auf.

Ich habe gesehen, wie Sie aus dem Taxi gestiegen sind und dass Sie humpeln. Und da habe ich zu Phosphor gesagt, jetzt bringe ich der lieben Nachbarin ein Stückchen von unserem leckeren Sandkuchen.

Die Nachbarin lacht, und trotz ihrer Müdigkeit bittet Marta sie herein. Über den Unfall sagt sie nur das Nötigste, sie zögert auch, den Draht zu erwähnen. Tut es dann aber doch. Es wird ja ohnehin in der Zeitung stehen.

Das ist widerlich. Was gibt es bloß für Menschen?

Der Kuchen schmeckt sehr gut, vielen Dank, sagt Marta.

Ich heiße übrigens Hilde. Hilde Hartmann. Sollen wir Du sagen?

Gerne, ich heiße Marta. Ich kenne auch einen Hartmann hier. Er ist ein Kollege.

O nein.

Habe ich etwas Falsches gesagt?, sagt Marta.

Ich bin nur überrascht, ich wusste nicht, dass Sie bei der Polizei arbeiten. Jürgen ist der jüngere Bruder von meinem Klaus. Ist er jetzt dein Chef?, sagt Hilde Hartmann.

Nein, es ist genau umgekehrt, sagt Marta. Ich bin seine Chefin.

Das wird dem Jürgen aber nicht gefallen, sagt Hilde.

Ein Sonnenstrahl kriecht durch einen Spalt in der Jalousie. Marta erwacht in ihren Kleidern. Sie fragt sich, wer ihr die Schuhe auszog und sie zudeckte. Marta setzt sich auf, und ein irrer, spitzer Schmerz sticht ihr in den Arm. Als sie dem Schmerz ausweichen will, lässt sie die Prellung an der Hüfte aufstöhnen. Die Haut da ist blau und gelb und grün inzwischen.

Nach und nach kommt die Erinnerung. An Hilde. Die zwei Flaschen Sekt und Likör aus ihrer Wohnung geholt hat. Und immer mehr Anekdoten aus ihrer Zeit als Sekretärin an einer Schule erzählte.

Bis die Flaschen leer gewesen sind.

Marta lässt die Jalousie hochfahren, schließt die Augen, so sehr blendet die Sonne. Sie erschrickt, als sie in den Spiegel schaut. Ihr Gesicht ist geschwollen, wirr hängen ihr die Haare in die Stirn, auf dem Shirt sind Flecken, wahrscheinlich vom Likör.

Das Telefon klingelt. In der Leitung ist ein rasches Atmen, Vögel zwitschern, Schritte und ein Lachen.

Habe ich dich geweckt?, sagt Wagner. Ich bin wieder zu Hause und höre den Vögeln zu.

Gibt es was Neues von Fritsche?

Das war ziemlich ruhig da. Irgendwann sind die beiden Tschechen verschwunden, und dann kam noch einer, blieb zwei Stunden und verschwand auch wieder.

Hast du das Kennzeichen?

Jetzt hast du mich erwischt, sagt er. Habe ich mir leider nicht notiert. Ich bin wohl schon zu lange raus aus dem Job.

Kein Problem, sagt Marta. Hast du herausgefunden, wovon Fritsche lebt, wenn da nur wenige Gäste übernachten?

Ich habe mir erlaubt, einen Blick in die Akten zu werfen, sagt Wagner und lacht. Der Gasthof ist nur selten ausgebucht, aber sie haben übers ganze Jahr Gäste. Ich glaube, vor allem Radfahrer und Wanderer. Reich werden die nicht, aber irgendwie kommen sie klar.

Und bieten sie noch irgendetwas anderes an?

Das hast du mich doch schon gefragt, sagt er.

Dass er sich schnell mit dem zufriedengibt, was man auf den ersten Blick sieht, denkt Marta. Vielleicht ist das auch der Grund, warum damals die Akte Jens Fritsche so rasch geschlossen worden war.

Und hast du noch irgendetwas anderes bemerkt?, sagt sie.

Nichts weiter, tut mir leid, sagt Wagner.

Okay, danke, sagt Marta. Ich muss mich jetzt anziehen.

Bist du nackt?

Du willst nicht wissen, was ich bin, sagt sie. Hilde und ich haben letzte Nacht auf gute Nachbarschaft angestoßen.

Wer ist Hilde?

Meine Nachbarin. Und die verwitwete Schwägerin des Kollegen Jürgen Hartmann.

In solchen Kaffs kennt wirklich jeder jeden, sagt Wagner.

Hast du noch mal mit Fritsches Frau sprechen können?

Habe es versucht, sagt er und lacht. Aber da kann man sich auch mit mit einem Baum unterhalten. Die sagt nur Ja, Nein oder ich weiß nicht.

Und die Tochter?

Die habe ich nicht gesehen. Ich habe Fritsche gesagt, ich käme jetzt öfter. Ich hätte eine Jazzband in der Gegend, und wir würden hin und wieder proben.

Das war eine gute Idee, sagt Marta, und sie legen auf.

Marta stützt sich am Waschbecken ab, schwankt, ihr dröhnt der Kopf, und sie versucht, nicht an das zu denken, was Hilde und sie letzte Nacht getrunken haben.

Die Hässlichkeit des Gebäudes verblüfft Marta jeden Tag neu. Das Z von POLIZEI ist immer noch unbeleuchtet. Sie muss es dem Hausmeister sagen. Die Kollegen brachten Blumen und eine Ansichtskarte, ein Hund mit eingegipstem Bein.

Wegen der Drähte haben Journalisten aus Berlin und München angerufen, sagt Hartmann. Sogar das Fernsehen. Sie fragen nach der Radfahrerin und ob man sie interviewen könnte.

Darüber haben wir doch gesprochen, sagt Marta. Ich möchte das nicht.

Von mir erfährt es keiner, Frau Kommissarin. Wir haben die Strecke übrigens noch mal gründlich abgesucht.

Und?

Nichts.

Marta hat das Fahrrad zur Reparatur bringen lassen, und jede Bewegung erinnert sie an den Sturz. Vor Schmerzen konnte sie kaum schlafen. Sie hätte sich das Genick brechen können und wäre vielleicht im Rollstuhl gelandet. Wie Giuseppe di Natale. Natürlich hat sie darüber nachgedacht, ob die Italiener die Drähte spannten. Und was als Nächstes passieren könnte.

Es ist nicht schlimm, Angst zu haben, sagt sie zu Charlotte. Die Angst macht mich bloß vorsichtig, weißt du?

Marta ruft Johanna an und lässt sie das Kennzeichen des Wagens recherchieren, den sie an dem Tag vor ihrem Sturz an Fritsches Gasthof gesehen hatte.

Geht es da um Ihren Unfall, Frau Kommissarin?

Warum fragen Sie, Johanna?

Weil ich doch einen Vorgang anlegen muss. So sind nun mal die Vorschriften.

Natürlich, ich weiß, sagt Marta und ärgert sich, das Kennzeichen nicht selbst recherchiert zu haben.

Mir ist in der Nähe der Mountainbikestrecke ein Wagen mit diesem Kennzeichen aufgefallen, sagt Marta, und ich habe es mir aus reiner Gewohnheit gemerkt. Vielleicht hat der Fahrer irgendwas gesehen.

Was sollte er denn gesehen haben?

Es gefällt Marta nicht, wie Johanna manchmal mit ihr redet. Beinahe herablassend.

Wenn ich wüsste, ob der Fahrer oder die Fahrerin etwas gesehen haben, dann müssten wir nicht fragen, Johanna.

Es entsteht eine Stille zwischen ihnen, vielleicht eine oder zwei Sekunden zu lang, dann legt Marta auf und schiebt den Rahmen mit Charlottes Foto in die Schublade.

Christoph ist wie immer tadellos gekleidet. Bei ihm stimmt alles, der Haarschnitt, der Bart, die Zähne, die Schuhe. Die wenigsten Männer achten auf ihre Schuhe. Tom hatte immer die Absätze schief gelaufen. Und Christoph hat dieses besondere Lächeln. Das Marta bei ihrer ersten Begegnung schon aufgefallen war.

Sie war überrascht, als es klopfte und Christoph plötzlich in der Tür stand. Vielleicht wurde sie sogar ein wenig rot. Er drückt sie an sich, und sie stöhnt auf.

Habe ich dir wehgetan?

Es tut noch alles weh, sagt sie, aber es wird langsam besser

Christoph will alles wissen über den Sturz, er schaut sich Fotos von den Drähten und dem Mountainbike an, er fragt, wie schnell sie gefahren sei oder ob sie geblendet wurde.

Der Draht wäre mir auch bei günstigerem Licht nicht aufgefallen, sagt Marta.

Du hättest dir das Genick brechen können, sagt er.

Ich weiß, sagt sie. Es gibt Leute, die so etwas filmen und die Videos ins Netz stellen.

Aber daran glaube ich nicht, sagt Christoph. Es könnte ein Anschlag auf dich gewesen sein, Marta. Es wäre dann die zweite Attacke nach der Geschichte mit dem Luftgewehr.

Nein, die dritte Attacke, denkt Marta. Auch wenn sie die Nacht da draußen an den Ketten verdrängt wie einen Albtraum, der nie eine Wirklichkeit war.

Hat jemand gewusst, dass du mit dem Rad dort fahren wirst?, sagt Christoph.

Nur Hartmann hat das gewusst, sagt Marta. Wir haben kurz geplaudert, als ich von der Polizeistation losgefahren bin.

Wie viel Zeit verging zwischen eurer Unterhaltung und dem Sturz?

Fast eine Stunde, sagt Marta.

Wie lange braucht man mit dem Auto für die Strecke?

Zehn Minuten vielleicht. Aber warum sollte Hartmann das tun? Es ergibt überhaupt keinen Sinn, sagt Marta.

Christoph schaut sie an, jetzt mit diesem Blick, den er oft im Unterricht an der Polizeischule aufsetzte.

Man muss alle Möglichkeiten einbeziehen, auch die absurden, sagt er.

Ich weiß, sagt Marta und lächelt. Aber Hartmann wäre wirklich mehr als absurd.

Ich habe gehört, er hätte gerne deinen Job gehabt und fühlt sich übergangen, sagt Christoph.

Mir sagte Hartmann, er hätte nicht den Ehrgeiz für den Chefposten.

Wahrscheinlich hast du recht, Marta. Ich denke ohnehin eher an die Italiener, sagt Christoph. Sie haben Rache als Motiv, und es könnte sein, dass sie jemand auf dich angesetzt haben.

Der dann Drähte in den Wald spannt, ohne zu wissen, ob ich jemals da langfahre?

Wer weiß, sagt Christoph und zieht die Schultern hoch. Wir könnten die Familie di Natale überprüfen. Alibi, Kontakte und so weiter.

Du weißt selber, wie heikel das ist, sagt Marta. Da werden wir sehr schnell die Presse am Hals haben. Wieso wir die armen Eltern verdächtigen, sich an der Polizistin zu rächen, die ihren Sohn zum Krüppel geschossen hat.

Marta, bitte, es war ein Unfall. di Natale hätte stehen bleiben sollen, dann wäre nichts passiert.

Christoph lehnt sich zurück und sieht sie an. Er und sie wissen genau, warum Marta geschossen hat.

Hattest du noch mit anderen Leuten in letzter Zeit Ärger, Marta?

Ja, ein gewisser Cislarczyk. Ein ehemaliger Lebenslänglicher, der hier mit neuer Identität lebt. Angeblich hat er auf der Arbeit ein paar Smartphones mitgehen lassen, und wir hatten eine sehr unerfreuliche Unterhaltung. Und ich habe ihn außerdem zu Unrecht verdächtigt, etwas mit dem Verschwinden von zwei kleinen Mädchen zu tun gehabt zu haben.

Von diesem Cislarczyk hast du mir gar nichts gesagt, sagt Christoph.

Ich weiß, sagt sie, ich traue es ihm ja auch nicht zu. Weder die Schüsse noch die Drähte. Vielleicht war es ja doch einer von diesen Videofilmern, die sich einen Spaß daraus machen, wenn sich Radfahrer das Genick brechen.

Bis jetzt ist kein Video im Netz aufgetaucht, wir haben das überprüft, sagt Christoph und stellt sich ans Fenster. Man kann uns nicht nachsagen, wir wären wegen der luxuriösen Büros oder der schönen Aussicht bei der Polizei.

Sie lachen, und Marta stellt sich zu ihm.

Lachen tut auch noch weh, sagt sie.

Dabei siehst du sehr hübsch aus, wenn du lachst, sagt er.

Sonst nicht?

Sonst auch, sagt Christoph, und sie schauen nach dem Jungen, der auf dem Nachbargrundstück einen Ball kickt. Der Ball fliegt über die Mauer und prallt mit einem dumpfen Knall auf das Dach eines Streifenwagens. Der Junge erstarrt. Sieht sich nach allen Seiten um, klettert über die

Mauer, duckt sich, zieht den Ball unter dem Streifenwagen vor, und sie lachen wieder.

Ich passe schon auf mich auf, sagt Marta. Und danke, dass du hergekommen bist, um nach mir zu sehen.

Das ist doch selbstverständlich, sagt er.

Und wie geht es dir? Ich meine zu Hause?

Frag nicht.

Marta winkt ihm, als Christoph davonfährt, dann klingelt ihr Telefon.

Ich habe den Halter des Nürnberger Wagens ermittelt, sagt Johanna. Ein unbescholtener Mann ohne Vorstrafen. Er heißt Stephan Kosar, ist verheiratet und hat einen Garten- und Landschaftsbaubetrieb. Sollen die Kollegen ihn besuchen und fragen, ob er was gesehen hat?

Danke, sehr freundlich, Johanna. Aber ich kümmere mich selber darum, sagt Marta.

Es hat auch noch der Redakteur Regh angerufen, Frau Kommissarin. Er bittet um Ihren Rückruf.

Marta ahnt, worüber Regh mit ihr sprechen will. Und genau so ist es.

Stimmt es, dass Sie die Radfahrerin sind, die in den Draht gefahren ist und sich beinahe das Genick gebrochen hätte, Frau Kommissarin?

Wer behauptet das?

Ein Journalist gibt doch nicht seine Quellen preis, sagt Regh.

Marta weiß, dass es sinnlos ist, es abzustreiten. Es wird sich ohnehin herumsprechen.

Ich bin nur leicht verletzt, sagt sie, und auch wieder im Dienst.

Haben Sie einen Verdacht, Frau Kommissarin?

Das LKA hat die Ermittlungen übernommen.

Heißt das, die Attacke wird als Anschlag auf die Polizeichefin von Schwarzbach gesehen?

Nein, das heißt es nicht. Aber Sie wissen sicher, dass

Polizisten nicht in Angelegenheiten ermitteln dürfen, von denen sie selber betroffen sind, Herr Regh.

Könnte es mit den neuen Ermittlungen im Fall Fritsche zusammenhängen?

Sie haben eine ausgeprägte Fantasie, Herr Regh.

Danke, Frau Kommissarin. Sie sind nicht die Erste, der das auffällt.

Er konnte ihn anschauen, sein Gesicht, seinen Körper, seine Kleidung. Konnte seinen Geruch einatmen, seine Bewegungen und sein Benehmen analysieren. Er konnte auf Holohans Stimme hören, auf dessen Worte. Aber wollte er je Holohans wahres Ich durchschauen, müsste er hinabsteigen in die Dunkelheit seines Charakters.

Marta schiebt das Buch zurück aufs Regal, zwischen die Gesetzestexte und Fachbücher. In der Geschichte geht es um einen als Psychiater getarnten Psychopathen. Christoph schenkte ihr den Roman zum Geburtstag, es ist acht oder neun Jahre her.

Ein spannendes und kluges Buch für eine spannende und kluge Kriminalistin. C.

Sie ließ das Buch im Büro, sie hatte nicht gewollt, dass Tom die Widmung las. Marta wusste ja, was Christoph über sie dachte und wahrscheinlich auch immer noch denkt. Dass er sie spannend fand, spannender als das Buch und spannender auch als seine Frau.

Das zu wissen hatte ihr immer gefallen.

Marta lächelt bei dem Gedanken, fährt den Computer herunter, schaltet die Schreibtischlampe aus, schaut Charlotte an, legt das Foto in die Schublade, nimmt die Tasche und geht die Treppe herunter nach unten, zur Wache. Hartmann telefoniert und winkt ihr lachend aus seinem Glaskasten. Johanna und Oehlert nicken ihr zu.

Bis gleich, sagt Marta zu Johanna.

Ich freue mich, sagt sie, und Oehlert schaut überrascht, während ihr der Diensthabende die Tür öffnet.

Frau Kommissarin?

Die Luft ist frisch und warm, und für einige Augenblicke ist Marta geblendet und sieht dann erst die Frau in dem Sommermantel. Sie ist vielleicht dreißig und hält ein Mikrofon mit dem Logo eines Fernsehsenders. Hinter der Reporterin steht ein älterer Mann mit einer Kamera auf der Schulter.

Haben Sie eine Minute für uns, Frau Kommissarin?

Der Kameramann geht um sie herum, er nimmt Marta und die Reporterin ins Visier.

Ich gebe keine Interviews, sagt sie.

Ihre Worte ändern nichts am Lächeln der Reporterin. Als hätte Marta gar nichts gesagt. Die Frau wirft bloß den Kopf nach hinten, als müsste sie sich Wasser aus den Haaren schütteln.

Es geht um Ihren Fahrradunfall, Frau Kommissarin. Der Sturz muss doch wahnsinnig schmerzhaft gewesen sein. Und sicher haben Sie sich auch mega erschrocken.

Wenn ich das wüsste, hat Hartmann gesagt, als Marta wissen wollte, woher Regh gewusst hat, dass sie es gewesen ist, die über die Drähte stürzte. Regh hat ihr Telefonat als *Exklusivinterview* gebracht, wenigstens hat er sie korrekt zitiert. Marta hat einige freundliche Mails von Kolleginnen und Kollegen bekommen, auch die Bürgermeisterin hat angerufen und sich nach ihr erkundigt.

Na gut, sagt Marta.

Die Reporterin lächelt nur noch mehr, stellt sich in Positur, schüttelt den Kopf, dass die Haare fliegen, der Kameramann stellt sich neben sie, und die Frau fragt, ob Marta Schmerzen habe, wie sich der Unfall ereignete, ob sie je wieder Mountainbike fahren werde.

Wird die Mountainbikestrecke polizeilich überwacht werden, Frau Kommissarin?

Das ist unmöglich, sagt Marta. Die Polizei kann nicht überall sein.

Marta sagt nicht mehr als das, was sie auch Regh gesagt hat, noch einmal geht der Kameramann um sie herum, die Reporterin verabschiedet sich, und die beiden laden die Ausrüstung in einen Kleinbus. Marta geht zu ihrem Pick-up, schließt auf, dreht sich um und sieht Hartmann am Fenster, er lächelt und winkt.

KAPITEL 9

Kennst Du das fünfte Gebot? Du sollst nicht töten. Warum hast Du mich getötet? Glaubst Du nicht an Gott? #JensF

Marta parkt den Wagen in einer Seitenstraße und geht das letzte Stück zu Fuß. Es ist kein großes Viertel, zwei Dutzend Villen auf geräumigen Grundstücken, hoch oben auf einem der Hügel über dem Fluss. In München wären solche Häuser ein Vermögen wert. In den 1970er-Jahren wohnten die höheren Angestellten der Chemiefabrik dort, hatte Hilde gesagt, bis die Firma aufgekauft und die Produktion geschlossen worden war.

Marta sieht Johanna schon von Weitem, sie wartet am Tor. Eine Privatstraße windet sich zu dem Anwesen hinauf, eine weiß gestrichene Villa, zwei Geschosse in einem parkähnlichen Garten voller wuchtiger Buchen und Eichen. Auf dem Rasen ist eine Plakatwand aufgestellt worden, pink leuchtende Buchstaben auf blauem Grund.

Ich bin der Weg, die Wahrheit und das Leben. Die Neuchristliche Gemeinschaft des Herrn.

Johanna lächelt, wirkt aber nervös. Sie trägt einen weinroten Rock und dazu eine weiße Bluse. Sie hat sich die Haare zusammengedreht und sieht viel älter aus. Zwischen der Johanna in Polizeiuniform und dieser hier besteht fast keine Übereinstimmung.

Schön, dass Sie gekommen sind, Frau Kommissarin.

Ich freue mich auch, sagt Marta, und sie geben sich die Hand.

Im Garten stehen zwei Dutzend Männer und Frauen in Gruppen zusammen und unterhalten sich. Manchmal kommt heiteres Gelächter auf. Als ein Glöckchen ertönt, gehen alle ins Haus. Johanna führt Marta durch eine Halle, an den Wänden hängen düstere Ölgemälde, Landschaften, Seegestade, Wasserfälle. Auf Sockeln abstrakte bronzene Skulpturen, und von der Decke schweben Eisenkugeln an verschieden langen Drahtseilen, die sich merkwürdigerweise wie im Wind bewegen.

Beeindruckend, sagt Marta.

Herr Koepsel ist ja auch ein Kunstsammler, sagt Johanna.

Sie betreten einen karg möblierten Saal. Im Halbkreis stehen einige Dutzend Stühle um eine niedrige Bühne, darauf ein Sessel, auf einem Stativ ein Mikrofon. Der Raum ist erfüllt von heiterem Geplauder, bis wieder das Glöckchen erklingt und ein älterer Mann – Marta schätzt ihn auf Mitte siebzig – den Saal betritt. Ein schlohweißer Haarkranz umgibt Koepsels Glatze, seine Lippen sind schmale Striche, er geht an einem Stock mit silbernem Knauf und ist bemüht, sich aufrecht zu halten. Der Tweedanzug und die Lederschuhe geben Koepsel Eleganz und Würde.

Das ist unser Herr, sagt Johanna und strahlt, sie setzen sich mittig, in die dritte Reihe.

Jemand reicht Koepsel das Mikrofon, und er spricht mit einer angenehmen, noch kräftigen Stimme, er spricht von den Erwartungen an den Herrn, welche gerechtfertigt und welche anmaßend seien. Nach einer Weile wiederholen sich die Argumente, und Marta schaut sich um. Die Mitglieder der Gemeinschaft tragen ihre besseren Kleider, es sind mehr Alte und Mittelalte als Junge. Die meisten schauen zur Bühne, als träumten oder schliefen sie mit offenen Augen, manche sprechen auch leise Koepsels Worte nach. Jetzt erst fällt Marta auf, dass sich die Zuhörer bei den Händen halten.

Sie fühlt sich plötzlich angezogen, hineingezogen in die Gruppe und nimmt, nach einem kurzen Zögern, Johannas Hand und auch die Hand ihres Nachbarn auf der anderen Seite. Johanna lächelt, schließt ihre Hand fest um Martas Hand, sie scheint ein anderer Mensch zu sein hier in der Gemeinde, Johanna wirkt gelöst, entspannt, ihre Augen strahlen, als erleuchteten sie Koepsels Worte von innen.

Erst als Koepsel seine Predigt beendet hat, wird Marta auf Fritsches Frau aufmerksam. Sie geht zur Bühne und umarmt und küsst den Prediger, der auch ihr Vater ist. Als Marta und Johanna nach draußen kommen, ist der Garten verwaist. Als dürften sich die Mitglieder der Gemeinschaft nicht länger als unbedingt nötig am Haus aufhalten.

Hat es Ihnen gefallen, Frau Kommissarin?, sagt Johanna.

Ich habe mich wohlgefühlt, sagt Marta.

Werden Sie öfter kommen?

Vielleicht.

Das würde mich sehr freuen, sagt Johanna.

Sie lächelt, und Marta empfindet in diesem Moment eine große Sympathie für Johanna.

Wenn du magst, kannst du Marta zu mir sagen, sagt sie.

Das freut mich sehr, sagt Johanna, legt die Arme um Marta, Johanna duftet nach Flieder und drückt sie, dass Marta die Luft wegbleibt und ihr die Rippen schmerzen.

Susan sitzt in der Küche, und auf dem Regal hinter ihr sind Teller, Töpfe, Pfannen und Gläser gestapelt. Auf der Umrandung der Dunstabzugshaube hocken Steinmännchen. Eine Katze kriecht über die Spüle. Susan ist grell geschminkt, hellblond, und sie ist korpulent.

DON'T TRUST A MAN WITHOUT A GUN steht auf ihrem Shirt, aus dem *I* tropft Blut.

Mrs Susanne Yates geborene Hambach?, sagt Marta.

Nennen Sie mich einfach Susan, das machen die Amis auch so, sagt sie und kichert in die Kamera wie ein Mädchen.

Johanna und Oehlert waren auf Susanne Hambach gestoßen, als sie die Follower von *#JensF* überprüften. Im Netz nennt sie sich *SusiQ*. Und aufgefallen war sie Oehlert, weil sie unter die Kommentare geschrieben hatte:

Warum will eigentlich niemand die Wahrheit über #JensF wissen? SusiQ

Fritsche blockte *SusiQ*, aber sie postete einen Screenshot auf ihrem Profil und verlinkte ihn mit *#JensF*.

Ich würde Ihnen gerne einige Fragen stellen, Susan, sagt Marta, es geht um ...

... können Sie mal kurz die Kamera aus dem Fenster halten, Marta? Ich bin neugierig, wie es in der alten Heimat ausschaut.

Marta steht auf und hält das Tablet ans Fenster. Auf dem Hof parken mehrere Polizeiautos, eine Frau schiebt einen Kinderwagen, ein Lastwagen rollt die Hauptstraße herunter.

Schwarzbach habe ich irgendwie schöner in Erinnerung, sagt Susan und lacht. Trotzdem habe ich manchmal Heimweh.

Was machen Sie in den USA, Susan?

Ich bin mit einem Vollidioten verheiratet. Der aber zum Glück einen Haufen Dollars mit nach Hause bringt und mich in Ruhe schlafen lässt, falls Sie wissen, was ich meine, Marta.

Lachend dreht sich Susan mit dem Stuhl um die eigene Achse. Sie hält nun einen Becher in die Kamera und saugt schlürfend an einem Strohhalm.

Eigentlich bin ich nur wegen der Coke in den USA, sagt sie und lacht wieder.

Wir schauen uns gerade noch mal die Mordsache Jens Fritsche an, sagt Marta. Und da ist uns Ihr Kommentar aufgefallen. Dass niemand die Wahrheit über Jens Fritsche erfahren will.

Ist ja auch so, sagt sie. Sein Bruder hat mich ja sofort geblockt. Ist das eigentlich erlaubt, im Namen von einem Toten im Internet zu schreiben?

Das weiß ich nicht, sagt Marta. Wie lautet denn die Wahrheit über Jens Fritsche, Susan?

Na ja, dass sein Bruder ihn als Opfer darstellt, ist lächerlich.

Und warum?

Weil nicht Jens das Opfer war, sondern andere. Ich zum Beispiel. Alle haben immer gesagt, er wäre schüchtern und harmlos gewesen.

Und das stimmt nicht?

Nein, das stimmt nicht. Alle hatten Angst vor den Fritsche-Brüdern. Heute könnten die mir nichts mehr anhaben, jetzt habe ich ja einen Kerl mit einer Pumpgun.

Susan lacht, dreht sich wieder mit dem Stuhl, saugt an dem Strohhalm.

Was können Sie uns über Jens Fritsche sagen, Susan?, sagt Marta.

Ich war zwei Klassen unter dem. Ich war ein ziemlich draller blonder Teenie von fünfzehn Jahren und ein bisschen früh dran mit allem. Und eines Tages gehe ich in den Fahrradkeller, und da steht Jens hinter mir. Als hätte der auf mich gewartet.

Und dann?

Mir war seltsamerweise sofort klar, dass der mich jetzt anfasst. Zuerst am Busen, und zwar so, dass es richtig wehtat. Und dann hatte ich seine Hand unter dem Rock.

Haben Sie sich gewehrt, Susan?

Wie denn? Ich war wie gelähmt. Der hat mir wehgetan. Der hat mir so wehgetan, mir lief später das Blut an den Beinen runter.

Das tut mir leid, sagt Marta.

Mir auch, sagt Susan.

Haben Sie daran gedacht, Jens Fritsche anzuzeigen? Oder es Ihren Eltern zu sagen?

Nein. Keinem hab ich was gesagt. Der Jens kam ja noch mal zurück und hat mir ins Gesicht gefasst, und an seinen Fingern klebte mein Blut. Ich habe gedacht, jetzt bringt der mich auch noch um. Aber der hat nur mit einer ganz leisen Stimme gesagt: Wenn du irgendwem was sagst, schneide ich dir die Titten ab.

Das hört sich schlimm an, Susan.

Das war auch schlimm, sagt sie und streichelt die Katze.

Sind Sie Fritsche noch häufiger begegnet, Susan?

Sie meinen, ob er mich noch öfter vergewaltigt hat? Ja, das hat er. Bis zu dem Tag, an dem er plötzlich verschwunden war.

Marta schaut an dem Monitor vorbei auf Charlottes Foto. Es sind immer dieselben Geschichten. Jungs oder Männer, die die Mädchen anfallen. Sie selber hatte das Glück, dass es ihr nie passierte. Nein, das stimmt ja gar nicht. Es passierte ihr ja auch. Bestia.

Sind Sie noch da?, sagt Susan.

Entschuldigen Sie, ich war kurz abgelenkt, sagt Marta. Und als Sie hörten, dass Jens Fritsche tot ist, wurden Sie da von der Polizei befragt, Susan?

Nein, wieso denn? Es wusste doch keiner, dass ich was mit dem zu tun hatte.

Und Sie haben sich auch nicht bei der Polizei gemeldet?

Susan lehnt sich zurück, schließt die Augen, schüttelt den Kopf. Die Katze springt von ihrem Schoß, das Bild verwackelt, wird aber bald wieder klar.

Wissen Sie, warum ich mich nicht bei der Polizei gemeldet habe, Frau Kommissarin?

Sagen Sie es mir.

Weil ich froh war, dass irgendjemand den Jens abgemurkst hatte. Vielleicht ein Bruder oder der Freund oder

der Vater von irgendeinem der Mädchen, an die er sich rangemacht hat. Warum sollte ich denn so einen in den Knast bringen?

Kennen Sie andere Mädchen, die Opfer von Jens Fritsche waren?, sagt Marta.

Nein, über so etwas hat doch keiner geredet, sagt Susan.

Und Fritsches Bruder? Kai. Hatten Sie mit dem auch zu tun?

Zum Glück nicht, sagt Susan. Die meisten Mädchen haben um die Fritsches einen großen Bogen gemacht.

Susan bückt sich, kommt hoch und hält einen winzigen Hund in die Kamera.

Ist der nicht süß? Sag der Frau Kommissarin Guten Tag, Mr Big, sagt Susan und lacht ausgelassen.

Wenn Ihnen noch was einfällt, Susan, schreiben Sie mir dann eine Nachricht?, sagt Marta.

Mache ich, sagt Susan, winkt mit der Pfote des Hundes, und dann wird der Bildschirm schwarz.

Johanna schreibt das Protokoll der Vernehmung in den Computer, und Marta denkt nach über das, was Susan gesagt hat. Dass sie den nicht verraten wollte, der Jens Fritsche getötet hatte. Wie oft hat sie sich vorgestellt, Charlottes Mörder zu töten? Und würde sie den töten, der sie an die Ketten fesselte? Und ihr all diese Schmerzen zufügte. Am Körper und an der Seele?

Bestia.

Hast du was gesagt, Marta?

Nein, ich habe nur laut gedacht.

All diese Pläne. Für eine Zukunft, die ihnen hell und freundlich erschienen war. Sie waren ja noch jung gewesen, als sie heirateten. Und sie waren auch noch jung gewesen, als Charlotte beinahe erwachsen war.

Was hältst du von Sardinien? Es gibt da bezahlbare

Immobilien, hatte Tom gesagt, kurz bevor es passierte. Wir könnten selber renovieren und eine Menge Geld sparen.

Wir werden also Spießer und kaufen uns ein Ferienhaus?

Wir sind doch schon Spießer, Marta.

Sie hatten gelacht und sich im Netz Häuser auf Sardinien angesehen. Und dann plötzlich war alles anders gewesen. Ihre Träume und Pläne zerstoben zu einem Nichts, zerstört von einem, der in gestohlenen Turnschuhen an einem stillgelegten Bahnhof einem siebzehnjährigen Mädchen aufgelauert hatte.

Ich war seit Ewigkeiten nicht mehr bei einem Konzert, Liebling. Ich vermisse dich, sagt Marta, schaltet das Handy aus und fährt von der Autobahn ab. Sie summt das Lied aus dem Radio mit, Marta würde am liebsten die Augen schließen und sich treiben lassen, wie ein Stück Holz auf einem stillen ruhigen Fluss.

Der Klub ist mit Plakaten tapeziert, es riecht nach abgestandenem Bier und Desinfektionsmittel. Eine junge Frau trägt Wein und Bier herum, die Band betritt die Bühne, und die Zuhörer geben sich Mühe, so laut zu klatschen und zu rufen, als seien sie mehr als nur dreißig. Langsam wie eine Dampflok kommen Joachim, Archie und der Schlagzeuger in Fahrt, die Musik wird wilder, wird ein dröhnendes Durcheinander. Lachend schlägt Archie die Fäuste in die Tasten, der Drummer drischt stoisch auf Becken und Trommeln ein, während Joachim sich mit dem Saxofon dreht und windet, das Gesicht knallrot, und Marta würde sich nicht wundern, wenn ihm das Blut zu den Ohren herausspritzte.

Und, sagt Joachim, als sie später mit Archie beim Rotwein in der Küche sitzen, was hältst du vom Free Jazz?

Ich versuche, es irgendwie zu verstehen, sagt Marta.

Das ist eine sehr diplomatische Antwort, sagt Archie und lacht und zieht an dem Joint.

Alle glauben, es hätte einen tieferen Sinn, sagt Joachim.

In Wirklichkeit macht es uns einfach nur Spaß, diesen Höllenlärm zu machen.

Sie lachen wieder, und Joachim öffnet die zweite Flasche. Archie dreht den nächsten Joint, und später liegen sie sich benebelt in den Armen und lallen, und noch später verschwinden die Männer in Joachims Schlafzimmer. Marta liegt auf dem Bett im Gästezimmer, an der Wand hängt Jesus mit einem Palmzweig am Kreuz. Sie umarmt das Kissen und stellt sich vor, Charlotte zu halten.

Deine Mutter ist bekifft und betrunken, Liebling. Aber sie liebt dich wie am ersten Tag, sagt Marta, und darüber schläft sie ein.

Marta bestellt Espresso gegen die Kopfschmerzen. Joachims Stammcafé liegt eingeklemmt zwischen einem thailändischen Massagesalon und einem Buchladen für esoterische Literatur. An der Kasse steht ein Schuber mit CDs seiner Band.

Die sind nur eine einzige Platte losgeworden, sagt Joachim. Und die wurde ihnen geklaut.

Sie lachen, Marta mag seinen Humor. Und dass Joachim nicht eitel ist, das mag sie auch. Wie Papa nicht eitel ist. Im Hintergrund dudelt Jazzmusik, sie bestellen das Existenzialisten-Frühstück, und später schauen sie in den Bericht des Labors.

Sie haben nichts Neues gefunden, sagt Marta, bis auf dieses Haar.

Auf dem Laptop zeigt sie Joachim das vielfach vergrößerte Haar, verhakt in die Zähne eines Reißverschlusses des Anoraks, der bei der Leiche gefunden worden war.

Ist das Haar nicht von Jens Fritsche?, sagt Joachim. Sonst würdest du es doch nicht erwähnen.

Das weiß man nicht genau, sagt Marta. Die DNA stimmt nur zu fünfzig Prozent überein. Es könnte auch das Haar eines Familienmitglieds sein.

Du glaubst, ihn hat jemand aus der eigenen Familie ...

... ich glaube gar nichts, sagt Marta. Aber wir sollten es klären.

Warum wurde das Haar nicht damals schon bemerkt?, sagt Joachim.

Das müsstest du besser wissen als ich. Du hast die Ermittlungen geleitet.

Alles, was bei der Leiche gefunden wurde, ist in die Gerichtsmedizin gegangen. Auch der Anorak. Von einem Haar im Reißverschluss habe ich nie was gehört.

Seltsam, sagt Marta.

Vielleicht Schlamperei, sagt Joachim.

Man könnte versuchen, an die DNA seines Bruders zu kommen, sagt Marta.

Dann wird er glauben, dass du ihn verdächtigst.

Du könntest noch einmal dort übernachten und zufällig etwas finden, woraus wir Fritsches DNA lesen können.

Joachim nickt, bestellt Kaffee nach und redet über ein Konzert, das er mit seinem Trio in Neapel geben will. Und Marta denkt darüber nach, ob Joachim Wagner entweder kein guter Kriminalist war oder mehr weiß, als er sagen will.

Die Stimme aus dem Navi klingt verärgert, als Marta von der Autobahn abfährt und nicht länger der vorgegebenen Route folgt. In den Dörfern stehen die Mülltonnen an der Straße, ein Garagentor ist in den Farben des Fußballvereins gestrichen, Plakate werben für das Konzert einer Sängerin in der *Schlagermuschel*.

Kosars Haus befindet sich gleich hinter der Stadtgrenze. Wie eine Drohung erheben sich am Horizont die Hochhäuser der Stadt. Die Sonne lugt über die Bäume, hinter der Siedlung Felder und Wiesen, an einer Scheune verrostet ein Traktor, alles wächst und gedeiht, bis auf einen einzigen Baum, der seine nackten Äste in den Himmel reckt.

Das Garagentor steht offen, in der Einfahrt ein Nissan, das Nummernschild stimmt mit dem Kennzeichen überein, das Johanna für sie recherchierte. Der Nissan steht angewinkelt auf einem Wagenheber. Ein Mann rollt einen Reifen aus der Garage.

Herr Kosar?

Sein Schädel ist kahl. Er ist kaum größer als sie, dünn und sehnig wie ein Marathonläufer. Kosar trägt einen Overall, Sportschuhe und derbe Arbeitshandschuhe. Auf seiner Stirn stehen Schweißperlen.

Der bin ich, sagt er.

Montieren Sie schon die Winterreifen?, sagt Marta.

Sehr witzig, sagt er und fährt sich mit dem Handrücken über die Stirn. Was kann ich für Sie tun?

Marta zeigt ihm ihren Dienstausweis. Kaum jemand freut sich, der Polizei zu begegnen. Die Arglosen schauen ängstlich, und die anderen fühlen sich ertappt. Bei Kosar ist es nichts von beidem. Marta erwähnt den Parcours der Mountainbiker, die Drähte und eine schwer verletzte Radfahrerin.

Wir haben einen Zeugen, der Ihren Wagen in der Nähe des Parcours gesehen haben will, sagt sie.

Dann wird das wohl so sein, sagt Kosar.

Was haben Sie dort gemacht, wenn ich fragen darf?

Geht die Polizei eigentlich nichts an, sagt er. Aber ich war bei einem Freund. Der hat den Gasthof da oben. Kai Fritsche, vielleicht kennen Sie ihn. Wir spielen manchmal 'ne Runde Billard zusammen. Ich hab leider verloren.

Das tut mir leid, Herr Kosar. Ist Ihnen vielleicht irgendetwas aufgefallen dort? Jemand, der Werkzeug bei sich trug oder Draht oder sich irgendwie auffällig verhielt?

Nein, mir ist nichts aufgefallen. Ich habe geparkt, bin ausgestiegen und habe außer Kai keinen gesehen.

Auch nicht seine Frau?

Was hat die Franziska denn damit zu tun?

Es wundert mich nur, dass Sie niemand außer Herrn Fritsche gesehen haben wollen. Soviel ich weiß, wohnt seine Frau ja auch im Haus.

Also gut, seine Frau habe ich auch gesehen. Und die Barbara. Das ist Fritsches Tochter.

Ein Hund bellt, und Kosar dreht sich um. Er taxiert sie, nickt, lächelt.

Die Radfahrerin, die da oben über den Draht gestürzt ist, das waren doch Sie, oder? Ich hab Sie im Fernsehen gesehen.

Ich bin relativ weich gelandet im Laub und auf dem Moos, sagt Marta.

Dann hatten Sie ja Glück im Unglück, Frau Kommissarin.

Sie sind Landschaftsbauer, Herr Kosar? Haben Sie auch den Garten am Gasthof von Herrn Fritsche angelegt?

Er lacht, wischt sich über die Stirn, schüttelt den Kopf.

Den Garten von Kai, den hat die Natur angelegt, sagt er.

Dann danke ich für Ihre Auskünfte, sagt Marta.

Dafür sind Sie extra hergekommen aus Schwarzbach? Was das den Steuerzahler wieder kostet, sagt Kosar. Ihre Karre verbraucht doch mindestens fünfzehn Liter Super.

Ich hatte sowieso in der Gegend zu tun, sagt Marta. Und ich verbinde gerne das eine mit dem anderen.

Er schaut sie wieder an, wieder mit diesem durchdringenden Blick, und nickt, aber Kosars Lächeln ist verschwunden.

Auf der Rückfahrt hält Marta an einem Rastplatz, kauft ein Sandwich und geht auf die Fußgängerbrücke über der Autobahn. Die Brücke vibriert von den Sattelschleppern und Lkw, die über die Autobahn jagen. Toms Nachricht ist drei Tage alt. Sie hätte längst darauf antworten können. Er fragt wegen Charlottes Geburtstag. Sie haben sich versprochen, dass sie ihre Geburtstage zusammen feiern.

Wäre sieben Uhr okay? Bei mir?, schreibt Marta.
Ich hatte schon befürchtet, Du sagst ab, schreibt er. *Freue mich. Dein Tom.*

Nein, er ist nicht mehr ihr Tom. Er ist der Tom der anderen, denkt Marta und lässt das Sandwich in den Hänger eines Lastwagens fallen. Sie gibt Kosars Namen in die Suchmaschine ein und schaut sich die Webseite seiner Firma an. Auf dem Foto stehen ein Dutzend lachende Frauen und Männer in dunkelgrünen Overalls vor einem riesigen Traktor. Der Chef trägt Jeans, ein zitronengelbes Polohemd, weiße Sportschuhe. Kosar unterhält auch eine Seite bei Facebook, er gibt Gartentipps und verlinkt Schadenfreude-Videos, manchmal postet er auch Fotos von seinem Hund. Und ein Bild aus dem vorletzten Sommer.

Vier Männer in einem Hafen, hinter ihnen Dutzende Segelboote. Die Männer tragen weiße Sweatshirts, weiße Hosen, Sonnenbrillen und Seglermützen und recken lachend die Daumen.

Unsere Mallorca-Crew.

Als Marta das Bild größer macht, wird es unscharf. Aber die Gesichter sind trotz der Sonnenbrillen zu erkennen. Neben Kosar stehen Kai Fritsche, Regh und – Hartmann. Es überrascht sie nicht. Man kennt sich eben in Schwarzbach.

Marta zieht die Tür zu, und im Wagen wird der Lärm der Autobahn zu einem entfernten Rauschen. Sie ruft Oehlert an, und er gibt die Meldungen des Tages durch. Ein Dachstuhlbrand in der Altstadt, am Bahnhof hat jemand einen Zigarettenautomaten ausgeräumt.

Ich habe einen Kumpel beim LKA gebeten, mal nach Kai Fritsche zu schauen, sagt Oehlert.

Du hättest mich vorher fragen sollen, sagt Marta.

Das war eine spontane Eingebung, sagt er. Tut mir leid.

Hat der Kollege etwas gefunden?

Ja, eine ziemlich seltsame Geschichte. Ungefähr drei

Jahre nach dem Tod von Jens Fritsche meldete sich bei der Polizei in Schwarzbach eine Vertreterin für Röntgenanlagen. Sie übernachtete manchmal in dem Gasthof. Sie hat Kai Fritsche angezeigt, weil er sie angeblich heimlich beim Duschen filmte und das Video im Internet auf einer Plattform zum Verkauf anbot.

Und was ist daraus geworden?, sagt Marta.

Nichts, sagt Oehlert. Fritsche hat alles abgestritten. Und die Frau hat ihre Anzeige zurückgezogen. Sie habe sich das alles nur ausgedacht, weil sie sich über den Service in dem Gasthof geärgert hätte.

Aber es gab doch diese Videos, sagt Marta.

Das wurde nicht weiterverfolgt, nachdem die Frau die Anzeige zurückgezogen hatte.

Wurde Kai Fritsche von unserem Kollegen Hartmann befragt?, sagt Marta.

Nein, von einem Kommissar Thiele, sagt Oehlert.

Der ist tot, sagt Marta. Das war einer meiner Vorgänger. Gibt es einen Namen oder eine Adresse von der Frau?

Die ist auch tot, sagt Oehlert. Ich habe ihren Mann angerufen, und er hat gesagt, sie wäre von den Röntgenapparaten verstrahlt worden.

Ich glaube nicht, dass uns die Geschichte weiterbringt, sagt Marta.

Wahrscheinlich nicht, sagt Oehlert. Aber vielleicht finden wir ja was, wonach wir gar nicht suchen.

Das nennt man einen Beifang, sagt Marta, und sie lachen.

Sie legt den Gang ein, fährt über den Rastplatz zur Autobahn und denkt nach. Auch wenn Hartmann die Anzeige der Vertreterin gegen seinen Segelfreund Fritsche nicht selber angenommen hat, so muss er doch davon gewusst haben.

Nur mit letzter Kraft scheint der Bus auf die Höhe zu kriechen, erst nahe der Endstation kann Marta überholen. Die Straße verengt sich und führt in Serpentinen durch den Wald. Ihr begegnet eine Radfahrerin, sonst niemand. Marta parkt den Pick-up, und erst als sie vor der Hütte steht, fällt ihr auf, dass sie den Schlüssel nicht eingesteckt hat.

Deine Mutter wird vergesslich, sagt sie zu Charlotte und schaltet den Videomodus des Handys ein. Wie gefällt dir der Ausblick, Liebling?

Das Gras steht kniehoch auf der Wiese. Insekten summen, die Vögel zwitschern, bald wird die Sonne untergehen. Schwarzbach liegt unter einem rötlichen Nachmittagshimmel. Der Wald ist dunkel und still. Wie eine Lichterkette kriecht der Regionalexpress übers Gleis und verschwindet im Tunnel. Marta wählt Wagners Nummer.

Störe ich?, sagt sie.

Du störst nie, sagt Joachim und lacht. Ich übe gerade Saxofon.

Eines Tages wird dir noch das Gehirn platzen, sagt sie.

Das passiert nur bei Oboisten, sagt Wagner.

Sie lachen, Marta erzählt von ihrer Unterhaltung mit Kosar und schickt ihm das Foto der Segelfreunde aufs Handy.

Regh hat es wahrscheinlich von Hartmann erfahren, dass du in den Draht gefahren bist, sagt er.

Vielleicht, sagt Marta. Aber es wussten auch noch andere. Die Frau, die mich gefunden hat, die Leute im Krankenhaus, und dem Taxifahrer habe ich es auch gesagt.

Trotzdem solltest du vorsichtig sein mit Hartmann.

Beim Schuppen ist ein Prasseln. Als hätte jemand einen Eimer Kies ausgeschüttet. Marta geht um die Hütte herum, bis zu der Felswand, an die sich der Schuppen lehnt. Auf dem Boden liegen Hunderte winzige Steine, darunter auch ein paar größere Brocken.

Ist alles in Ordnung bei dir?, sagt Joachim.

Anscheinend sind ein paar Steine vom Felsen gerutscht, sagt Marta.

Für Augenblicke ist das Telefon tot. Vielleicht hält Joachim auch nur den Atem an.

Bist du noch da?, sagt Marta.

Keine Antwort.

Joachim? Hörst du mich?

Du warst auf einmal weg, sagt er.

Am Zaun ist ein Knacken. Als würden Äste oder Zweige zu Boden getreten.

Ich glaube, hier schleicht jemand herum, sagt Marta.

Was?, sagt er und ist wieder stumm.

Marta lässt das Handy in die Tasche gleiten. Hält die Luft an. Lauscht. An der Wiese ist jetzt ein Knirschen, als zerbräche Holz. Die Zäune und Bäume sind nur schemenhaft zu erkennen. Vielleicht sind da auch Schritte. Oder ein Tier, das nach etwas Fressbarem sucht. Und wieder ein Rascheln, aus dem ein feineres Knistern wird. Als spielte der Wind mit Papier. Nur dass gar kein Wind geht.

Ist da jemand?, sagt Marta.

Eine absurde Frage an jemand, der sich vielleicht vor ihr versteckt. Der ihr auflauert und sie beobachtet. Und vielleicht auf einen günstigen Moment wartet oder ihr einfach nur Angst machen will. Der Italiener?

Bestia.

Aber so weiß er wenigstens, dass sie ihn bemerkt hat. Und ihn mit der Pistole erwartet. Sie wird ihn erschießen, sollte er aus der Deckung kommen.

Langsam und so leise wie möglich geht Marta an dem Zaun lang. Sie atmet lautlos, hinter dem Zaun stehen zwanzig oder noch mehr Fichten. Aufgereiht wie Soldaten. Auf dem Boden liegt ein dichter Teppich aus Tannennadeln und Zapfen, der ihre Schritte dämpft. Als plötzlich etwas Schwarzes zwischen den Ästen herausschießt.

Wie der Mantel eines Kindes, mit ausgebreiteten Armen.

Der Mantel steigt auf, wird zu einem Vogel, strebt mit ausladendem Flügelschlag davon, steigt immer höher auf, in den dunklen Himmel.

Marta könnte die Waffe herunternehmen, ins Holster schieben. Aber sie verfolgt den Vogel mit der Pistole im Anschlag. Später wird sie auch nicht wissen, warum sie abdrückt, warum sie schießt. Der Schuss ist wahnsinnig laut, lauter, als sie es sich vorgestellt hat. Und endgültig. Der Schuss bekommt Hall und Echo, wird zu fünf, sechs nach und nach leiser werdenden Schüssen.

Peng, peng, peng, peng, peng...

Marta sieht die Federn fliegen, die sich von dem Vogel lösten, der Vogel fällt in einer elliptischen Kurve und wie in Zeitlupe zu Boden. Und da, wo die Kugel den Vogel getroffen hat, trudeln Federn vom Himmel. Wie schwarze Schneeflocken. Andere Vögel steigen erschrocken auf, flattern schreiend und kreischend über die Wipfel der Bäume.

Du darfst nicht schießen. Hörst du? Du darfst nicht schießen.

Fick dich, ruft Marta.

Das Echo ist laut, es kommt ihr vor, als schwebten die Worte zu ihr hin und nicht von ihr weg.

Fick dich, fick dich, fick dich...

Marta ist sich nicht sicher, ob es wirklich geschehen ist. Ob sie wirklich... oder ob sie es sich einbildet und es nur ein Traum oder eine Fantasie war. Sie liegt auf dem Bett, mit ausgestreckten Armen und Beinen, unter der Zimmerdecke hängt eine Lampe mit einem karierten Schirm, verziert mit Fransen wie Schneeflocken. Die Sonne drängt gegen den Vorhang und zwängt sich durch den Spalt zwischen Wand und Fenster, irgendwo da draußen meckern Ziegen und bellt ein Hund.

Marta hat sich gefreut, als Petra anrief und sie eingeladen hat. Ein Abendessen auf der Terrasse. Es war eine laue Sommernacht, und sie hatten den freien Blick aufs Tal. Je nachdem, wie man die Welt betrachten will, war eine unspektakuläre hügelige Landschaft mit unregelmäßiger uninspirierter Bebauung zu sehen oder eine Idylle. Marta hat sich für die Idylle entschieden, und da war auch schon eine Vorahnung, eine vage Spannung und Erregung.

Sie hat nicht gezögert, Petras Einladung anzunehmen. Sie hat Blumen besorgt, sich die Nägel lackiert, ein wenig geschminkt und ihr hübschestes Kleid angezogen. Es ist dunkelblau, schlicht und endet eine Handbreit über dem Knie. Marta hat es erst einige Tage zuvor in einer Boutique in Schwarzbach gekauft, ohne zu wissen, wann sie es je tragen würde.

Als Marta an der Tischlerei vorfuhr, ist der Hund aufgeregt um sie herumgelaufen. Hannes hat Seppi Kunststücke vorführen lassen, sie lachten und tranken die erste Flasche Wein. Mit jedem Schluck hat Marta sich mehr und mehr in ihr früheres Leben zurückversetzt gefühlt, als sie jung und verliebt gewesen war, mit Freunden an den See oder ans Meer gefahren war, und immer hatte jemand eine Gitarre dabeigehabt, und alles war möglich gewesen, so leicht und unbeschwert.

Petra und Hannes erzählten von einer Reise durch Indien und Nepal, und Marta schwärmte von Vid. Dass sie heimlich zum Küssen über die Grenze nach Italien gefahren waren.

Doch, es ist passiert. Alles, woran Marta sich erinnert, ist geschehen. Es ist keine Fantasie, es ist die Realität. Marta kommt hoch, schwankend zuerst, ein Kopf voller winziger Blitze, sie fängt sich, schaut durch den Spalt nach draußen. Die Sonne ist strahlend hell, der Hund schläft im Schatten unter dem Baum, aus der Tischlerei hört sie die Säge.

Als sie den Wein ausgetrunken hatten, brachte Hannes einen Selbstgebrannten. Sie rauchten auch noch irgendein

Zeug, das sie über alles lachen ließ. Über den Mond, den Hund, die Grillen, sie lachten sogar über die Mücken, die um die Lampen kreisten. Und dann plötzlich ist Petra hinter ihr gewesen, fuhr ihr durchs Haar, berührte ihre Brüste und küsste sie. Marta war nicht mal überrascht, sie hat es ja auch gewollt, so ausgehungert, wie sie nach Zärtlichkeit und Berührungen gewesen ist.

Alles ging dann wie von selbst. Hannes legte seine Arme um sie und Petra. Marta küsste ihn, Hannes küsste Petra, Petra küsste Marta. Später legten sie sich ins Bett, eine Musik spielte, und Marta kam es vor, als könnte sie sich zuschauen bei allem, was sie miteinander taten. Und in diesem Augenblick war sie glücklich wie seit Ewigkeiten nicht. Ein neues Glück. Und als sie erschöpft und befriedigt waren und einander hielten, kamen Marta die Tränen, einfach so, und Petra und Hannes trösteten sie, ohne zu ahnen, warum sie weinte.

Fickfrisur, sagt Marta und lächelt, als sie im Bad in den Spiegel schaut.

Das Kleid kommt ihr jetzt unpassend vor, es ist viel zu schick für ein Frühstück auf der Terrasse vor der Tischlerei, aber sie hat nichts anderes dabei. Petra springt auf, als Marta aus dem Haus kommt, und Hannes umarmt sie.

Möchtest du Kaffee, Süße? Frische Semmeln. Ein Ei?, sagt Petra.

Marta ist ein wenig verlegen, aber auch nicht zu sehr. Sie krault den Hund, es geht ein leichter, warmer Wind, und dann klingelt das Telefon. Petra spricht leise, mit einer dunklen, ruhigen Stimme. Ein Trauerfall, eine Bestellung für einen Sarg.

Das Leben und der Tod sind Nachbarn, sagt Hannes und lächelt freundlich, und der Hund legt den Kopf schräg und gähnt.

Seppi liebt philosophische Themen, sagt Petra, und sie lachen.

Ich möchte euch etwas über mich sagen, sagt Marta.

Der Hund rappelt sich auf, schleicht sich in den Schatten und döst weg. Ein Flugzeug zieht einen Kondensstreifen an den Himmel, und Hannes schenkt Kaffee nach.

Ich habe mein Kind verloren, sagt Marta. Charlotte wurde ermordet. Mit siebzehn. Und ich bin Kommissarin. Und gestern war der schönste Abend, seit ich Charlotte nicht mehr habe.

Dann ist es still, als hätte der Wind ihre Worte mitgenommen. Vielleicht hätte sie es besser nicht sagen sollen, denkt Marta und schaut übers Land. Aber es ist der Grund, weshalb sie ist, wie sie ist. Petra steht auf, legt die Arme um Martas Schultern und küsst ihren Nacken, und Hannes greift nach ihren Händen.

Du Süße, sagt Petra.

Jetzt muss ich weinen, sagt Marta.

Joachim holt am Kiosk Kaffee, während Marta das Rad abstellt.

Deine Bestellung, sagt er, grinst und legt eine Streichholzschachtel auf den Tisch.

Für mich?

Ein Geschenk, sagt Joachim und lacht.

Marta schiebt die Schachtel auf und erschrickt.

Sag bitte, dass das kein Fußnagel ist. Sonst muss ich mich übergeben.

Joachim lacht und schüttelt den Kopf.

Das ist vom Daumen. Fritsche hat sich an der Rezeption die Nägel geschnitten, und da habe ich gleich zugegriffen.

Joachim erzählt noch Geschichten aus alten Zeiten, und später fährt Marta mit dem Rad zurück nach Schwarzbach. Es ist ein sonniger Tag, aber kühl. Sie fährt schnell, sie will schwitzen. Marta denkt an Petra und Hannes und daran, sie vielleicht bald wiederzusehen. Papa würde den Kopf über sie schütteln. Und Charlotte? Was würde Charlotte sagen?

Du würdest es verstehen, Liebling. Dass jeder sein Leben leben muss und nicht das Leben von anderen, sagt Marta und ist außer Atem, als sie an der Polizeistation ankommt. Sie wischt sich den Schweiß von der Stirn, sie mag es, sich anzustrengen und ihren Körper zu spüren.

In der Wache lachen die Kollegen über das Video einer Überwachungskamera, am Kirchplatz ist eine Autofahrerin in die Auslagen der Blumenhandlung gefahren.

Und das, obwohl die Dame eine erfahrene Autofahrerin ist, sagt Hartmann. Sie hat immerhin seit achtundsechzig Jahren den Führerschein.

Alle lachen wieder, dann ist Besprechung, und Oehlert erwähnt den Anruf eines Jägers.

Der Jäger will in der Nähe des Wasserfalls einen Schuss gehört haben, sagt er. Angeblich aus einer Pistole.

Woher will der das so genau wissen?, sagt Johanna.

Angeblich hört er den Unterschied zwischen einem Schuss aus einem Gewehr und aus einer Pistole, sagt Oehlert und dreht den Bildschirm, sodass sie das Foto sehen können, das der Jäger schickte. Es zeigt den Vogelkadaver auf der Wiese neben dem Bach. Eine Kugel durchschlug das Tier, überall verstreut liegen schwarze Federn.

Das ist in der Nähe deiner Hütte, Marta, sagt Oehlert.

Kann sein, aber ich habe davon nichts mitbekommen, sagt sie und spürt Hartmanns Blick.

Später sitzt sie in ihrem Büro und liest in Fritsches Akte. Ob sie nicht vielleicht doch etwas übersehen hat. Vom Hof sind die Stimmen der Kinder zu hören, zwei Jungs und ein Mädchen spielen mit Wassereimern und einem Schlauch.

Das hast du mit deinen Freundinnen auch gerne gemacht. Liebling. Weißt du noch? Paula hat übrigens einen Freund jetzt, und Luisa studiert in Rotterdam.

Marta schließt die Augen und wartet, dass es vorübergeht. Dass es aufhört. Dass es nicht mehr wehtut. Sie schlägt wieder Fritsches Akte auf, will sichergehen, dass sie die Namen nicht verwechselte. Nein. Kai Fritsche hat gesagt, an dem Abend, an dem sein Bruder verschwand, sei er bei einem Freund gewesen.

Der Zeuge Stephan Kosar sagt, Kai Fritsche sei circa zehn Minuten nach Mitternacht gegangen. Er habe Fritsche sein Auto überlassen, er sei selber nicht mehr fahrtüchtig gewesen. Dirk Martens, Polizeiobermeister.

Darf ich?, sagt Hartmann und betritt ihr Büro. Die zweiundneunzigjährige Autofahrerin hat sich übrigens vor ihrer Unglücksfahrt eine ordentliche Ration Kräuterlikör gegönnt.

Sie lachen und setzen sich an den Konferenztisch. Hartmann schaut Marta eine Weile an, aber sie tut so, als bemerkte sie es nicht.

Schwarzbach ist nicht München, Frau Kommissarin, sagt er. Die Leute kennen sich untereinander im Ort.

Das haben Sie mir schon mal gesagt, Herr Hartmann.

Ich weiß, sagt er. Mich rief einer von den Jungs an, die ich vor vielen Jahren in der Jugendmannschaft trainiert habe. Stefan Kosar. Der wohnt jetzt in Nürnberg und sagte, Sie wären bei ihm gewesen.

Dann wird es wohl so gewesen sein, sagt Marta.

Er sagt, Sie hätten seinen Wagen in der Nähe von Fritsches Gasthof gesehen.

Das stimmt auch.

In dem Aktenvermerk zu Ihrem Unfall haben Sie kein Kennzeichen aus Nürnberg vermerkt, Frau Kommissarin. Sie haben gar kein Kennzeichen vermerkt.

Hartmann lächelt, es ist offensichtlich, dass er ihr den nächsten Fehler nachweisen will. Aber es wird ihm nicht gelingen, denkt Marta und lächelt zurück.

Ich habe mich erst später daran erinnert, sagt sie. Da war das Protokoll schon geschrieben.

Sie müssen ein großartiges Gedächtnis haben, Frau Kommissarin.

Ja, ich kenne heute noch die Kennzeichen von allen Autos, die ich je besessen habe.

Eigentlich wäre für Zeugenbefragungen zu Ihrem Unfall das LKA zuständig, sagt Hartmann und faltet die Hände vor dem Bauch. Daran sollten wir uns halten, so ist die Vorschrift.

Ich war ohnehin in Nürnberg, sagt Marta, und da lag es auf dem Weg.

Okay, sagt Hartmann. Sie sind die Chefin.

Der Unfall hat mir sehr zugesetzt, sagt Marta. Vielleicht sehen Sie mir nach, dass ich nicht den korrekten Weg eingehalten habe.

Natürlich, Frau Kommissarin. Dachte nur, es wäre gut, unter Kollegen ehrlich zu sein.

Das schätze ich auch sehr, sagt Marta, steht auf, macht das Fenster zu. Die Jungs haben nasse Hosen und brüllen, und das Mädchen lacht.

Ich würde Sie auch gerne etwas fragen, Herr Hartmann, sagt Marta und erinnert sich an Oehlerts Recherche. Einige Jahre nach dem Tod von Jens Fritsche wurde gegen seinen Bruder Kai eine Strafanzeige gestellt. Eine Handelsvertreterin, die in seinem Gasthof übernachtet hatte, behauptete, er habe sie heimlich beim Duschen gefilmt und die Videos zum Verkauf angeboten.

Das höre ich zum ersten Mal, sagt Hartmann.

Würden Sie es ihm zutrauen? Sie kennen ihn ja als Segelfreund, wie die Herren Kosar und Regh.

Hartmann schaut sie erstaunt an. Kratzt sich am Kopf, immer noch mit diesem überlegenen Lächeln, und schüttelt leicht den Kopf.

Nein, wie kommen Sie darauf, Frau Kommissarin?

Es gibt ein Foto im Internet, sagt Marta.

Ich vermute, es handelt sich um eine Verwechslung. Sie

verwechseln mich mit meinem Bruder. Da wären Sie nicht die Erste. Klaus und ich sahen uns sehr ähnlich, beinahe wie Zwillinge.

Marta lächelt auch und hofft, dass er nicht bemerkt, wie ihr die Hitze ins Gesicht steigt.

Dann entschuldigen Sie bitte, Herr Hartmann.

Kann ja passieren, sagt er. Außerdem sollten Sie wissen, dass ich sehr sorgfältig zwischen beruflichen Pflichten und meinen persönlichen Beziehungen unterscheide. Ich habe zum Beispiel noch nie einem Autofahrer die Dienstwaffe an den Kopf gehalten, mit dem ich mich um einen Parkplatz gestritten habe.

Dann sind wir wohl jetzt bei den gegenseitigen Vorwürfen, sagt Marta. Die Trennung von Privatem und Beruflichem ist Ihnen bei dem Unfall von Herrn Dallmeyer auch nicht ganz optimal gelungen.

Weil ich dem Jungen wegen eines Blechschadens, für den er selber aufkommen muss, nicht die Zukunft verbauen wollte? Werfen Sie mir das vor?

Sie sitzen die ganze Zeit ruhig da, als unterhielten sie sich über Belanglosigkeiten. Marta legt die Hände auf den Tisch und zupft an dem Blumengesteck.

Natürlich kenne ich viele Leute hier in Schwarzbach, sagt Hartmann in einem versöhnlicheren Ton. Ich bin hier geboren. Aber ich kenne sehr gut den Unterschied zwischen Dienstlichem und Privatem.

Gilt das auch für Herrn Regh vom *Kurier*?

Für den gilt das ganz besonders, sagt Hartmann. Ich bin ja für die Presse zuständig.

Dann haben Sie ihm auch nicht gesagt, dass ich diejenige war, die mit dem Rad über den Draht stürzte?

Genau, sagt er, ich habe es ihm nicht gesagt, Frau Kommissarin. Regh wusste es von Fritsche. Und der wusste es von Franziska, seiner Frau. Und Franziska wiederum wusste es von der Frau, die Sie im Wald gefunden hat, Frau

Kommissarin. Die beiden Frauen gehen manchmal zusammen mit den Hunden raus.

Dann entschuldigen Sie bitte, Herr Hartmann, sagt Marta.

Keine Ursache. Sie sind nicht die Einzige, Frau Kommissarin, die stolz darauf ist, eine Polizistin zu sein, sagt Hartmann, grüßt und zieht die Tür hinter sich zu.

Sein Bruder, der aussieht wie ein Zwilling, und Fritsche und die Frauen, die mit den Hunden gehen. Sie hätte es besser recherchieren sollen. Marta klickt auf das Foto der Segelcrew. Regh, Fritsche und Kosar. Die Ähnlichkeit ist wirklich verblüffend, aber jetzt erkennt sie, dass der vierte Mann nicht Jürgen Hartmann ist. Sondern sein Bruder, Hildes verstorbener Mann.

Sie schaut zu Charlotte und bläst eine Fluse vom Bilderrahmen.

Ein Fehler ist ein Fehler, Liebling, sagt Marta. Und zwei Fehler sind sogar zwei Fehler.

KAPITEL 10

*Da, wo ich bin, ist Stille. Nur manchmal höre ich
ein Flüstern. Und erkenne Deine Stimme und
Dein Flüstern. #JensF*

Fritsche hatte sofort zugesagt, beinahe so, als hätte er Martas Anruf erwartet.

Ich habe von Ihrem Sturz gehört, Frau Kommissarin. Ich hoffe, es geht Ihnen wieder gut.

Heute ist ein wolkiger Tag, aber es ist immer noch recht warm, es geht ein föhniger Wind. Marta parkt den Pick-up neben Fritsches Toyota, er erwartet sie mit einem Lächeln in der Haustür.

Ich sage ja schon lange, dass Frauen die besseren Billardspieler sind, sagt er.

Und warum?, sagt Marta.

Weil Frauen mehr mit dem Kopf als mit den Muskeln spielen und sich nicht nur den nächsten, sondern auch schon den übernächsten Stoß vorstellen können.

Hoffentlich enttäusche ich Sie nicht, Herr Fritsche.

Er schaltet die Lampe über dem Billardtisch ein, auf einem Servierwagen stehen Getränke und Knabbereien bereit. Fritsche erklärt die Spielregeln und reicht Marta das Queue.

Darf ich, Frau Kommissarin?

Er stellt sich neben sie, legt den Arm um ihre Schultern,

korrigiert den Winkel, in dem sie das Queue hält, und schiebt mit der anderen Hand die Spitze zwischen ihren Daumen und ihren Zeigefinger. Fritsche riecht gut, nach einem herben Aftershave. Marta stößt, trifft die gelbe Kugel nur seitlich, sie rollt ans andere Ende des Tisches, berührt aber weder die schwarze noch die weiße Kugel.

Das macht nichts, sagt er und legt die Kugel wieder auf den Punkt. Bei ihrem zweiten Versuch klappt es schon besser. Marta trifft die weiße und touchiert auch die schwarze Kugel.

Ich wusste es, sagt Fritsche und grinst, Sie sind ein Naturtalent.

Marta spielt noch einige Bälle, und es fängt an, ihr Spaß zu machen. Vielleicht ist Fritsches Freundlichkeit übertrieben und seine Selbstsicherheit gespielt, aber er ist ihr auch nicht unsympathisch.

Und wie läuft es mit den Ermittlungen?, sagt er und kreidet die Spitze des Queue ein.

Wir kommen leider nicht so recht weiter, sagt Marta. Ist Ihnen vielleicht noch etwas eingefallen?

Ja, tatsächlich, sagt Fritsche, ich hätte Sie ohnehin angerufen deswegen. Mir fiel ein, dass mein Bruder ungefähr ein halbes Jahr vor seinem Verschwinden eine Schlägerei hatte. Die Lippe war aufgeplatzt, ein Zahn angebrochen, das Auge geschwollen, die Hand verstaucht, und er hatte überall blaue Flecken.

Davon habe ich in der Akte nichts gelesen, sagt Marta. Hatten Sie das nicht zu Protokoll gegeben damals?

Das weiß ich nicht mehr, sagt Fritsche. Vielleicht habe ich gar keinen Zusammenhang zwischen der Schlägerei und dem Verschwinden von Jens gesehen. Man hatte ja hin und wieder eine Prügelei. Das war nicht ungewöhnlich in dem Alter, in dem wir waren. Jens ging ja auch keinem Streit aus dem Weg.

Wissen Sie noch, mit wem er sich damals geprügelt hat?

Hat er nicht gesagt, leider.

Ist es nicht ungewöhnlich, dass Ihr Bruder nicht gesagt hat, wer ihn verprügelte?, sagt Marta.

Wahrscheinlich war es ihm peinlich. Wenn man bei einer Prügelei den Kürzeren zieht, läuft man nicht zu seinem älteren Bruder, um ihm zu erzählen, wer einen zusammengeschlagen hat, sagt Fritsche und lacht.

Hatte Ihr Bruder eine Freundin?

Darüber haben wir nie gesprochen. Ich glaube, Jens war zu schüchtern. Möchten Sie einen Kaffee?

Fritsche schwärmt dann von einem Billardturnier im Elsass, nimmt den Pokal vom Kaminsims und zeigt ihn ihr.

Spielt Ihre Frau auch Billard?, sagt Marta.

Fritsche stellt den Pokal zurück und schaut sie an.

Ich habe alles versucht, aber Franziska möchte nicht. Obwohl ja gemeinsame Interessen in einer Beziehung sehr wichtig sind.

Er lächelt, und ein Grübchen gräbt sich in seine Wange. Wahrscheinlich hat Fritsche mit diesem Blick und diesem Lächeln schon viele Frauen gewonnen.

Ich habe Ihre Frau bei einer Versammlung ihrer Gemeinschaft gesehen, sagt Marta.

Sagen Sie nicht, Sie gehören auch zu diesen Spinnern, sagt Fritsche.

Eine Kollegin hatte mich eingeladen, und ich war neugierig.

Und? Hat man Sie bekehrt?

So leicht bekehrt man mich nicht, sagt Marta. Und Sie anscheinend auch nicht, Herr Fritsche.

Franziska ist die Tochter des Predigers. Da muss man ganz schön dagegenhalten, wenn man nicht bekehrt werden will, sagt er und lacht ein wenig zu laut.

Es wird dem Vater Ihrer Frau nicht gefallen haben, dass seine Tochter einen Ungläubigen geheiratet hat, oder?

Fritsche schaut sie schweigend an, und sie hält seinem Blick stand. Das Grübchen und das Lächeln, seine Zungenspitze streicht über seine Lippen.

Sagt man nicht, die Liebe ist stärker als alles andere, Frau Kommissarin?

Das Landcafé befindet sich an einem Teich am Rande von Schwarzbach. Ein hübscher Ort. Einige Ruderboote dümpeln, die Enten treiben auf dem Wasser. Ein Angler hockt auf einem Klappstuhl und schaut auf den Schwimmer. Ein Schwarm Vögel fliegt wie ein Pfeil gen Süden, der Sommer neigt sich dem Ende zu. Noch ist es angenehm warm.

Petra und Hannes sitzen unter einer Kastanie, mit Blick auf den Teich. Auch wenn einige Tage vergangen sind seither, ist es immer noch eine angenehme Erinnerung für Marta. Jeder Mensch kennt den Augenblick, in dem ein Lebensabschnitt ein Ende hat und sich das Leben in ein Davor und Danach aufteilt. Und vielleicht war diese Nacht mit den beiden der Augenblick, der aus einer schlechten Zeit wieder eine gute Zeit werden ließ.

Seppi rennt auf Marta zu, springt an ihr hoch, und sie tätschelt dem Hund den Kopf. Petra und Hannes umarmen sie. Sie sind nicht verlegen miteinander, Petra legt die Hand auf Martas Knie, wirft die Haare zurück und lächelt.

Hannes und ich hätten schon wieder Lust auf dich, sagt Petra leise.

Ich auch, sagt Marta, ohne lange darüber nachzudenken.

Der Kellner bringt die Getränke, sie prosten sich zu, der Angler räumt sein Zeug zusammen.

Darf ich euch etwas fragen?, sagt Marta.

Du kannst uns alles fragen, sagt Petra und nimmt Martas Hand.

Es ist allerdings etwas Dienstliches. Es geht um einen

ungelösten Fall. Sagt euch der Name Jens Fritsche etwas? Er wurde ermordet. Ihr seid ungefähr im selben Alter gewesen damals.

Petra drückt Martas Hand und lächelt, Hannes legt das Besteck zur Seite, trinkt einen Schluck Bier und nickt.

Natürlich kennen wir den, sagt er. Man kennt eben alle hier. Und es passieren ja auch nicht allzu viele Morde. Gibt es da was Neues?

Nein, das ist Routine, sagt Marta. Aber man kann zum Beispiel DNA-Spuren viel genauer auswerten als früher. Da reicht ein Haar oder eine Hautschuppe. Du kanntest Jens Fritsche also auch, Petra?

Ich will nicht über den Arsch reden, sagt Petra. Aber meinetwegen kannst du es ihr sagen, Hannes.

Sie steht auf, der Stuhl kippt um, Petra geht zum Teich und kickt einen Stein ins Wasser.

Was ist denn los?, sagt Marta.

Das war eine böse Geschichte mit ihr und Jens Fritsche, sagt Hannes.

Willst du sie mir erzählen?

Da ist nicht viel zu erzählen, sagt er. Jens Fritsche hat Petra angefasst. Immer wieder hat er das getan.

Und sie konnte sich nicht wehren? Oder Hilfe holen?

Er hat sie erpresst.

Und womit?

Jetzt kann man es ja sagen, das ist alles verjährt, und ihr Vater ist tot, sagt er und lacht. Petra hat sich damals was nebenher verdient. Ihr Vater war Hausarzt, da konnte sie Rezepte für lustige Pillen ausstellen. Und später kamen noch Gras, Koks und Crystal Meth dazu. Das Zeug kam aus Tschechien.

Petra hat also gedealt?

Wieso denn nicht?

Und Jens Fritsche? Was hatte er damit zu tun?

Jens war einer ihrer Kunden. Er hat aber gar nichts genommen von dem Zeug. Er hat ihr das nur abgekauft, um sie dann zu erpressen.

Musste sie …?

… ja. Er hat sie einige Zeit behandelt wie eine Sklavin.

Petra ist um den Teich herumgegangen und steht auf dem Steg. Der Hund traut sich nicht weiter, Petra lacht und winkt, und sie winken zurück.

Und dann?

Dann war dieser Arsch plötzlich verschwunden, sagt Hannes. Aber traurig war keiner deswegen.

Und als die Leiche gefunden wurde, hat Petra sich nicht bei der Polizei gemeldet, nehme ich an.

Natürlich nicht, sagt Hannes. Die Bullen hätten sie doch gleich in den Knast gesteckt. Und ihr Vater hätte sie enterbt, wenn der rausgekriegt hätte, was mit seinen Rezepten passierte.

Hattest du auch was damit zu tun, Hannes?

Ich? Nein. Ich hab die ganze Geschichte erst viel später von Petra erfahren. Da war Fritsche schon tot.

Dann wart ihr damals noch nicht zusammen?

Hannes lehnt sich zurück und schaut über den Teich. Er ist ein attraktiver Mann. Schaut sie an, will lächeln, wie er lächelte, als sie zusammen schliefen. Aber es ist ein anderes Lächeln jetzt. Unsicher und fahrig.

Genau so war es, sagt er und pfeift.

Der Hund stellt die Ohren auf und schaut zu ihnen herüber. Hannes pfeift zweimal kurz und einmal lang, und Seppi galoppiert wie ein Pferd um den Teich herum. Hannes pfeift wieder, und der Hund wechselt die Gangart, bewegt sich jetzt geschmeidig wie ein Panther. Die Gäste im Lokal lachen und applaudieren, Hannes lacht auch und verbeugt sich vor seinem Publikum.

Wir haben die Aussage von einem Mädchen, das von Fritsche vergewaltigt wurde, sagt Marta. Die ist auch nicht zur Polizei gegangen, als er tot war. Sie dachte, ihn hätte vielleicht der Vater, der Bruder oder ein Freund eines anderen Mädchens umgebracht.

Ich verstehe nicht, warum die Polizei jetzt wieder nach diesem Typen sucht, der das Schwein totgemacht hat. Jens Fritsche totzuschlagen war das Einzige, was man mit dem machen konnte, sagt Hannes, trinkt das Bier aus, wischt sich über den Mund und winkt dem Kellner.

Als sie herkam, war Marta nicht abgeneigt, mit Petra und Hannes zur Tischlerei zu fahren und die Nacht mit ihnen zu verbringen. Aber jetzt ist es anders. Jetzt ist sie die Polizistin und nicht mehr die Frau, die sich nach Zärtlichkeiten sehnt.

Ich muss noch mal zur Wache, sagt Marta.

Schade, sagt Hannes und legt die Hand auf ihren Arm. Ich hoffe, es geht weiter mit uns dreien.

Bestimmt, sagt Marta, küsst ihn auf die Wange, steigt in den Pick-up, der Hund rennt bis zur Straße hinter ihrem Wagen her, gib dann aber auf und bellt.

Wie ein erstarrter Vogel schwebt das Flugzeug am Himmel. Reihenweise gehen die Laternen an, es dämmert und ist kühl geworden. Marta schaut zu den Jungs auf dem Garagenhof. Sie stehen um ein Auto herum und lachen, als der Fahrer den Motor aufheulen lässt und der Auspuff winzige Flammen spuckt.

Ich höre ja schon auf zu rauchen, Charlotte, sagt Marta und drückt die Zigarette in den Blumenkasten.

Ihr Handy fiept, und sie ist nicht mal erstaunt, dass das Labor mailt, das Haar von Jens Fritsches Anorak habe dieselbe DNA wie sein Bruder Kai.

Volltreffer!

Marta erreicht Joachim beim Einkaufen, im Hintergrund werden Sonderangebote angepriesen und dudeln Schlager.

Es könnte der Beweis sein, dass Fritsche seinen Bruder umgebracht hat, sagt Marta.

Das ist nicht dein Ernst, oder?, sagt Joachim und lacht, als hätte er Mitleid mit ihr.

Natürlich ist das mein Ernst.

Marta, bitte. Das Haar beweist doch nur, dass es von Kai Fritsche ist. Aber es macht ihn nicht zum Mörder. Denk doch mal nach, Marta! Fritsche muss doch nur sagen, sie hätten hin und wieder die Klamotten getauscht, weil sie gleich groß waren. Das glaubt ihm jedes Gericht. Die DNA-Spur ist nichts wert.

Und warum hast du sie dann besorgt, Joachim? Wenn du das alles schon wusstest?

Das Haar hätte ja auch von jemand anderem stammen können, sagt er.

Denk doch mal nach, Marta!

Joachims Arroganz macht Marta wütend, sie zündet sich eine frische Zigarette an und nimmt einen tiefen Zug. Zwischen den Garagen gehen zwei junge Frauen mit Kinderwagen, die Jungs steigen in das Auto und fahren davon.

Joachim hat recht. Das Haar beweist gar nichts.

Im Fernsehen läuft eine Kochsendung, und Marta lässt sich Zeit mit den Fingernägeln. Als Charlotte noch ein Kind war, wollte sie auch immer die Fingernägel lackiert haben. Wie ein Zauberer schlägt der Fernsehkoch die Eier in die Pfanne, noch schneller zerkleinert er Zwiebeln, Gurken und Karotten.

Heute geht es mir nicht so gut, Liebling, sagt Marta. Manchmal glaubt man, anderen Menschen vertrauen zu können, und dann wird man enttäuscht. Wie mich auch dein Vater enttäuscht hat.

Marta wäre gerne zu Petra und Hannes auf den Hof gefahren. Der Gedanke hatte sie erregt, und jetzt spürt sie eine Leere. Als hätte sie einen Kater, ohne etwas getrunken zu haben. Sie wird sie vorerst nicht mehr treffen können, die beiden sind irgendwie in den Fall Jens Fritsche verstrickt. Diese seltsame verkorkste Geschichte von einem toten Jungen, der Mädchen vergewaltigte und den keiner leiden konnte.

Sie will nicht alleine sein heute und ruft Hilde an. Durch die Wand hört Marta nebenan das Telefon klingeln. Hilde sagt Ja, und Marta nimmt den Wein aus dem Kühlschrank, klopft bei Hilde und hört hinter der Tür das Fauchen und Kratzen des Katers.

Phosphor hat nicht gerne Besuch, sagt Hilde.

Sie lachen, und Hilde führt Marta ins Wohnzimmer. Die Möbel sind klobig und düster und aus der Zeit gefallen. Bei Hilde läuft der Shoppingkanal im Fernsehen, eine sehr blonde Frau legt sich Modeschmuck über den Arm.

Phosphor ist beleidigt, sagt Hilde und schaut unter den Schrank, aber irgendwann kriecht er schon noch hervor.

Auf dem Sideboard hat Hilde eine Reihe Fotos in unterschiedlichen Rahmen und Größen aufgebaut. Auf einem Bild ist Jürgen Hartmann mit seinem Bruder und ihren Frauen zu sehen. Die Ähnlichkeit der Brüder ist frappierend. Lachend schauen sie in die Kamera, wahrscheinlich ein Urlaub, hinter den Männern wehen bunte Fahnen, die Fenster der Häuser sind mit Girlanden geschmückt, und die Menschen sind leicht bekleidet und wirken fröhlich.

Dein Mann und sein Bruder haben eine erstaunliche Ähnlichkeit, sagt Marta.

Aber nur äußerlich, sagt Hilde.

Haben sie sich nicht gut verstanden?

Doch, haben sie, aber unterschiedlich waren sie schon, sagt Hilde. Wir Frauen haben uns auch gut verstanden. Wir waren öfter zu viert im Urlaub. Tegernsee, Grömitz, Kellenhusen. Da waren wir auf Mallorca, auf einem Dorffest.

Und jetzt triffst du deinen Schwager und deine Schwägerin nicht mehr?, sagt Marta.

Nein, nie, sagt Hilde.

Willst du mir sagen, warum?, sagt Martha.

Weil Klaus und sein Bruder sich ... kurz vor seinem Tod ...

... was ...?

... zerstritten haben.

Wirklich?

Ich weiß auch nicht genau, was da passiert ist. Sie hatten wegen irgendwas einen furchtbaren Streit. Und Klaus wollte seinen Bruder dann nicht mehr sehen. Vielleicht war es aber auch umgekehrt.

Das tut mir sehr leid, sagt Marta.

Es ist schlimm, wenn man zuerst den Mann und dann auch noch die ganze Familie verliert, sagt Hilde. Ich kenne hier ja keinen außer der Familie von Klaus. Zum Glück habe ich ja noch meinen Phosphor.

Hilde geht auf die Knie und schaut wieder unter den Schrank.

Würde der feine Herr da jetzt endlich herauskommen? Was soll denn unser Besuch von dir denken, Phosphor?

Zu Martas Überraschung kriecht der Kater unter dem Schrank hervor, macht einen Buckel, springt auf den Sessel, gähnt, rollt sich zusammen und schließt die Augen.

Am Samstagmorgen hört Marta den Podcast zweier Frauen, die sich über die Liebe zu dritt unterhalten. Sie hat gar nicht gewusst, dass ihr gefällt, von einer Frau berührt zu werden. Und dann ruft Christoph an und will sie unbedingt sehen.

Es ist Wochenende, sagt Marta.

Trotzdem, sagt er. Es ist wichtig.

Marta geht auf den Balkon und lässt sich die Sonne ins Gesicht scheinen. Der Himmel ist durchgehend blau. Früher waren Marta die Samstage die liebsten Tage der Woche. Sie frühstückten zu dritt, vormittags schlenderte sie mit Charlotte an den Boutiquen, Schuhgeschäften und Galerien entlang, während Tom im *Vinyl* die Schallplatten durchsah. Dann kehrten sie im *Central* ein oder spazierten durch den Englischen Garten. All diese Rituale.

Du fehlst mir, Liebling, sagt Marta und winkt Hilde, die mit ihrem Einkaufswägelchen zur Bushaltestelle geht.

Weshalb will Christoph sie unbedingt treffen? Vielleicht ist etwas mit seiner Frau? Vor vielen Jahren hätten sie sich beinahe geküsst. Marta war auf einer Fortbildung, wo Christoph als Dozent einen Vortrag hielt. In der Mittagspause machten sie einen Spaziergang und wurden von einem Gewitter überrascht. Sie hatten sich untergestellt, und Christoph sagte, das glücklichste Mitglied seiner Familie sei Terry, der Hund. Marta war kalt, und Christoph legte ihr die Jacke über die Schultern. Ein kitschiger Augenblick, aber es hatte Marta trotzdem gefallen. Sie schauten sich lange an, ließen dann aber den Augenblick verstreichen, sich zu küssen.

Marta ist vor Christoph an der Hütte, sie schiebt die Stühle auf die Veranda, deckt den Tisch und überfliegt den Bericht des Diensthabenden. Sie liest die Weltnachrichten und auch den letzten Post von Fritsche.

Die neue Kommissarin sucht meinen Mörder. Endlich. #JensF

Der Post ist einige Tage alt und mit dem Fernsehinterview zu ihrem Unfall verlinkt. Einige Follower schrieben Kommentare.

Fritzer Special: Cops, jetzt zeigt mal, was ihr könnt.

Giselle21: Vielleicht wollt der Mörder die Kommissarin das Gnick breche #Fahrradfalle #Gemeinheit

Addyyournamehahaha: Remember, trough Christ everything is possible. #InLoveWithJesus

Als sie Christophs Wagen hört, legt Marta das Handy zur Seite und geht ihm entgegen.

Wo ist der Hund?, sagt sie.

Im Hundehimmel, sagt Christoph. Terry hatte ein wunderbares Hundeleben, aber er war ja schon alt.

Christoph legt die Hand über die Augen und schaut übers Tal.

Einen fantastischen Ausblick hast du, sagt er.

Ein Junge und ein Mädchen fahren auf einem Moped die Straße herauf. Der Junge sitzt hinten und hat die Arme um den Bauch des Mädchens geschlungen. Marta und Christoph laufen zur *Gaststätte Gipfelkreuz*. Der Name ist ein Scherz, es ist nur ein Hügel, auf dessen Kuppe junge Leute eine Schankwirtschaft betreiben.

Siehst du da die Schneise?, sagt Marta. Da verlief die Grenze zur DDR. Wenn man es nicht wüsste, käme man nie darauf.

Gefällt es dir hier?, sagt Christoph.

Manchmal vermisse ich die Stadt, sagt Marta. Vor allem meine Freundinnen, die Kinos, die Geschäfte und die Cafés.

Als Marta es sagt, beginnt eine Ziege zu meckern, und sie lachen. Eine Wandergruppe kommt den Hang herauf und singt ein Lied der Beatles. *Yellow Submarine*.

Wir haben den Typen identifiziert, sagt Christoph.

Welchen Typen?

Der mit der Maske in die Radarfalle gefahren ist. Der kommt aus einem Dorf bei Neapel und erledigt für die Camorra Drecksarbeiten.

Das LKA ermittelt in Italien, weil jemand zu schnell gefahren ist?, sagt Marta.

Wir glauben, dass er hier in der Gegend eine Straftat begangen hat.

Aber ihr wisst nicht, was?, sagt Marta und dreht sich von ihm weg, weil da wieder die Bilder in ihrem Kopf sind, die Ketten, dass er sie auszog, sie anfasste, der Geruch des Spermas.

Das ist richtig, sagt Christoph. Wir haben einen möglichen Täter, aber keine Straftat.

Und schickt ihr dem jetzt einen Strafzettel, weil er zu schnell gefahren ist?, sagt Marta und dreht sich wieder zu ihm.

Ich habe eine andere Theorie, Marta. Ich bin überzeugt, dass sie diesen Typen auf dich angesetzt hatten, sagt er.

Marta vermeidet es, ihn anzusehen, und natürlich bemerkt er es. Christoph bemerkt fast alles.

Wie kommst du darauf?, sagt sie.

Wir haben sein Smartphone gehackt. Und deinen Namen und ein Bild von dir gefunden.

Kann ich mir nicht erklären, sagt sie und schaut ins Tal.

Marta, was ist los? Du verschweigst mir was. Es passt doch alles zusammen.

Was passt zusammen?

Nach diesen beiden Attacken auf dich, zuerst diese Bolzen auf deinem Balkon und dann der Draht auf der Fahrradstrecke, haben wir die Familie di Natale observiert. Die waren geschickt, aber wir waren besser. Ich glaube, sie haben über Umwege diesen Mafia-Typen engagiert und auf dich angesetzt.

Kann ja sein, sagt sie.

Bist du diesem Typen begegnet, Marta?

Ein Heißluftballon mit Werbung für die Kreissparkasse schwebt über dem Tal, es scheint, als bewege sich der Ballon gar nicht, als sei er an den Himmel gemalt. Martas Herz schlägt viel schneller jetzt, schneller als normal. Sie will Christoph nicht anlügen, will nicht, aber sie muss es tun.

Nein, sagt sie, ich weiß nichts von dem, sagt sie mit fester Stimme.

Marta, bitte. Ich will dir helfen. Diese Typen sind gefährlich.

Ich weiß, sagt sie.

Du musst aufhören, dir Vorwürfe zu machen wegen di Natale. Es war ein Unfall, es ist nicht deine Schuld.

Wir beide wissen, wie es war, sagt sie.

Und wenn schon, sagt Christoph. Die Angelegenheit ist juristisch geklärt, du hast dir nichts vorzuwerfen.

Er versteht es nicht. Versteht nicht, dass sie sich schuldig fühlt. Auch wenn sie nicht schuldig gesprochen wurde.

Lass uns über etwas anderes reden, sagt sie.

Warum vertraust du mir nicht, Marta?

Doch, ich vertraue dir, sagt sie und schaut ihm in die Augen.

Nein, sagt er, das tust du nicht. An dem Morgen, nachdem dieser Typ in die Radarfalle gefahren ist, hast du dich krankgemeldet.

Spionierst du mir nach?

Nein. Aber ich mache mir Sorgen um dich, sagt Christoph.

Ich habe mich nicht wohlgefühlt. Frauensachen, wenn du es genau wissen willst.

Hat dich dieser Kerl attackiert? Hat er dich bedroht? Sag es mir, dann kann ich dir helfen.

Ich habe Hunger, sagt sie.

Marta, bitte.

Da war nichts, sagt sie, schaut ihn wieder an und hält seinen Blick aus. Sie weiß, dass er ihr nicht glaubt. Christoph wittert die Lüge.

Ist das dein letztes Wort, Marta?

Lass uns was essen, sagt sie. Und danke für deine Fürsorge.

Marta macht einen Schritt vor, küsst ihn auf die Wange, und bevor Christoph die Arme um sie legen kann, dreht sie sich von ihm weg.

Komm, sagt sie. Weiter oben bei der Gaststätte ist die Aussicht noch besser.

Am Tag nach ihrer Auseinandersetzung mit Jürgen Hartmann ist Marta in sein Büro gegangen und hat sich bei ihm entschuldigt. Und er hat sich auch entschuldigt, und Marta bot ihm das Du an.

Dann fangen wir noch mal von vorne an, sagte er, und sie gaben sich die Hand.

Marta hat Hartmann dann nach Hannes und Petra Bachert gefragt.

Meinst du die Sargtischler? Was ist mit denen?

Vielleicht können sie uns im Fall Jens Fritsche weiterhelfen, sagte Marta, und Hartmann hat sie erstaunt angesehen.

Es war Marta unangenehm, die Namen der beiden zu nennen, es kam ihr vor wie ein Verrat. Hannes und Petra gehörten zu den wenigen Menschen, die ihr freundlich begegneten in Schwarzbach.

Jürgen Hartmann hat eine ganz bestimmte Art, anzuklopfen. Zeige- und Mittelfinger und ein kurzer Trommelwirbel mit den Knöcheln.

Du hast mich doch nach den Bacherts gefragt, sagt er und legt einige Fotografien auf ihren Schreibtisch. Die Fotos hat ein alter Bekannter gemacht. Bahles, er hat das Fotogeschäft in der Altstadt und ist seit dreißig Jahren der Schulfotograf.

Marta schaltet die Schreibtischlampe ein und betrachtet die Bilder. Sie entstanden auf dem Fest zum fünfundsiebzigsten Bestehen des Gymnasiums, zu sehen sind aktuelle und ehemalige Schülerinnen und Schüler, Lehrer, Eltern. An einem festlich geschmückten Rednerpult spricht der damalige Bürgermeister von Schwarzbach.

Ein paar Monate später ist Jens Fritsche verschwunden, sagt Hartmann. Und auf diesem Bild sind auch die Bacherts. Siehst du? Da waren die aber natürlich noch nicht verheiratet.

Auf dem Foto stehen mehrere Jugendliche zusammen

und lachen. Einige rauchen auch. Die jungen Leute tragen T-Shirts mit Bandnamen, Jeans oder kurze Röcke. Hannes und Petra halten sich umarmt, Hannes küsst sie, und Petra lacht.

Die waren damals schon ein Paar, sagt Hartmann. Und sie sind es immer noch.

Das schaffen auch nicht alle, sagt Marta.

Ich bin mit meiner Frau seit über dreißig Jahren zusammen. Und jeden Tag wird es schöner und schöner, sagt er mit einer ironischen Stimme und lacht.

Tom und sie hätten es vielleicht auch geschafft, wenn es mit Charlotte nicht passiert wäre, denkt Marta. Eigentlich hatten sie sich gut verstanden, und dann war dieses Unglück zwischen sie geraten und hatte sie auseinandergerissen.

Woher kennst du die Bacherts?, sagt Hartmann, und Marta wird warm, und sie beugt sich über die Fotos.

Ich habe sie zufällig getroffen, als ich mal an meiner Hütte gewesen bin, sagt sie.

Verstehe, sagt Hartmann und grinst, und Marta fragt sich, ob er vielleicht mehr über Hannes und Petra weiß, als er zugibt.

Sind die Fritsche-Brüder auch auf einem der Fotos?, sagt Marta.

Hier, sagt Hartmann. Aber nur Jens, Kai nicht.

Ein paar Jungs stehen vor dem Eingang der Schule, sie winken dem Fotografen und lachen. Alle lachen, nur nicht Jens Fritsche.

Danke für die Fotos, sagt sie.

Der Fotograf hat noch was erzählt, sagt Hartmann, es könnte für die Ermittlungen interessant sein. Angeblich hat sich Hannes Bachert damals mit Jens Fritsche geprügelt. Und einige Zeit später war Jens Fritsche dann plötzlich verschwunden.

Als Marta das Foyer des Gasthofs betritt, fällt im Obergeschoss eine Tür ins Schloss. Marta hat nur noch ein Bein, Jeans, Sneaker gesehen, vielleicht Fritsches Frau. Er schaut auf und lächelt. Fritsche bedient an der Rezeption eine Frau mit einem Rollkoffer.

Ich bin gleich so weit, ruft er.

Im Haus ist es angenehm kühl. Es ist doch noch mal warm geworden in den letzten Tagen. So warm, dass Marta nicht mit dem Rad hat fahren wollen. Sie hat den Wagen auf dem Gästeparkplatz geparkt. Es sind dort noch fünf andere Autos abgestellt, drei mit tschechischem Kennzeichen, ein BMW aus Polen und ein Ford aus Leipzig.

Als Marta zum ersten Mal der Gedanke gekommen ist, Kai Fritsche könnte in diesem Gasthof noch etwas anderes anbieten als nur Zimmer mit Frühstück, hat sie Oehlert mit der Recherche beauftragt. Viel hat Oehlert nicht herausgefunden, aber er ist auf einen Jahre zurückliegenden Eintrag auf einem Portal für *Homoerotisches Dasein* gestoßen, wo ein *Bububär57* von einer Herrenparty in Fritsches Gasthof schwärmt.

Der Drucker rattert, und Fritsche lacht mit der Frau, kommt um die Theke herum und trägt ihr den Koffer zum Wagen. Ein eleganter Mercedes mit tschechischem Kennzeichen. Fritsche winkt der Fahrerin, dreht sich dann urplötzlich um und sieht Marta am Fenster stehen.

Er ist freundlich und scherzt und macht ihr Komplimente, legt die Billardkugeln auf, und Marta macht ein paar Stöße. Fritsche ist ein guter Trainer. Immer wieder legt er von hinten den Arm um sie und korrigiert ihre Haltung. Und er vergisst auch nie, sie zu loben.

Haben Sie viele Gäste in Ihrem Gasthof, Herr Fritsche?, sagt Marta, als sie zu Ende gespielt haben.

Wir kommen klar, sagt er. Aber wir sind an der ehemaligen Zonengrenze und nicht an der Cote d'Azur.

Sie lachen, und er bringt Kaffee und Gebäck.

Ich würde Sie gerne etwas fragen, Herr Fritsche. Ich hoffe, Sie werden nicht böse, sagt Marta.

Kann man Ihnen böse sein, Frau Kommissarin?, sagt Fritsche und schiebt die Billardstöcke in die Halterung, zieht die Abdeckung über das Tuch und lächelt mit diesem ganz bestimmten Blick, der ihr gefallen könnte.

Wir haben im Netz einen Eintrag gefunden, sagt Marta. Ein Gast schwärmt von einer Herrenparty in Ihrem Haus.

Kann es sein, dass Sie sich gar nicht fürs Billardspielen interessieren, Frau Kommissarin?, sagt Fritsche. Was wirklich schade wäre bei Ihrem Talent.

Danke, Herr Fritsche. Veranstalten Sie denn Herrenpartys?

Er schaut an ihr vorbei in die Halle. Das Lächeln behält er bei.

Wir stellen Seminarräume für Fortbildungen zur Verfügung, sagt Fritsche. Und wir haben einen Partyraum für spezielle Festivitäten.

Welche Art von Festivitäten sind damit gemeint, Herr Fritsche?

Das bleibt unseren Mietern überlassen. Aber ich weiß, dass es Swingertreffen gibt und SM-Partys, Tausend und eine Nacht, Lack und Leder und so weiter. Manchmal bleiben die Herren auch unter sich. Ich hoffe, es schockiert Sie nicht.

In meinem Beruf ist man einiges gewohnt, sagt Marta. Darf ich Ihren Partyraum sehen?

Suchen Sie eine schöne Location für die Weihnachtsfeier der Polizei?, sagt Fritsche selbstgewiss und grinst. Eine Tausend-und-eine-Nacht-Party unter Polizisten hatten wir auch noch nicht.

Er lacht, seine Zähne sind perfekt, und das Grübchen faltet sich tief in die Wange.

Ich bin mir nicht ganz sicher, ob sich meine Kolleginnen und Kollegen dazu überreden ließen, sagt Marta.

Fritsche geleitet sie durchs Foyer, eine Wendeltreppe führt in den Keller. Wo es nach Obst und Gemüse riecht und irgendwie auch ein wenig modrig. Fritsche öffnet eine Stahltür, Neonlicht flackert auf, in der Luft der abgestandene Geruch nach Zigaretten und Bier. Eine Theke mit einer gut sortierten Bar. Es gibt mehrere Sitzecken und viel roten Plüsch. An der Stirnseite befindet sich eine kleine Tanzfläche.

Das Putzlicht ist etwas uncharmant, sagt Fritsche, sonst sieht es hier anregender aus. Und hier geht es zur Spezialabteilung.

Fritsche öffnet eine weitere Tür. In der Mitte des Raums ein Tisch mit einer Platte aus einem dunkelrot schimmernden Metall. Auch ein gynäkologischer Stuhl, ein französisches Bett mit einem lederartigen Bezug. An Haken hängen verschiedene Peitschen, Masken, Gummizeug, Dildos.

Sie sind ja bestens eingerichtet, Herr Fritsche.

Der Kunde ist König, sagt er und lacht wieder.

Machen Sie mit bei diesen Partys?

Er lacht, hebt die Hände, schaut zur Decke und schüttelt den Kopf.

Was das Sexuelle angeht, sehe ich mich eher als Romantiker, Frau Kommissarin.

Und die Mädchen, die hier arbeiten, sind die auch romantisch?, sagt Marta. Ich vermute, die meisten kommen aus Tschechien?

Das wäre doch Prostitution, sagt er. Damit will ich nichts zu tun haben. Ich stelle lediglich die Räume und das Catering. Und die Kunden kümmern sich um ihr Programm und bringen auch ihre Gäste mit.

Gab es diese Partys auch schon zu Zeiten Ihres Vaters?

Glauben Sie, es steht in irgendeinem Zusammenhang mit dem Tod meines Bruders?

Ich stelle nur Fragen, sagt Marta, die Antworten werte ich später aus.

Ja, wir haben diese Partys immer schon veranstaltet.

Mein Vater hatte finanzielle Probleme. Und so kam er auf die Idee, die Räume hier unten für gewisse Partys zu vermieten. Mein Vater sagte, in der DDR seien die Menschen zwar eingesperrt, aber nicht so verklemmt gewesen wie die Wessis. Und darin sah er eine Marktlücke.

Es scheint sehr gut gelaufen zu sein, sagt Marta. Sie machen ja nicht mal Werbung.

Ich lege großen Wert auf Diskretion, sagt er. Wir haben ausschließlich Stammkunden und leben von der Weiterempfehlung.

Beim nächsten Training spielen wir eine Partie Karambolage, sagt Fritsche, als sie wieder im Foyer sind. Der Gewinner muss den Verlierer zum Essen einladen.

Dann werde ich Sie gewinnen lassen, Herr Fritsche, sagt Marta, und sie lachen.

Der Himmel scheint heute tiefer über Schwarzbach zu liegen als sonst. Es geht ein föhniger Wind, der Marta lethargisch macht, sie hat Kopfschmerzen und wird gar nicht richtig wach. Sie hatte mit Charlotte sprechen wollen, das Handy dann aber gleich wieder in die Tasche geschoben.

Hannes und Petra werden enttäuscht sein. Und wahrscheinlich wird sich nicht wiederholen, woran Marta sich so gerne erinnert. Sie verpasst den Abzweig und muss auf dem Waldweg wenden. Als sie an der Tischlerei vorfährt, sitzt Petra auf der Bank vor dem Haus und putzt Gemüse. Hühner laufen umher, und die Katze springt vom Tisch. Eine Idylle wie aus einem Heimatfilm. Zu der nur nicht der Sarg passen will, den Hannes auf einer Karre zu einem Leichenwagen rollt. Die Bestatter rauchen und tragen graue Kittel, sie wuchten den Sarg auf die Ladefläche, klatschen sich mit Hannes ab und fahren dann, eine Staubwolke hinter sich herziehend, davon.

Hattest du Sehnsucht nach uns, Marta?, sagt Petra.

Ja, sagt sie, und es stimmt ja auch. Ich bin allerdings wieder dienstlich da.

Ich begrüße dich trotzdem erst einmal privat, sagt Petra und küsst sie.

Marta lässt es sich gefallen, erwidert den Kuss aber nicht. Sie spielt mit dem Hund und denkt darüber nach, wie sie es anfangen soll. Seppi rennt weg, dreht sich auf der Wiese wie irre im Kreis und schnappt nach Insekten.

Und was ist das Dienstliche?, sagt Hannes.

Du hast gesagt, ihr wart noch kein Paar, als Jens Fritsche ermordet wurde, sagt Marta. Aber als dieses Bild entstand, da lebte er noch.

Marta legt das Foto auf den Tisch, Petra, Hannes, die Umarmung, der Kuss, das Lachen.

Da waren wir noch jung und schön, sagt Petra und lächelt versonnen.

Jens Fritsche ist erst ein halbes Jahr später verschwunden, sagt Marta.

Na und?, sagt Petra. Was macht das schon?

Wir haben einen Zeugen, dass ihr euch geprügelt habt, du und Jens Fritsche.

Hannes schaut auf den Boden, er hält Petras Hand, ruft nach dem Hund, der aber nicht reagiert.

Das stimmt, sagt Hannes.

Und was ändert das jetzt?, sagt Petra.

Es ändert so einiges, sagt Marta. Ihr habt ein Motiv, Fritsche zu töten. Ihr wart ein Paar, und er erpresste dich wegen der Drogen, Petra. Er hat dich vergewaltigt. Ihr habt euch gewehrt, Hannes hat sich sogar mit ihm geprügelt und dann…

… was dann?, sagt Hannes.

Hast du ihn vielleicht totgeschlagen.

Bist du verrückt geworden, Marta?, sagt Petra.

Steile These, sagt Hannes und lacht. Das müsst ihr Bullen jetzt nur noch beweisen.

Ja, sagt Marta, und ich hoffe sehr, dass es uns nicht gelingen wird, Hannes. Weil ich euch mag.

Petra steht auf, setzt sich auf Hannes' Schoß, legt den Arm um ihn und küsst ihn auf die Schläfe.

Kannst du es nicht einfach vergessen, Marta, wir sind doch ...

... nein, nicht, sagt Hannes.

Was ist passiert zwischen dir und Jens Fritsche?, sagt Marta.

Ich habe ihm gesagt, er soll Petra nie wieder anfassen. Hat er aber nicht eingesehen.

Und dann habt ihr euch geschlagen?

Haben wir. Aber ich habe ihn nicht umgebracht, sagt Hannes. War auch nicht mehr nötig. Er hat Petra ja dann in Ruhe gelassen. Und dann ist er verschwunden, und das war auch gut so.

Wo wart ihr in der Nacht, als Jens Fritsche verschwand?

Auf dem Fest in der Schule. Wo denn sonst? Da waren alle, sagt Petra.

Hast du Jens Fritsche dort gesehen, Hannes?

Vielleicht. Ich kann mich nicht erinnern.

Und du, Petra?

Das habe ich damals schon der Polizei gesagt. Jens Fritsche stand bei dem DJ, hat mich blöd angegrinst, und plötzlich ist er verschwunden. Und danach habe ich ihn zum Glück nie wiedergesehen.

Marta hat Johanna und Oehlert den Auftrag gegeben, noch einmal alle noch lebenden Zeugen zu befragen, ob sie bei dem Fest in der Schule Petra oder Hannes gesehen haben. Vielleicht zusammen mit Jens Fritsche.

In der Nacht hat Marta einen Traum. Sie sieht sich mit Petra und Hannes auf dem Bett liegen, sie küssen und umarmen und streicheln sich, und plötzlich hat Petra ein

Messer in der Hand und sticht auf sie ein. Davon ist Marta wach geworden und hat geschwitzt und nicht wieder einschlafen können.

Heute ist ein Feiertag. Marta weiß nicht, ob es gut oder schlecht ist, keine Pläne für den Tag zu haben. Es ist trocken, dreiundzwanzig Grad, die Sonne scheint, und am Himmel stehen Schäfchenwolken. Marta schaltet das Radio ein und denkt beim Frühstück über Hannes nach. Ob sie es ihm zutraute? Ja. Er ist impulsiv und stark, sicher würde er alles tun, Petra zu beschützen. Und vielleicht sogar einen Menschen töten.

Seid ihr bei den Zeugen weitergekommen?, schreibt sie.

Leider nicht, schreibt Johanna, *niemand kann sich erinnern, Jens Fritsche mit den Bacherts gesehen zu haben.*

Umso besser, denkt Marta. Und vielleicht bleibt es dabei und es findet sich kein Hinweis, dass Hannes und Petra etwas mit dem Verschwinden von Jens Fritsche zu tun haben.

Und dann könnten sie sich vielleicht auch wiedersehen.

Der Gedanke macht Marta wach und unruhig, ein Kribbeln geht durch sie hindurch. Sie stellt den Wagen an der Hütte ab und läuft hinauf zum *Gipfelkreuz*, isst dort etwas und liest einige Seiten in einem Roman, den sie seit Wochen schon mit sich herumträgt, bis ein Ehepaar aus Düsseldorf nach der früheren Grenze fragt. Marta lässt sich gerne ablenken und erzählt, was sie über die Grenze weiß.

Ich habe dich vernachlässigt, Charlotte, sagt sie, als sie später am Bach entlanggeht. Ich habe so viele Sachen im Kopf, deshalb. Vielleicht höre ich auf bei der Polizei. Jetzt staunst du, oder? Opa will mit mir ein Café in Piran eröffnen. Das werde ich bestimmt nicht machen, aber nach Piran zu gehen, das könnte mir gefallen.

Ich vermisse das Meer, und ich vermisse jemand, von dem du nichts weißt, Liebling. Er heißt Vid.

Marta schaltet das Handy aus und holt eine Decke, sie

zieht den Liegestuhl aus dem Schuppen und macht es sich auf der Veranda bequem. Sie hört den Podcast eines Psychiaters, er spricht über die Trauer und wie daraus ein neues Leben entstehen kann. Der Psychiater hat eine angenehme Stimme, und darüber schläft Marta ein. Und weiß dann nicht, ob sie wach wurde, weil in dem Podcast *Schuss* gesagt wurden oder ob sie tatsächlich einen Schuss gehört hat.

Als ein Schrei den Himmel ausfüllt.

Marta legt die Hand über die Augen, aber sie sieht nichts als den Ort, der im Tal in der Sonne funkelt wie Schmuck. Vögel fliegen auf, da ist auch ein dumpfes Schaben und Knirschen, viel näher als vorhin. Das Geräusch ist unten am Zaun, vielleicht sind es auch unregelmäßige Schritte. Wie vor Tagen, als sie hier gewesen war. Schritte, das Knacken und das Zerbrechen von Zweigen. Und ein Geräusch, das sich wie ein unterdrücktes Niesen anhört.

Marta hat keine Angst, aber ein schneller Puls klopft an ihrer Schläfe. Ein Vogel flattert auf, stößt Schreie aus, wie über alle Maßen erschrocken. Und Marta schließt die Augen. Denkt nach. Fasst einen Plan, für den Fall, dass da jemand ist. Der sie beobachtet.

Sie duckt sich weg, dreht den Liegestuhl, stellt das Radio laut, kriecht auf allen vieren in die Hütte, verlässt sie durchs Fenster, klettert über den Zaun in den Wald, läuft bergab, am Bach entlang.

Er wird nicht damit rechnen, dass sie von der anderen Seite kommt. Von unten. Er wird glauben, sie säße noch auf dem Liegestuhl. Wobei Marta immer noch nicht glaubt, dass sich jemand an ihrem Grundstück versteckt hält. Vielleicht sind es Tiere, die im Unterholz raschelten. Und dann sieht sie die Schuhe. Die Hose. Den Körper. Er liegt auf dem Bauch, dick und bullig, in einem dunkelgrünen Anorak, an den Füßen derbe Wanderschuhe, eine schwarze Mütze. Durch ein Fernglas schaut Cislarczyk auf ihre Hütte.

Liegen bleiben, sagt Marta. Und die Hände über den Kopf.

Marta sagt es halblaut. Als wollte sie ihn nicht erschrecken. Sie hält die Pistole mit beiden Händen, während ein Zucken durch seinen Körper geht. Wie Stromstöße. Drei, vier Sekunden geht das so, bis Cislarczyk lacht, sich auf den Rücken dreht und sie anschaut.

Sie sollen die Hände hochnehmen, sagt Marta.

Da hat mich die Fotze aber reingelegt, sagt er. Ich dachte, die liegt da oben mit ihren kleinen nackten Titten in ihrem Liegestühlchen. Und in Wirklichkeit schleicht die sich hier an.

Cislarczyk lacht wieder. Lacht sie aus. Marta hält die Pistole mit beiden Händen und ausgestreckten Armen. Ein Schmerz breitet sich in ihrer Schulter aus, lange wird sie es so nicht aushalten.

Hände hinter den Kopf, sagt sie noch einmal.

Und wenn nicht?, sagt er. Knallst du mich dann ab? Einen wehrlosen alten Mann, der vor dir auf dem Boden liegt?

Der Schmerz in Martas Schulter wird übermächtig, und sie lässt die Arme sinken. Cislarczyk setzt sich auf, er schnauft, und sein Bauch wölbt sich unter dem Anorak.

Sitzen bleiben, Hände hinter dem Kopf, sagt Marta wieder.

Du müsstest doch eigentlich so langsam kapiert haben, dass mir egal ist, was du sagst. Und was du tust. Ob du schießt oder nicht schießt.

Cislarczyk lacht und rappelt sich auf, geht auf die Knie und kommt dann auf die Füße. Steht schwankend da, wie betrunken.

Bleiben Sie da stehen, sagt Marta.

Keine Angst, Baby. Ich bin doch nur ein harmloser Doppelmörder.

Er lacht wieder, zieht an seinem Hemd, zieht es über den Bauch und schaut sie an.

Waren Sie das auch mit den Bolzen und den Drähten?, sagt Marta.

Keine Ahnung, wovon du redest, sagt Cislarczyk und macht einen Schritt nach vorn, kommt ihr nahe, als wollte er ihr die Stirn ins Gesicht stoßen, stöhnt dann auf und lässt sich auf die Knie fallen.

Er ist verrückt. Vollkommen verrückt, denkt Marta.

Weißt du Fotze eigentlich, wie man einen Menschen demütigt? So schlimm demütigt, dass es nicht mehr schlimmer geht? Ich verrate es dir. Du sagst diesem Menschen, er soll auf die Knie gehen, bevor du ihn abknallst. Damit der sich noch in der letzten Sekunde seines Lebens für ein unterwürfiges Stück Scheiße hält.

Marta geht zwei Schritte zurück, damit Cislarczyk sie nicht zu fassen kriegt. Hält die Waffe, lässt ihn nicht aus den Augen. Ihr Herz wummert, der Puls pocht noch schneller. Cislarczyk nimmt die Mütze ab, sein Schädel ist kahl, voller Schweißperlen. Quer über seinen Kopf zieht sich eine Narbe.

Schieß doch, sagt er. Das hast du dir doch gewünscht. Dass du den abknallst, der deine Kleine gefickt hat. Aber den haben sie dir nicht gegeben, den haben sie vor dir weggesperrt, den anderen ist nämlich egal, ob der deine Kleine gefickt hat.

Seien Sie endlich still, Cislarczyk, sonst ...

... sonst schießt du? Ja, mach. Nimm mich, wenn du schon diesen Kinderficker nicht kriegen konntest. Komm, knall mich ab. Ich hab's verdient. Ich hab sogar zwei totgemacht. Die Kleine habe ich gebumst, und der Kerl musste sich das angucken. Hat mich richtig geil gemacht.

Sie widern mich an, Cislarczyk, sagt Marta und weiß doch, dass es gar keine Worte gibt für ihn.

Das Letzte, was der Junge gesehen hat von seinem verkackten Leben, war ein hässlicher Kerl, der seine Freundin fickt. Der war richtig erleichtert, als ich ihn abgeknallt habe. Ehrlich. Der hatte die Schnauze gestrichen voll vom Leben, auch wenn der erst zwanzig war. Und die Kleine hat gejammert, ich soll sie bloß nicht umbringen. Sie würde auch alles tun, was ich will. Sie wäre doch noch so jung. Und weißt du, was ich gesagt habe? Ich habe gesagt, ich bin doch auch noch jung.

Der Schuss ist laut. Wahnsinnig laut. Und endgültig. Ein Schuss ist immer etwas Endgültiges. Niemals kann die Kugel in den Lauf zurück. Ein Schuss ist eine Entscheidung. Der Rückstoß ist ein spitzer Schmerz in Martas Schulter. Sie sucht Halt, stemmt den Fuß gegen eine Wurzel. Kreischend fliegen noch mehr Vögel auf, der Schuss hallt nach, bekommt ein Echo, fliegt übers weite Tal.

Geht's dir jetzt besser?, sagt Cislarczyk und lacht.

Er hat Mühe, auf die Füße zu kommen.

Nicht dass du wieder einen unschuldigen Vogel vom Himmel geschossen hast, sagt er und lacht noch lauter.

Es ist sinnlos. Jedes Wort sinnlos. Ihn zu erschießen ist auch sinnlos. In den Himmel zu schießen ist sinnlos. Alles ist sinnlos.

War schön, dich mal wieder zu treffen, Fotze, sagt er.

Cislarczyk dreht sich weg, schlurft mit schweren Schritten am Zaun lang. Unter seinen Sohlen zerbricht das Gehölz. Plötzlich bleibt er stehen, dreht sich, lässt etwas zu Boden fallen.

Kannst du das im Elektromarkt abgeben?, sagt er. Ich brauche kein Smartphone. Mich ruft ja sowieso keiner an.

Cislarczyk winkt ihr und stapft weiter, geht bis an die Straße, setzt sich auf das gestapelte Holz.

Marta lässt die Waffe sinken. Sie will schreien, schreit aber nicht. Ihre Hände zittern, als sie das Handy hält. Johanna geht ran, und Marta sagt ihr, wo sie Cislarczyk finden können.

Was hat der verbrochen?, sagt Johanna.

Der hat ein Smartphone geklaut, sagt Marta.

Die Siedlung schmiegt sich an einen sanft ansteigenden Hügel. Die Häuser unterscheiden sich kaum voneinander, allenfalls durch die Autos in den Carports. Die Vorgärten sind kaum größer als vier Badehandtücher. Vor den meisten Häusern stehen die Mülltonnen in derselben Reihenfolge, links die graue, in der Mitte die gelbe und rechts die blaue.

Vor dem Rückspiegel zieht Marta die Lippen nach und nimmt die Blumen vom Sitz. Die Laternen sind eingeschaltet, auch wenn es noch gar nicht dunkel ist. Der Himmel ist grau, aber es regnet nicht. Als Hartmann die Tür aufzieht, fällt Marta auf, dass sie ihn noch nie in Zivil gesehen hat. Er trägt einen karierten Pullunder, darunter ein gelbes Hemd, Jeans und glänzende Lederslipper. Jürgen wirkt jünger als in der Uniform und wegen der bunten Sachen weniger ernst. Seine Frau ist genauso bunt gekleidet und lacht herzlich.

Zacky, brav, sagt sie.

Der Dackel hört auf zu kläffen, knurrt aber. Sie lachen, im Haus duftet es nach frischen Kräutern. Im Flur steht ein hübsch illuminiertes und leise blubberndes Aquarium, winzige Fische huschen umher. Hartmanns Frau ordnet die Blumen in die Vase, Jürgen führt Marta ins Wohnzimmer. Auf der Fensterbank flackern Kerzen und Teelichter, das Licht ist gedämpft, kaum hörbar säuselt Musik.

Gemütlich habt ihr es, sagt Marta.

Wenn man den ganzen Tag in einem Glaskasten sitzt, will man es zu Hause schön haben, sagt Jürgen und lacht.

Über dem Sideboard hängt eine Wanduhr, daneben die Fotos der Kinder und Enkelkinder. In der Mitte das Hochzeitsfoto: Jürgen und seine Frau um dreißig Jahre jünger und viele Kilo leichter.

Was trinken Sie?, sagt Hartmanns Frau.

Nennen Sie mich doch bitte Marta.

Dann heiße ich Rosemarie. Micha nennt mich allerdings Rose. Eine Rose mit verwelkter Blüte.

Wieder wird gelacht. Rose ist ihr sympathisch. Sie erinnert Marta an Toms Mutter, die Charlottes Lieblingsoma gewesen war.

Ist das dein Bruder?, sagt Marta und schaut auf das Foto, das sie schon bei Hilde gesehen hat.

Das war Mallorca. Ein wunderbarer Urlaub, sagt Rose.

Ihr seht euch wirklich unglaublich ähnlich, Jürgen.

Das sieht man selber mit anderen Augen, sagt er.

Jürgen sagt, Hilde ist deine Nachbarin, sagt Rose.

Ja, wir haben uns ein paarmal unterhalten. Nur der Kater ist etwas zurückhaltend.

Gibt's den Phosphor noch? Auf den war unser Zacky nie gut zu sprechen, sagt Rose.

Der Dackel hebt den Kopf, spitzt die Ohren, knurrt, und sie haben wieder etwas zu lachen.

Nimm doch Platz, sagt Jürgen.

Er hat nicht übertrieben. Rose ist eine fabelhafte Köchin. Als sie noch eine Familie waren, hatte meist Tom gekocht. Wenn Marta etwas kochte, hatte Charlotte oft gesagt, bei Papa schmecke es aber besser. Marta lächelt, als sie daran denkt. Sie ist erleichtert, dass die beiden sie nicht auf Charlotte ansprechen. Sicher hat Jürgen seiner Frau gesagt, was mit Charlotte passierte. Marta schwärmt von Slowenien, von den begehbaren Höhlen, den unendlichen Wäldern, der hübschen Küste, dem angenehmen Klima.

Ich habe lange nicht mehr so gut gegessen, sagt sie.

Das ist sehr lieb von dir, Marta, sagt Rose und streicht über ihre Hand.

Für das Dessert bin ich zuständig, sagt Jürgen und verschwindet in der Küche.

War Jürgens Bruder krank?, sagt Marta. Oder warum ist er so früh gestorben?

Hat Hilde es dir nicht gesagt?

Nein, hat sie nicht.

Rose beugt sich vor und flüstert jetzt beinahe.

Es ist ja kein Geheimnis, sagt sie. Klaus ist mit seinem Motorroller aufs Eisenbahngleis gefahren. Es sollte wohl aussehen wie ein Unfall. Klaus war immer so fröhlich und lebenslustig. Aber das war wohl nur Fassade.

Das tut mir sehr leid, sagt Marta. Das war bestimmt ein Schock.

Und ob. Jürgen spricht bis heute nicht darüber.

Und wie ist es mit Hilde? Warum seht ihr euch nicht mehr?

Rose knetet die Hände, fährt sich dann durchs Haar.

Hilde mag uns nicht mehr sehen. Ich weiß auch nicht genau, warum. Vielleicht erinnert Jürgen sie zu sehr an ihren Klaus.

Taraa, ruft Hartmann und trägt auf einem Tablett eine Eistorte mit Wunderkerzen, die knisternd und flitternd abbrennen.

Danke für den wunderschönen Abend, sagt Marta, als sie sich an der Haustür verabschieden.

Vielleicht sollte ich es nicht sagen, aber Jürgen hat sich Sorgen um dich gemacht, sagt Rose. Weil du mit diesem widerlichen Mörder zu tun hattest. Gut, dass ihr den verhaftet habt und der keinen Schaden mehr anrichten kann.

Rose, bitte, sagt Jürgen, das sind Dienstgeheimnisse.

Aber deine Chefin wird doch wohl eure Dienstgeheimnisse kennen, sagt Rose.

Sie lachen, was den Dackel kläffen lässt. Rose nimmt den Hund auf den Arm, und dann ist Marta auf der Straße und allein. Wie in Zeitlupe sinkt ein Nieselregen zu Boden.

Ich war zum Essen eingeladen, Liebling, sagt sie, als sie langsam aus der Siedlung herausfährt. Bei einem Kollegen und seiner Frau. Anfangs haben wir uns nicht gut verstanden, aber inzwischen finde ich ihn sehr nett. Und seine Frau auch. Sie heißt Rose.

Ein Auto kommt ihr entgegen, mit aufgeblendeten Scheinwerfern. Das Radio spielt eines der kitschigen Lieder, die sie hörten, wenn sie mit Vid nach Italien fuhr. Zum Küssen. Er hatte eine Kassette für diese Fahrten aufgenommen, und sie lächelt, als sie daran denkt.

Marta führt ihre Hand an den Mund, küsst Zeige- und Mittelfinger und stellt sich vor, es wären die Lippen von Vid.

Sollte Christoph jemals davon erfahren, wird er nie wieder mit ihr reden. Das weiß Marta. Und trotzdem wird sie es tun.

Warte hier im Wagen, Liebling, sagt sie. Ich bin gleich zurück.

Marta hat überlegt, Joachim zu fragen. Ob er sie begleitet? Zu ihrem Schutz. *Denk doch mal nach, Marta!* Nein, das ist keine gute Idee gewesen. Wahrscheinlich hätte er sowieso versucht, es ihr auszureden.

Die Familie di Natale wohnt in einem Mehrfamilienhaus an der Ausfallstraße zum Flughafen. In ein paar Minuten könnte Marta bei ihren Eltern sein. Der Putz bröckelt von der Fassade, auf dem Hof stehen ein ausrangierter Kühlschrank und anderer Schrott. Die Gleise der S-Bahn grenzen an das Grundstück. Auf der anderen Straßenseite sind eine Tankstelle, ein Reifenhändler und eine Würstchenbude in einem umgebauten Schiffscontainer. Zwei Männer stehen an der Theke und essen. Der Straßenstrich ist auch irgendwo in der Nähe.

Vor der Haustür liegt Spielzeug. Ein Dreirad, ein kleines Fußballtor, das Netz ist zerrissen. Eine Katze springt auf die Mauer, und Marta erschrickt, sie macht eine Bewegung mit der Hand, und die Katze springt davon. Als Marta schellt, kläfft im Haus ein Hund. Ein Junge von zehn, elf Jahren zieht die Tür auf.

Ist deine Mutter da?, sagt sie.

Nur die Oma, sagt der Junge.

Die Tür wird weiter aufgezogen, und in dem Spalt taucht das Gesicht von di Natales Mutter auf.

Hau ab, Bestia.

Ich muss mit Ihnen sprechen, sagt Marta.

Du sollst verschwinden.

Dann komme ich mit einem Durchsuchungsbeschluss zurück, und wir stellen das ganze Haus auf den Kopf, sagt Marta.

Di Natales Mutter schaut verdutzt, schiebt den Jungen zur Seite und dreht sich ins Haus.

Alberto, ruft sie.

Marta steckt die Hand in die Tasche. Die Pistole fühlt sich gut an. Gibt ihr ein wenig Sicherheit. Wenn es schiefgeht hier, hat sie keinen Job mehr. Oder nicht mal mehr ihr Leben.

Verschwinde, sagt di Natale. Er ist ein grobschlächtiger Kerl mit Glatze und Bart in einem giftgrünen ausgeleierten Trainingsanzug.

Ich habe Ihnen etwas zu sagen, sagt Marta. Danach sehen wir uns hoffentlich nie wieder.

Di Natale ist ein unsicherer Mann, auch wenn er anders sein will. Das hat Marta schon bei Gericht bemerkt. Er schaut sie an und fragt sich, was er tun soll. Das sieht sie. Di Natale gibt sich einen Ruck und zieht die Tür auf. Im Haus ist es dunkel. Eine Stiege führt steil nach oben. Im Flur hängt ein penetranter Geruch nach Hund und Schweiß. Von dem Hund ist nichts zu sehen, aber er bellt aus dem Keller.

Können wir uns setzen?, sagt Marta und hält die Hand an der Pistole.

Wir bleiben hier, sagt di Natale.

Meinetwegen, sagt Marta und legt mit der freien Hand die zersägten Handschellen auf die Kommode.

An der Wand hängt eine verblasste Fotografie von Giuseppe, der Junge als Schüler im Fußballtrikot, unter dem Arm ein Lederball.

Was soll das?, sagt sein Vater.

Das frage ich Sie, sagt Marta.

Keine Ahnung, sagt er.

Dann erkläre ich es Ihnen, sagt Marta. Mit diesen Handschellen und zwei Ketten wurde ich gefesselt. Von einem Mann mit einer Sturmhaube. In dem Wald bei der Klinik, in der Ihr Sohn untergebracht ist. Der Mann hat mich vergewaltigt, und ich dachte, er bringt mich um. Was aber offenbar nicht der Plan war. Er sollte mich demütigen und mir Angst machen. Angst vor Ihrer Familie, Herr di Natale.

Verschwinde, Bestia, sagt er wieder.

Wir haben den Namen dieses Mannes ermittelt. Wir können auch einen Kontakt nachweisen, den Sie zu ihm hatten. Auch wenn Sie einigermaßen geschickt Ihre Spuren verwischt haben.

Verschwinde endlich, Bestia, sagt di Natale wieder und kommt so nah an sie heran, dass sie seinen Atem riecht.

Sie sollten wissen, dass ich meine Schuld damit als beglichen ansehe, sagt Marta. Sollte ich noch irgendetwas von Ihnen hören, die leiseste Drohung, Drähte auf Radwegen oder tote Vögel auf dem Balkon, schicke ich ein Sondereinsatzkommando und die Steuerfahnder, und Sie werden Ihre Familie für sehr viele Jahre nicht wiedersehen. Haben Sie das verstanden?

Di Natale schaut sie an, zieht die Lippen ein und senkt den Blick. An seiner Schläfe zuckt ein Puls.

Ob Sie das verstanden haben, Herr di Natale?, sagt Marta noch mal, diesmal nur leiser.

Si, Bestia.

Marta legt den Finger an den Abzug der Pistole, öffnet mit der anderen Hand die Tür, lässt di Natale nicht aus den Augen. Es war Wahnsinn, herzukommen. Natürlich. Die Sonne blendet, Marta zieht die Tür zu, geht rückwärts, behält das Haus im Blick.

Papa wäre bestimmt stolz auf sie, denkt Marta. Schade nur, dass er nie davon erfahren wird.

KAPITEL 11

Du hast mir sehr, sehr wehgetan. Der Schmerz
war unerträglich. Aber der Preis, den Du zahlen wirst,
ist größer als der schlimmste Schmerz. #JensF

Marta war mit dem Rad an der Grenze. Eine Tour nach Feierabend. Am Gasthof hat sie Fritsche mit seiner Tochter gesehen, sie schossen mit Pfeil und Bogen auf eine Zielscheibe und lachten, wenn sich die Pfeile in die Scheibe bohrten.

Als Marta am Appartementhaus vorfährt, meldet sich Johanna über Funk. Ein Unfall. In der Tischlerei. Marta denkt nicht lange nach, stellt das Rad ab, springt ins Auto, fährt auf die Höhe. Schon von Weitem sieht sie das Blaulicht des Rettungswagens flackern, über dem Haus der Bacherts kreist ein Hubschrauber.

Sie wollen ihn in die Uniklinik bringen, sagt Oehlert. Und den Arm wieder annähen.

Was ist mit dem Arm?, sagt Marta.

Der ist ab. Als hätte der Metzger die Wurst vom Haken geschnitten.

Der Hubschrauber fegt die Blätter von den Bäumen, wirbelt das Sägemehl vor der Werkstatt auf und landet auf der Wiese, wo sonst der Hund spielt. Die Sanitäter schnallen Hannes auf eine Trage, sein Blick geht ins Leere, seine Haut ist grau, das Gesicht voller Blutspritzer.

Was ist passiert, Hannes?, sagt Marta.

Er dreht den Kopf, röchelt eher, als er spricht.

Ein Unfall, ich habe nicht aufgepasst, ich ...

... so gehen Sie doch aus dem Weg, sagt der Arzt.

Die Sanitäter schieben die Trage in den Hubschrauber, geben dem Piloten ein Zeichen, die Rotorblätter drehen sich schneller, und der Helikopter steigt auf, gewinnt an Höhe, neigt sich zur Seite und verschwindet aus ihrem Blick.

Wo ist seine Frau?, sagt Marta.

Im Haus. Die ist umgekippt, sagt Oehlert.

Er führt Marta in die Werkstatt, ein großer heller Raum mit mehreren Sägen, einer Werkbank, Werkzeugen an den Wänden, Sägemehl, Holzstapel. Auf dem Boden eine Blutlache, darin schwimmen Sägespäne. Das Blut ist bis ans Fenster gespritzt, etwas Weißliches, vielleicht Knorpel oder Knochenfetzen, klebt an der Wand. Neben der Säge liegt ein Sportschuh, wie achtlos abgeschüttelt.

Kennt ihr euch mit diesen Sägen aus?, sagt Marta.

Leider nicht, sagt Oehlert, und auch Hartmann schüttelt den Kopf. Aber ich frage mich, wie das passieren konnte, sagt er. Der Arm ist fast an der Schulter abgetrennt. Der muss sich auf die Säge gelegt haben, sonst passt das doch nicht.

Vielleicht ist er aus dem Schuh gerutscht und in die Säge gefallen, sagt Oehlert.

Oder es hat jemand nachgeholfen, sagt Marta.

Hartmann nimmt die Kappe herunter, er schwitzt und kratzt sich am Kopf.

Der Tischler hat doch selber gesagt, dass es ein Unfall war, sagt Oehlert.

Bestellt die Spurensicherung und einen Sachverständigen, sagt Marta.

Marta geht zum Haus, der Hund streicht um ihre Beine und winselt. Als weinte er um Hannes. Petra liegt zusammengekrümmt auf dem Sofa, und der Hund legt sich zu ihren Füßen.

Das tut mir sehr leid, Petra, sagt Marta und umarmt sie.

Hannes hat gebrüllt wie ein Stier, sagt sie. Und der Arm... lag da einfach auf dem Boden.

Sie wollen ihn wieder annähen, sagt Marta, streichelt Petra über den Kopf, drückt sie an sich und wartet, bis sie ruhiger wird.

Ist dir irgendwas Ungewöhnliches aufgefallen, Petra? Waren Fremde hier?

Petra stehen die Tränen in den Augen, sie schüttelt den Kopf, und die Haare rutschen ihr ins Gesicht.

Ich hatte mich hingelegt. Der Hund hat gebellt, und dann lag Hannes in seinem Blut, und mehr weiß ich auch nicht.

Glaubst du, es war ein Unfall?

Petra wischt sich die Haare aus dem Gesicht, schaut erschrocken jetzt. Sie dreht sich auf die Seite, und dann schüttelt sie den Kopf.

Nein, sagt sie.

Marta steigt zu einem Mann in den Aufzug, es ist ihm nicht recht, er zieht die Baseballkappe tief ins Gesicht und schaut auf seine Schuhe. Der Mann steigt auf Martas Etage aus und klopft bei der angeblichen Stewardess.

Viel Vergnügen, sagt Marta und lächelt, als er den Kopf noch tiefer senkt.

Sie macht sich etwas zu essen, schaut Nachrichten und denkt an Hannes und Petra, sie stellt sich den Operationssaal vor und wie die Ärzte versuchen, Hannes den Arm wieder anzunähen. Als es klingelt.

Marta, ich überfalle dich nur so spät, weil es eilig ist, sagt Hilde, und ihre Augen füllen sich mit Tränen.

Was ist denn passiert, Hilde?

Das hier, sagt sie und schiebt den Pulli hoch. Auf ihrer linken Brust ist ein roter Kreis von einem Filzstift.

Angeblich keine große Sache, sagt der Arzt. Aber sie wollen es trotzdem rausnehmen.

Da jagst du mir aber einen Schrecken ein, sagt Marta.

Es wird schon, sagt Hilde. Ich wollte nur fragen, ob du dich um Phosphor kümmern kannst, solange ich im Krankenhaus bin. Ich habe doch sonst keinen.

Natürlich, sagt Marta. Hauptsache, du wirst wieder gesund.

Ja, sagt Hilde. Sosehr ich meinen Klaus vermisse, wäre ich schon noch gerne eine Weile bei meinem Phosphor.

Hildes Gesicht verzieht sich zu einem Lachen, sie lacht und weint zugleich.

Marta nimmt Eiswürfel aus dem Gefrierfach, schneidet eine Zitrone auf und mixt zwei Drinks.

Darf ich dich etwas fragen, Hilde? Du hast gesagt, du hast hier keinen Menschen in Schwarzbach. Was ist passiert mit deinem Schwager und deiner Schwägerin? Ihr seid doch sogar zusammen in den Urlaub gefahren.

Die Männer haben sich zerstritten.

Und worüber?

Das weiß ich nicht. Vor drei Jahren kam Klaus heim und hat gesagt, der Urlaub mit Jürgen und Rose wäre gestrichen. Wir hatten ein Ferienhaus in Kroatien gemietet.

Hast du nicht nach dem Grund gefragt, Hilde?

Doch, natürlich. Und da hat Klaus mir ins Gesicht gefasst, so, mit einer Hand, dass ich Angst bekommen habe. Das hatte er noch nie gemacht, und er hat gesagt: Wenn du mir noch einmal diese Frage stellst, dann sind wir geschiedene Leute.

Das ist schlimm, sagt Marta.

Ich habe es nicht verstanden, aber ich hab mich dran gehalten, sagt Hilde. Was blieb mir auch sonst?

Und dann irgendwann hatte dein Mann diesen ... Unfall?

Ich weiß, dass alle sagen, es war gar kein Unfall. Dass Klaus absichtlich an der Schranke vorbeigefahren ist mit dem Roller. Und auf den Zug gewartet hat. Und vielleicht war es ja auch so.

Gibt es einen Abschiedsbrief?

Nein.

Was war vor dem Unfall passiert?

Das habe ich noch keinem gesagt, Marta.

Dann sag es mir.

Jürgen hatte Geburtstag, und Klaus wollte sich mit ihm aussöhnen. Er hat gesagt, ein Vierteljahr Schweigen wäre genug. Klaus hat seinem Bruder ein Fotobuch gebastelt mit Erinnerungen an ihre Eltern. Dann ist er mit dem Roller zu ihm gefahren. Es war das letzte Mal, dass ich Klaus lebend gesehen habe.

Das klingt furchtbar, sagt Marta und legt die Arme um Hilde. Ich bin froh, dich zur Nachbarin zu haben.

Und was ist mit Phosphor? Der ist doch auch dein Nachbar, sagt Hilde und lacht.

Vielleicht kann ich sein Herz ja noch irgendwie gewinnen, sagt Marta.

Du musst ihm einfach jeden Tag ein Schälchen Milch geben, und dann wird er sich unsterblich in dich verlieben, sagt Hilde. Du weißt doch, wie die Männer sind.

Der Hof wirkt anders, wie verlassen. Selbst der Hund scheint traurig. Marta hat Blumen für Petra besorgt. Auf dem Tor zur Werkstatt klebt das amtliche Siegel. Ein föhniger Wind geht, Petra sitzt auf der Bank vor dem Haus.

Gibt es etwas Neues von Hannes?, sagt Marta.

Sie haben ihn sechs Stunden lang operiert. Und ihn dann ins Koma versetzt.

Petra schlingt die Arme um Marta und legt den Kopf an ihre Brust. Kläffend rennt der Hund um sie herum.

Der Gutachter sagt, man könnte glauben, Hannes hätte sich den Arm absichtlich abgesägt, sagt Marta.

Petra löst sich von ihr, sie wird starr und schüttelt den Kopf.

Bitte sag mir, was los ist, Petra, sagt Marta. Ich spüre, dass irgendwas an diesem Unfall nicht stimmt.

Petra schaut auf ihre Schuhe und streichelt mechanisch dem Hund das Fell. Sie wischt sich mit einem Taschentuch über die Augen.

Du hast uns kein Glück gebracht, Marta, sagt sie. Wir wollten uns eine schöne Zeit mit dir machen.

Was habe ich damit zu tun, Petra?

Du hast die alten Sachen wieder aufgewühlt. Diesen ganzen Mist mit Jens Fritsche.

Aber was hat es mit euch zu tun, Petra?

Sie schaut über die Wiese und den Wald. Schaut unglücklich aus und ängstlich. Ausgerechnet Petra, die Marta mutig und selbstbewusst erschienen ist.

Ich hätte es ihm ausreden sollen, sagt sie.

Was hättest du ihm ausreden sollen, Petra?

Petra dreht sich um und küsst Marta auf den Mund. Merkwürdig, wie sich alles miteinander vermischt. Der Unfall, das Blut, der Hubschrauber, dass sie als Polizistin herkam und dass Petra sie küsst.

Deine Fragen haben Hannes auf eine Idee gebracht, sagt Petra. Er meinte, wir verkaufen diesen Typen, denen ich den Stoff besorgt habe, die Fotos und verschwinden dann auf Weltreise. Für vierzigtausend Euro, das war der Preis, den Hannes ihnen genannt hat.

Welche Fotos meinst du denn, Petra?

Ein Traktor fährt am Hof entlang, und der Hund hebt den Kopf. Der Traktorist winkt, und Petra winkt zurück.

Der Hannes hat Fotos gemacht, wenn ich den Stoff angeliefert habe. Zu unserer Sicherheit. Dann haben wir was in der Hand, wenn die uns mal unangenehm kommen, hat er gesagt.

Dann habt ihr zusammen gedealt?, sagt Marta.

Der Hannes war mein Aufpasser, der hat mich zu den Kunden gefahren und sich irgendwo versteckt. Den Kunden war ja eine kleine zarte Frau als Dealer lieber als ein riesiger Kerl.

Und was waren das für Männer?, sagt Marta.

Die haben damals im Gasthof Partys gefeiert. Die wollten Poppers und Koks und Crystal Meth. Zehn, zwölf Kerle waren das meistens. Das war ein ziemlich gutes Geschäft.

Kannst du mir Namen nennen, Petra?

Nur zwei. Regh, der Chefredakteur vom *Kurier*, und der andere heißt Kosar. Sonst kannte ich da keinen. Das waren nicht immer dieselben Typen. Die kamen von auswärts, das sah man an den Nummernschildern.

Und wie wollte Hannes sie dazu bringen, euch vierzigtausend Euro zu geben?

Mit den Fotos. Die Herren hätten ja wohl kein Interesse, dass ihre Bilder im Internet auftauchen. Die Partys gibt's ja anscheinend immer noch.

Hannes hat sie also erpresst, sagt Marta.

Ich war dagegen, sagt Petra, aber wenn Hannes sich was in den Kopf setzt, dann...

... und wie hat er es angestellt?

Er hat Regh ein Bild geschickt und geschrieben, er hätte wohl leider vergessen, die bestellten Fotos abzuholen. Und zu bezahlen.

Regh? Kosar würde Marta es zutrauen, gewalttätig zu werden. Aber Regh? Der freundliche Herr Regh?

Wie konnte Hannes die Männer überhaupt fotografieren bei ihren Partys?

Er hat sich irgendwie ins Haus geschlichen. Die Typen haben nichts mitgekriegt, die waren doch alle geil und high.

Kannst du mir die Fotos zeigen?

Muss das sein?

Es wäre gut, sagt Marta.

Es dauert, bis Petra zurückkommt, mit Spinnenfäden im Haar. Es sind ungefähr fünfzig Fotos. Die Männer in allen möglichen Posen, angezogen, nackt, in Ketten, mit Peitschen, mit Vibratoren, Drogen und beim Sex miteinander.

Ich habe schon einiges gesehen, sagt Marta. Aber das ist heftig. Wann wurden diese Bilder gemacht, Petra?

Kurz nachdem die Leiche von Jens Fritsche gefunden wurde. Das weiß ich ganz genau, weil wir uns noch gewundert haben, dass die Partys weitergehen, wo doch gerade der Sohn gestorben ist.

Marta hält eines der Bilder ans Licht. Acht Männer stehen aufgereiht nebeneinander, wie eine Fußballmannschaft bei der Nationalhymne. Alle sind erregt, schauen offenbar in einen Spiegel und lachen.

Das ist Regh, und der daneben ist Kosar. Die anderen kenne ich nicht, sagt Petra.

Den da kennst du auch nicht?

Nein, der war nicht von hier.

Aber den kenne ich, sagt Marta.

Im *Vinyl* kauft Marta eine Jazzplatte und schlendert an den Schaufenstern entlang. Ohne Charlotte hat es ihr nie wieder Spaß gemacht, durch das Viertel zu laufen. Im *Central* blättert sie in einer Zeitschrift, legt sie aber rasch gelangweilt zur Seite. Manchmal hat sie sich nach der Arbeit hier mit Tom getroffen, und sie saßen meist an dem Tisch mit dem Blick auf den Park. Lange her. Vor einigen Tagen hörte sie im Radio ein Lied, dessen Refrain ihr seitdem nicht mehr aus dem Kopf ging.

Du bist nicht allein damit, dich allein zu fühlen.

Doch, sie fühlt sich allein. Allein unter all diesen Paaren. Die Marta beobachtet, wie sie an den Tischen sitzen, und die sie wiederum beobachten, weil sie alleine ist. Alle schauen auf das, was ihnen gerade am meisten fehlt. Bei der Garderobe sitzt ein Mann mit einem Laptop, der manchmal aufschaut und lächelt und ihren Blick sucht.

Soll ich auch lächeln, Charlotte? Was denkst du?

Als Marta wieder zu ihm schaut, hilft der Mann einer viel jüngeren Frau aus der Jacke und drückt ihr einen Kuss in den Nacken.

Es hat sich erledigt, Liebling, sagt Marta und muss über sich selber lachen.

Sie schaltet das Smartphone ein und liest Johannas Tagesbericht. Wieder eine Auflistung von Belanglosigkeiten. Marta schaut noch einmal das Foto an, das Hannes heimlich von diesen Männern gemacht hat.

Er ist es, sie hat keinen Zweifel.

Marta holt den Wagen aus der Garage und reiht sich in den Feierabendverkehr ein, der wie ein träger breiter Strom dahinfließt. Joachim hat sich verändert, den Bart gestutzt, und an seiner Stirn klebt ein Pflaster. Er bedankt sich für die Platte, legt sie aber achtlos aufs Klavier.

Was ist mit deinem Kopf passiert?, sagt Marta.

Diese verdammten Sträucher. Aus lauter Wut habe ich das Zeug heute morgen zurückgeschnitten.

Ich wollte mich bei dir entschuldigen, sagt Marta.

Wofür?

Weil ich zu streng war?

Ach was. Wahrscheinlich war ich einfach nie ein guter Polizist, sagt Joachim Wagner und schaut auf die Uhr.

Erwartest du noch jemand?, sagt Marta.

Die Jungs kommen heute zur Probe, und ich hab noch nichts eingekauft.

Vielleicht sollte ich den Fall Fritsche wieder zu den Akten legen, sagt Marta. Ich komme einfach nicht weiter.

Joachim schaut auf, er nickt und lächelt, setzt die Brille ab und reibt sich die Augen.

Ja, vielleicht ist es das Beste. Ich habe mir damals an der

Geschichte auch schon die Zähne ausgebissen, sagt er und lacht.

Dann hätte ich auch wieder mehr Zeit, mich um die aktuellen Fälle zu kümmern, sagt Marta.

Ist denn irgendwas Spektakuläres passiert bei euch außer Fahrraddiebstählen?, sagt Joachim und lacht.

Die Bürgermeisterin bekommt Drohbriefe, und ein Sargtischler hat sich bei der Arbeit den Arm abgesägt. Er sagt, es war ein Unfall. Aber der Sachverständige bezweifelt das.

Der Tischler wird doch wohl wissen, was ihm passiert ist, sagt Joachim, und sie zieht die Arme hoch.

Marta findet Gefallen an diesem Spiel. Von dem Joachim wahrscheinlich gar nicht ahnt, dass sie es spielen.

Wird so ein Arm eigentlich beerdigt?, sagt Wagner und grinst.

Sie haben den Arm wieder angenäht, sagt Marta.

Dann wird er mit der Kreissäge künftig vorsichtiger sein, sagt Joachim.

Von einer Kreissäge habe ich nichts gesagt, sagt Marta.

Joachim schaut sie verdutzt an. Als sei er gerade erst aus einem tiefen Schlaf erwacht.

War es denn keine Kreissäge?, sagt er.

Doch, Joachim. Es war eine.

Na bitte, sagt er. Was denn auch sonst?

Er unterschätzt sie, denkt Marta. Von Anfang an, seit ihrer ersten Begegnung, hat er sie unterschätzt. *Denk doch mal nach, Marta!*

Darf ich deine Toilette benutzen?, sagt Marta.

Selbstverständlich, sagt Joachim und fängt an, den Tisch abzuräumen.

Marta schließt die Tür ab und schaut in den Spiegel. Sie war immer schnell mit sich zufrieden gewesen. Hatte sich kaum geschminkt und die Haare so schneiden lassen, dass sie sie mit einigen Handgriffen in Form bringen konnte.

Du versteckst deine Schönheit, sagte Vid einmal zu ihr, und das hat ihr irgendwie gefallen.

Vid, ich würde dich gerne wiedersehen, sagt Marta.

Für einen Moment lässt die Sehnsucht ihren Blick verschwimmen. Vid ist so weit weg und vielleicht gar nicht mehr an ihr interessiert. Marta schaut ins Waschbecken, und ihr fällt wieder ein, warum sie Joachims Toilette benutzen wollte. Mit der Pinzette zieht sie einige Haare aus der Bürste und schiebt sie in das Plastikröhrchen. Aus dem Mülleimer fischt sie Bartstoppel, und als sie ins Wohnzimmer kommt, läuft Jazzmusik.

Sehr schöne Platte, sagt Joachim. Noch mal herzlichen Dank.

Also dann, sagt Marta und gibt ihm die Hand.

Auf der Treppe zündet sie sich eine Zigarette an. Die Sträucher wurden tatsächlich zurückgeschnitten. Aber nicht heute, es muss schon einige Tage her sein. Die Schnittstellen sind trocken und nachgedunkelt. Joachim Wagner unterschätzt sie eben.

Er steht am Fenster und winkt ihr, und Marta winkt ihm auch.

Marta ist einige Male um den Block gefahren, sie hat nirgendwo einen Parkplatz finden können, vielleicht sollte sie sich doch einen kleineren Wagen zulegen.

In unserem Viertel gibt es jetzt einen veganen Imbiss, sagt sie, das hätte dir bestimmt gefallen, Liebling. Ich bin mit Christoph verabredet. Du hast mal gefragt, ob mein Chef in mich verliebt wäre, weil er immer so komisch guckt. Und dann hast du ihn nachgemacht, und wir haben gelacht.

Ein Mopedfahrer fegt an Marta vorbei und hupt, und sie erschrickt. Christoph winkt ihr, er hat einen Tisch auf der Terrasse ergattert, und sie umarmen sich.

Er hat nicht gesagt, weshalb er sie treffen wollte. Vielleicht wieder wegen di Natale. Zuerst unterhalten sie sich über einen Film, den Marta im Fernsehen gesehen hat, und Christoph spricht über eine Reise, die er plant. Nach Lappland, mit einem Studienkollegen.

Warum hast du mich herbestellt?

Ich habe dich doch nicht herbestellt, sagt Christoph. Aber es gibt Neuigkeiten von der Familie di Natale. Die sind verschwunden. Sie haben den Sohn aus der Klinik geholt, und das Haus steht zum Verkauf. Angeblich sind sie nach Italien zurück.

Das ist sicher keine schlechte Idee, sagt Marta so gleichgültig wie möglich und rührt in ihrer Tasse.

Ich habe mich gefragt, was sie dazu bewogen haben könnte, sagt er und legt einen Datenstick auf den Tisch.

Christoph hat jetzt dieses Gesicht, mit dem er Verdächtige bei Verhören bluffte.

Und was ist da gespeichert?, sagt Marta.

Ein paar Dutzend Fotos und eine Audiodatei. Auf den Fotos sieht man, wie du die Familie di Natale aufgesucht hast. Und auf der Audiodatei ist deine Unterhaltung mit dem Alten aufgezeichnet.

Marta blättert die Speisekarte auf. Natürlich ist er wütend. Weil sie ihm nicht vertraut hat. Und weil sie sich in Gefahr brachte.

Ihr habt sie also observiert?

Was denkst du denn?, sagt er. Mit allem, was wir haben. Wanzen, Video, Personal, Telefon. Sie wollten sich an dir rächen, Marta. Und wie ich deinem Gespräch mit dem Patriarchen entnehmen durfte, haben sie es ja auch getan.

Ich wollte es selber regeln, sagt Marta.

Du könntest tot sein, sagt er.

Ich weiß.

Sie schweigen eine Weile. Marta macht sich nicht einmal mehr die Mühe, so zu tun, als schaute sie nach den Speisen.

Ich wollte einen Schlussstrich unter die Sache ziehen. Ich dachte, es ist eine Art Strafe, die ich jetzt verbüßt habe.

Du bist Polizistin, Marta. Du bist nicht bei der Mafia. Eigentlich müsste ich das melden. Und dann bist du deinen Job los.

Dann ist es eben so, sagt sie, und tatsächlich ist es ihr in diesem Moment gleichgültig.

Nein, sagt Christoph. Du wirfst deinen Job nicht hin wegen dieser Sache. Du bist eine fabelhafte Polizistin. Jedenfalls meistens.

Christoph dreht sich von ihr weg, auf der anderen Straßenseite klimpert ein Mann auf einer Gitarre.

Sie haben deine Botschaft verstanden, sagt Christoph. Deswegen sind sie abgehauen.

Ich möchte nach Hause, sagt Marta, und zum ersten Mal, seit sie weggezogen ist aus München, meint sie damit ihre Wohnung in Schwarzbach.

Okay, sagt Christoph. Verstehe. Ich wollte dir nur noch sagen, dass ich mich scheiden lasse. Ohne den Hund ist es mir auf Dauer zu lieblos zu Hause.

Er will lachen, aber es bleibt bei der Andeutung eines Lachens. Christoph schiebt die Hand über den Tisch und lässt sie auf der Mitte liegen.

Verstehe, sagt Marta und legt ihre Hand auf seine.

Es war ein Unfall, ich ...

Es ist verblüffend, dass sie einem Kerl wie Hannes Bachert diese Angst einflößen konnten, dass er sogar in dem Augenblick die Unwahrheit sagte, als die Sanitäter ihn zum Hubschrauber getragen hatten und seinen Arm in einer Kühlbox hinterher.

Aber dafür haben die Täter eine Menge anderer Fehler gemacht.

Marta ist mit dem Gutachter verschiedene Möglichkeiten durchgegangen. Die plausibelste ist, dass Hannes von mindestens zwei, vielleicht auch noch mehr Personen überwältigt worden ist und sie ihm den Arm abgesägt haben. Und ihm noch Schlimmeres angedroht haben, falls es das überhaupt gibt.

Joachim Wagner war nicht begeistert, als Marta ihn bat, nach Schwarzbach zu kommen. Erst als sie sagte, Neuigkeiten über Fritsche zu haben, willigte er ein. Aus dem Klinikum haben sie eine Probe von allem, was unter Hannes' Fingernägeln gewesen ist. Hautpartikel, die mit Joachims DNA übereinstimmen. Sie hat ihm ohnehin nicht geglaubt, dass die Verletzungen an seiner Stirn von den Sträuchern vor seinem Haus stammten. Es sind die Spuren vom Kampf mit Hannes Bachert gewesen.

Auf die Minute pünktlich fährt Wagner an der Polizeistation vor, nimmt einen Blumenstrauß vom Rücksitz, vermutlich ein Geschenk für sie wegen der Schallplatte.

Es kommt nicht oft vor, dass jemand zu seiner Verhaftung Blumen mitbringt, sagt Marta.

Er ist eben ein sehr freundlicher Kollege, sagt Hartmann und lacht.

Joachim ist irritiert, sie nicht alleine anzutreffen. Oehlert hat eine Präsentation vorbereitet, und sie sehen auf dem Bildschirm den Hof der Bacherts, den Hubschrauber, die Kreissäge voller Blut, den verlorenen Schuh, den abgetrennten Arm.

Joachim schaut, als ginge ihn all das nichts an. Erst als Oehlert das Foto zeigt, das alle still werden lässt, vollkommen still, und Joachim Wagner sich und sieben weitere Männer mit erigierten Schwänzen sieht, schüttelt er den Kopf. Er sieht es ja selber zum ersten Mal.

Macht das weg, sagt er, und Oehlert schaltet den Beamer aus.

Du hast in der Schreinerei deine DNA hinterlassen,

Joachim. Haare und Hautpartikel von dir unter Bacherts Fingernägeln. Hast du eine Erklärung dafür?

Wagner sitzt nur da wie ein großer unförmiger Stein, erstarrt vom Anblick des Fotos, erstarrt, dass ihn die Vergangenheit nach all diesen Jahren eingeholt hat.

Hannes Bachert wollte euch erpressen, sagt Marta. Wollte Geld sehen für die Fotos. Viel Geld. Vierzigtausend mindestens. So war es doch, oder?

Wagner reagiert nicht, er wirkt müde jetzt, wie um Jahre gealtert.

Hast du dir das mit der Kreissäge ausgedacht? Was habt ihr ihm angedroht? Es als Arbeitsunfall zu tarnen war keine schlechte Idee. Nur die Ausführung war schlampig.

Gegen so einen kräftigen Kerl wie den Hannes Bachert kommt doch ein alter Mann wie Sie nicht an, Wagner, sagt Hartmann. Wer war noch dabei?

Ich würde gerne einen Anwalt sprechen, sagt Joachim leise und schaut auf seinen Blumenstrauß.

Ich nehme dich jetzt fest, sagt sie. Wegen versuchten Mordes an Hannes Bachert.

Marta und Wagner bleiben in ihrem Büro zurück. Sie schaltet den Monitor aus, schenkt ihm Wasser nach und rückt das Bild von Charlotte und sich zurecht.

Wenn du mehr über den Fall Fritsche weißt, als in den Akten steht, könnte das deine Situation verbessern, sagt Marta.

Da gibt es nichts mehr zu verbessern, sagt Wagner.

KAPITEL 12

Du dachtest, Du hättest mich zum Schweigen gebracht. Aber ich schweige nicht, und ich werde niemals aufhören, meine Geschichte zu erzählen.
#JensF

Marta kniet auf dem Teppich und schaut in seine Augen. In dem Moment, als sich ihre Blicke treffen, stößt Phosphor ein Fauchen aus, Marta lacht, und der Kater flüchtet.

Es riecht muffig in der Wohnung. Sie lüftet und säubert das Katzenklo. Auf der Anrichte hat Hilde das Fressen für den Kater gestapelt, Marta zieht die Lasche von einer der Dosen. Der Geruch ist ekelhaft, sie atmet durch den Mund, lässt das Zeug in den Napf klatschen und stellt eine Schale Milch dazu.

Während der Kater die Milch schleckt, betrachtet Marta noch einmal dieses Foto. Hilde, Rose, Klaus und Jürgen Hartmann auf Mallorca. Zwei befreundete Ehepaare, die einen netten Abend zusammen verbringen, fröhlich, heiter, zu Späßen aufgelegt.

Nichts deutet auf dieses Zerwürfnis zwischen den Brüdern hin, das für Klaus Hartmann auf den Eisenbahngleisen endete und Jürgen beharrlich schweigen lässt.

Aus Gewohnheit zieht Marta einige Schubladen auf. Sie war als Kind schon neugierig. Sobald ihre Eltern die Wohnung verlassen hatten, zum Einkaufen oder für einen Spaziergang, hat Marta die Schubladen durchstöbert, zog sich an den Schränken hoch oder kroch unter die Betten. Und manchmal hat sie Dinge gefunden, von denen sie damals noch gar nichts verstand. Kondome, Gleitgel und einmal auch ein Pornoheft. Ein Mann und eine Frau auf der Motorhaube eines Renault. Dass ihr Vater sich später ausgerechnet dieses Modell kaufte, sogar in derselben Farbe, lässt Marta immer noch lächeln.

Für jeden ihrer Urlaube hat Hilde ein Album angelegt und launige Bemerkungen unter die Fotos geschrieben.

Mmmh, das schmeckt aber mal wieder; Wenn uns der Berg ruft; Die Vier von der Krankstelle, als beide Paare mit Schals und dampfenden Teetassen auf einer Terrasse sitzen, im Hintergrund ein Alpenpanorama.

Auf vielen Bildern stehen die Brüder beieinander, meist lächelnd oder sich umarmend, auf dem Tennisplatz, beim Beachvolleyball, einander zuprostend oder an einer Bar. Auf den Regalen stehen Liebesromane, Biografien und Thriller. Es gibt auch ein Fach für Bücher übers Segeln. Und ein Fotoalbum der Segelfreunde. Regh, Kosar, Fritsche, Hildes Mann, jedes Jahr in einem anderen Hafen, Can Pastilla, Port de Biarritz, Marina di Olbia, Guernsey.

Papa hat auch einen Segelschein. Marta mochte es, mit dem Boot rauszufahren, auch wenn ihr oft schlecht geworden ist. Sie nimmt ein Buch mit einem hübschen Einband vom Regal, auf dem Cover ist ein Boot mit prallen Segeln auf einem aufgewühlten Meer abgebildet.

Segeln – Technik, Ausrüstung und Navigation.

Sie könnte es noch mal mit dem Segeln versuchen und im Sommer einen Kurs belegen. In Slowenien, und vielleicht verträgt sie das Segeln inzwischen besser als damals. Marta will das Buch zurückstellen, als ihr auffällt, dass etwas zwischen den Seiten klebt. Etwas, das nicht in ein Buch übers Segeln gehört.

Fotografien. Von jungen Mädchen. Teenager in Jeans und Shirts. Arglos oder eitel in die Kamera lächelnd. Junge Mädchen von vierzehn, fünfzehn, sechzehn Jahren. Selfies, Schnappschüsse, Handyfotos. Charlotte und ihre Freundinnen hatten auch diese Phase, als sie sich bei allem und jedem fotografierten und die Bilder posteten.

Sei doch nicht so spießig, Mama, hat Charlotte gesagt, als Marta es einmal kritisierte.

Hinter einem blonden Mädchen mit einer Schultasche erkennt Marta den Wenzelsplatz in Prag. Ein anderes Mädchen posiert vor einer Reklametafel in tschechischer Sprache, und ein drittes Mädchen hält ein Mikrofon und singt. Harmlose Bilder, nichts Professionelles oder Pornografisches, einfach nur junge Mädchen, wie sie zu Millionen im Netz zu sehen sind.

Aber von einem Mann um die sechzig zwischen die Seiten eines Lehrbuchs übers Segeln geklebt, bekommen die harmlosen Fotos eine andere Bedeutung. Klaus Hartmann schrieb die Namen der Mädchen an die Bilder: Melissa, Natalie, Josi, Bea und so weiter.

Marta fotografiert die Seiten ab und erschrickt, als Phosphor plötzlich hinter ihr ist, den Rücken zu einem Buckel gebogen, der Kater faucht und weicht erst zurück, als sie einen schnellen Schritt in seine Richtung macht.

Den ganzen Tag schon hängen schwere, dunkle Wolken wie eine Drohung über dem Tal. Nur dass die Wolken nicht abregnen. Marta erledigt Bürokram, vertieft sich für einige Stunden in die Akte von Jens Fritsche, am Nachmittag klopft Johanna und wünscht ein schönes Wochenende.

Will du nicht mal wieder zu unserem Bibelkreis kommen, Marta?, sagt sie. Oder zu einem Vortrag von Herrn Koepsel?

Irgendwann bestimmt, sagt Marta.

Hat es dir nicht gefallen bei uns?

Doch, schon, sagt Marta, ich habe nur gerade andere Sachen im Kopf, ich...

... unser Herr heilt unsere geschundenen Seelen, er kann uns von unseren Schmerzen erlösen...

... ich denke darüber nach, ich...

... unsere Tür steht weit offen für dich. Der Herr segne dich, Marta.

Sie ist erleichtert, als Johanna die Tür hinter sich zuzieht. Marta schaut Charlotte an und sieht aus dem Fenster, wo Johanna den Parkplatz überquert, mit einem unheimlichen, irgendwie entrückten Lächeln.

Der Herr heilt unsere geschundenen Seelen.

Marta will nicht weinen und weint auch nicht. Aber es dauert eine Weile, bis sie sich gefasst hat.

Was weiß Johanna schon von ihrer Seele?

Später räumt Marta ihren Schreibtisch auf und fährt mit dem Rad zur Grenze. Es macht sie leicht, sie pumpt die Luft in die Lungen, entspannt sich und spürt ihre Muskeln. Die Sonne kommt doch noch heraus. Im Garten des Gasthofs hält Fritsches Tochter den Bogen, jeder Pfeil landet auf der Scheibe.

Bravo, sagt Marta, und das Mädchen schaut erschrocken auf, lässt den Bogen fallen, läuft weg und verschwindet durch eine Seitentür ins Haus.

Die Frau Kommissarin, welch eine Freude, sagt Fritsche, als Marta das Foyer betritt.

Ich bin mit dem Rad unterwegs, sagt Marta, da habe ich Ihre Tochter im Garten gesehen und gedacht, ich sage Ihnen mal einen Guten Tag.

Das klingt ja fast nach einem Kompliment, sagt Fritsche und fährt sich mit der Hand durchs Haar. Darf ich Ihnen etwas zu trinken anbieten, Frau Kommissarin?

Bis er mit einer Flasche und Gläsern zurückkommt, spielt Marta einige Bälle am Billardtisch.

Hoffentlich habe ich Ihre Tochter nicht erschreckt, sagt sie. Ich habe sie gelobt, weil sie so gut war beim Bogenschießen, und sie ist dann weggelaufen.

Barbara reagiert unberechenbar, sagt Fritsche, mal so, mal so.

Es ist sicher nicht einfach für Sie und Ihre Frau, sagt Marta. Eltern wünschen sich ja nichts mehr als gesunde Kinder.

Barbara geht es gut in ihrer Welt, sagt Fritsche, und seine Stimme klingt plötzlich scharf und ungeduldig.

Entschuldigen Sie, ich wollte Ihnen nicht zu nahe treten, ich ...

... Barbara weiß nicht, was in ihrem Kopf los ist. Sie lebt wie ein kleines Kind in den Tag hinein. Sie muss sich um nichts kümmern, sie spielt Dart, macht Bogenschießen und geht mit dem Hund spazieren. Das ist doch wohl ein schönes Leben, oder?

Natürlich, sagt Marta, und Fritsche lächelt und gibt sich wieder bestens gelaunt.

Und wie geht es Ihrer Frau, Herr Fritsche? Man sieht sie selten hier.

Ich sehe sie jeden Tag, sagt er. Warum sind Sie gekommen, Frau Kommissarin?

Fritsche schaut sie jetzt ungeniert an. Schaut auf ihr Gesicht, auf ihre Brüste, auf ihre Beine.

Ich wollte Ihnen das hier zeigen. Vielleicht gibt es einen Zusammenhang mit dem Mordfall Ihres Bruders, sagt Marta und schiebt das Foto über den Tisch. Es ist in Ihrem Partykeller entstanden, einige Tage, nachdem Ihr Bruder tot aufgefunden worden ist. Ihre Segelfreunde Regh und Kosar habe ich auf dem Bild erkannt, die anderen nicht.

Fritsche beugt sich vor, betrachtet das Foto der onanierenden Männer wie eine amüsante Erinnerung.

Da sahen die Jungs noch richtig frisch aus, sagt er und lacht.

Erkennen Sie außer Regh und Kosar noch andere, Herr Fritsche?

Den da, sagt er und zeigt auf Joachim. Das ist der Kommissar, der die Ermittlungen führte.

Haben Sie sich nicht gewundert, dass der Kollege Wagner in Ihrem Haus an solchen Partys teilnimmt?

Fritsche lehnt sich zurück, legt die Arme auf die Rückenlehne des Sofas, seine Selbstgewissheit ist verblüffend.

Ich habe gesagt, dass ich den Kommissar auf dem Foto erkenne. Aber nicht, dass ich ihn in unserem Partykeller gesehen habe.

Sind Sie sicher?

Was heißt schon sicher. Den habe ich jedenfalls hier nicht gesehen. Allerdings wurden die Partygäste auch diskret herein- und wieder herausgeführt. Und zwar durch den Lieferanteneingang. Mein Bruder und ich haben uns nicht darum gekümmert.

Vielleicht sagt Fritsche sogar die Wahrheit, denkt sie. Petra hatte die Fritsche-Brüder ja auch nie gesehen, wenn sie die Pillen oder das andere Zeug anlieferte.

Ist Ihnen der Kommissar später noch einmal irgendwo begegnet, Herr Fritsche?

Erst vor Kurzem, sagt er und lacht. Er stand plötzlich in der Tür. Ich hätte ihn beinahe nicht erkannt, er sieht aus wie ein Hippie. Angeblich hat er eine Band hier irgendwo in der Gegend und sagte, er käme jetzt öfter mal für eine Übernachtung vorbei. Ein angenehmer Mensch, finde ich. Liegt irgendetwas gegen ihn vor?

Sagen Sie es uns, Herr Fritsche.

Ich habe keine Ahnung, was diese Typen treiben.

Erkennen Sie jemand von den anderen Männern?

Ich habe mit diesen Dingen nicht allzu viel zu tun gehabt, Frau Kommissarin.

Haben Ihre Segelfreunde Regh und Kosar Ihnen erzählt, dass Sie bei den Partys hier im Gasthof waren?

Haben sie nicht, sagt er. Aber man kann es sich ja eigentlich denken. Ich weiß nicht genau, was die hier treiben. Ist mir auch egal. Ich stehe eher auf Frauen, Frau Kommissarin.

Wieder dieser Blick. Als könnte er durch ihre Kleider hindurchsehen.

Dann danke ich für Ihre Auskünfte, Herr Fritsche.

Gerne, sagt er. Darf ich Ihnen auch eine Frage stellen, Frau Kommissarin?

Natürlich, sagt Marta und steckt das Foto ein.

Wenn Sie ein Bild anschauen wie dieses, acht junge ansehnliche Männer, die ihre pralle Männlichkeit zur Schau stellen. Macht Sie das an?

Tom ist auf die Minute pünktlich. Wie immer. Als Marta sich in ihn verliebte, wartete er vor dem Haus, wenn er zu früh zu ihren Verabredungen erschienen war. Damals hatte Tom den federnden Gang eines Sportlers, er spielte Tennis, Fußball und Volleyball, jetzt aber sind seine Schritte schwer wie die eines um viele Jahre älteren Mannes.

Du hättest den Aufzug nehmen können, sagt Marta.

Die sind für dich, sagt er und ringt um Luft.

Er ist immer aufmerksam gewesen. Oft hat er ihr kleine Geschenke mitgebracht oder sie überraschend in Restaurants oder Bars eingeladen. Es ist ein hübscher Strauß. Rote Rosen. Marta muss sie nicht zählen, sie weiß auch so, wie viele es sind.

Einundzwanzig. Für jedes Jahr eine.

Darf ich?, sagt Tom, und Marta nickt, und sie küssen sich mit geschlossenen Lippen.

Schön hast du es hier, sagt er, während sie nach einer Vase sucht.

Tom weiß, dass die Wohnung nicht schön eingerichtet ist. Sondern lieblos und unpersönlich. Ganz anders als die Wohnung, die sie zusammen in München hatten. Marta findet keine Vase, also befüllt sie einen Krug mit Wasser und stellt die Rosen hinein. Als es schellt.

Das wird die Pizza sein, sagt Marta.

Der Bote schwitzt, aber das Trinkgeld lässt ihn lächeln. Tom schenkt Wein ein, und Marta startet eine Playlist mit Klaviermusik.

Extra Oregano, extra Schinken, sagt sie.

Danke, dass du daran gedacht hast, sagt er, und sie stoßen mit den Weingläsern an.

Tom erzählt von einem Lastwagen, der auf der Autobahn Orangen verlor. Er war immer schon gut im Geschichtenerzählen. Als sie noch ein Kind gewesen war, hatte Charlotte es kaum erwarten können, dass ihr Vater nach Hause kam und eine Gutenachtgeschichte erzählte.

Ich denke jeden Tag an sie, sagt Tom. Es ist mehr, als ein Mensch ertragen kann.

Ich hatte gehofft, es würde mit der Zeit weniger wehtun, sagt Marta. Aber man gewöhnt sich nur daran, dass es wehtut.

Ich hätte sie nicht alleine laufen lassen dürfen, sagt Tom.

Sie haben so oft schon darüber gesprochen. Beinahe mit denselben Worten. Wie Schauspieler, die immer wieder dasselbe Stück aufführen.

Weil du schneller laufen konntest und Charlotte Seitenstiche bekam, wenn sie mit dir mithalten wollte, sagt Marta.

Ich hätte doch langsamer laufen können, sagt Tom.

Und ich hätte früher nach Hause kommen können, sagt sie. Dann wäre ich mit ihr gelaufen.

Zwischen ihren Worten sind lange Pausen, in denen die Musik den Raum füllt. Marta kann nicht länger am Tisch sitzen, sie legt das Besteck zur Seite, geht ans Fenster, schaut hinaus und setzt sich dann wieder.

Wie oft habe ich Charlotte gesagt, sie soll keine Kopfhörer tragen beim Laufen, sagt er. Was glaubst du, warum der Mensch die Ohren nicht verschließen kann, habe ich gesagt. Weil er sonst die Gefahr nicht hört.

Marta weiß, was Tom als Nächstes sagen wird. Wort für Wort könnte sie es vorhersagen, wie ein auswendig gelerntes Gedicht.

Du bist echt krass, Papa, hat Charlotte gesagt. Ihr macht euch viel zu viele Sorgen, ihr Süßen. Ich bin doch kein Kind mehr.

Tom schenkt Wein nach, und jetzt ist er es, der aufsteht und aus dem Fenster schaut.

Eine schöne Aussicht hast du, Marta. Ist der Ort hübsch?

Ja, sagt sie. Einigermaßen hübsch.

Es muss ja nicht für ewig sein, sagt er.

An Charlottes letztem Geburtstag hatten wir auch Pizza, sagt Marta. Weißt du noch?

Natürlich weiß ich das, sagt Tom. Ihr seid voll peinlich, hat Charlotte gesagt. Wie kann man nur Schinken essen? Dafür werden Schweine getötet.

Charlotte war ein Mensch, der nie sterben sollte, sagt Marta. So wunderbar war sie.

Tom bleibt vor dem Regal stehen. Marta ist noch nicht dazu gekommen, die Bücher zu sortieren. Vielleicht wird sie es nie tun.

Musst du viel machen im Job?, sagt er.

Hier passieren die schrecklichsten Dinge, sagt Marta. Neulich wurde eine Mülltonne gestohlen.

Sie lachen. Marta könnte einiges erzählen, was nicht zum Lachen wäre. Der Unfall mit dem Rad. Cislarczyk. Di Natale, der Killer, den sie auf sie ansetzten, und dass sie vergewaltigt wurde. Sie könnte über Jens Fritsche reden oder über Hannes, dem sie den Arm absägten. Aber Marta schaut Tom bloß an und versucht, sich daran zu erinnern, warum sie sich in ihn verliebte damals.

Vielleicht wäre es besser gewesen, ich hätte das Schwein im Gericht abgeknallt, sagt Tom.

Du weißt, warum du es nicht getan hast, sagt Marta.
Weil ich zu feige war?
Nein, sagt sie. Weil es nichts geändert hätte.
Tom nippt an seinem Wein und zündet sich eine Zigarette an.
Rauchst du wieder?, sagt sie.
Leider ja, sagt er. Und du?
Manchmal.
Ich liebe dich noch immer, Marta.
Das sagt er auch jedes Mal. Und jedes Mal antwortet sie ihm nicht.
Es ist gleich zwölf, sagt Marta und schenkt den Prosecco ein.
Sie stellen sich vor Charlottes Foto und behalten die Uhr im Blick.
Herzlichen Glückwunsch, Liebling. Zum Einundzwanzigsten, sagt Marta.
Sie stoßen an, stellen die Gläser ab und umarmen sich. In ihren Augen schwimmen Tränen. Ihre Umarmung ist wie eine Erinnerung an eine schöne, aber vergangene Zeit. Marta spürt das Klopfen seines Herzens. Das Leben läuft einfach weiter. Ohne Charlotte. Läuft immer weiter, weiter und weiter.
Ich muss dir etwas sagen, sagt Tom, als er seine Jacke vom Haken nimmt.
Geht es um diese Frau?, sagt Marta. Dann will ich es nicht hören.
Nein, sagt Tom. Es geht um mich. Ich werde weggehen von hier. Allein. Nach Norwegen. Ich habe einen Job auf einer Ölplattform angenommen. Sie zahlen Ingenieuren unverschämt viel Geld. Und ich dachte ... ach, ich weiß nicht, was ich dachte.
In Norwegen ist es dunkel, sagt Marta. Du wolltest doch immer in die Sonne.
In die Sonne wollte ich mit dir, sagt er.

Für einen langen Augenblick spielt Marta mit dem Gedanken, Tom heute zu sich ins Bett zu holen. Dass sie sich halten könnten und nicht alleine bleiben in dieser Nacht, an Charlottes Geburtstag.

Was denkst du?, sagt Tom.

Auf Wiedersehen, sagt Marta.

Tom küsst sie, seine Zunge zwängt sich zwischen ihre Lippen, sie erwidert seinen Kuss, aber nur aus Gewohnheit.

Es tut mir sehr leid, sagt er. Ich habe alles falsch gemacht.

Das hast du nicht. Danke, dass du da warst, sagt sie und schließt die Tür hinter ihm.

Marta zieht eine der Rosen aus dem Krug und schaut auf die Straße. Es ist dunkel, die Laternen machen ein fahles Licht. Tom hat ein neues Auto. Einen Sportwagen. Schick. Der Geruch der Rosenblätter, die Marta zwischen den Fingern zerquetscht, steigt ihr in die Nase.

Ein wunderbarer, intensiver Duft.

Auf der Autobahn hört Marta Lieder von einem slowenischen Popstar. Auch wenn sie nicht dort geboren wurde, sondern in einem Krankenhaus in der Nähe von München, überkommt sie manchmal die Sehnsucht nach diesem winzigen, zwischen Italien und Kroatien eingeklemmten Land. Vielleicht hat sie aber auch einfach nur Sehnsucht nach Vid. In den letzten Tagen haben sie sich eine Menge Nachrichten geschickt, und Vid hat sie immer wieder zum Lachen gebracht und ihr Komplimente gemacht. Als lägen all diese Jahre gar nicht zwischen ihnen.

Es ist nur wenig Verkehr, und Marta lässt den Wagen entspannt dahinrollen. Sie hat es nicht eilig. Letzte Nacht hat sie von Tom geträumt. Sie haben ein zweites Mal geheiratet. Seltsamerweise hat Tom ihr Hochzeitskleid getragen und sie seinen Anzug. Und statt Kindern haben sie einen Haufen Katzen bekommen, die alle wie Phosphor aussahen.

Sie lächelt und fährt von der Autobahn ab. Das Areal befindet sich gleich hinter der Ausfahrt, es gibt Fast-Food-Restaurants, Autohändler, Outlet-Stores und einen Tapeten-Discounter. Ein Linienbus ohne Räder ist eine Imbissbude, und auf der Leuchtreklame des Bordells blinkt eine Neonreklame, *Love & Nest*.

Marta parkt hinter dem Drogeriemarkt, und während sie noch darüber nachdenkt, wie sie es angehen soll, kommt Fritsches Schwester nach draußen. Der Wind bläht ihren Kittel auf, Jutta Janzik zündet sich eine Zigarette an, lehnt an der Hauswand und sonnt sich.

Tut mir leid, wenn ich Sie in Ihrer Pause störe, sagt Marta.

Fritsches Schwester öffnet ein Auge und schließt es gleich wieder.

Was wollen Sie denn hier?

Ich habe noch ein paar Fragen. Zum Beispiel, wie es Jens mit den Mädchen hielt.

Habe ich Ihnen das nicht schon gesagt?, sagt Fritsches Schwester. Ich weiß nichts von irgendwelchen Mädchen. Jens war schüchtern, der hat sich an keine rangetraut.

Sie hustet und wirft die Kippe zwischen die Einkaufswagen.

Bei seiner Beerdigung habe ich gedacht, dein Bruder ist ungeküsst gestorben, sagt sie und lacht heiser und hustet wieder.

Charlotte hatte eine Weile einen Freund. Ein netter Junge aus der Nachbarschaft. Ob sie miteinander geschlafen haben? Vermutlich nicht, Charlotte hätte es ihr sicher gesagt, denkt Marta. Sie sagten sich ja fast alles.

Ist alles okay mit Ihnen, Frau Kommissarin?, sagt Fritsches Schwester. Sie wirken irgendwie weggetreten.

Entschuldigen Sie bitte, sagt Marta. Ich musste gerade an etwas denken.

Ich muss dann mal wieder an die Arbeit, sagt Fritsches Schwester.

Wir haben Zeugenaussagen von zwei damals sehr jungen Frauen, sagt Marta. Sie behaupten, Jens habe sie vergewaltigt.

Seine Schwester schaut auf ihre Schuhe, sie spielt mit einem Stein, kickt ihn weg, mit einem metallischen Rasseln prallt der Stein gegen einen Einkaufswagen.

Wieso schnüffeln Sie hinter Jens her, Frau Kommissarin? Ich dachte, Sie suchen seinen Mörder.

Das tun wir auch, sagt Marta. Aber es ist wichtig, zu wissen, wie sich das Opfer verhalten hat.

Die Weiber lügen, sagt Jutta Janzik. Jens war ein lieber schüchterner Junge. Und damit fertig.

Ein untersetzter Mann in einem fleckigen, eigentlich weißen Kittel stößt die Tür auf.

Kommst du langsam mal wieder rein, Fräulein?, sagt er. An der Kasse stehen sich die Kunden die Beine in den Bauch.

Ich hab Pause, Chef, sagt Fritsches Schwester.

Aber du hast nicht Urlaub, sagt er und knallt die Tür zu.

Blöder Wichser, sagt Jutta Janzik und zündet sich eine neue Zigarette an.

Kennen Sie eines dieser Mädchen?, sagt Marta und zeigt ihr auf dem Handy die Fotos, die sie in Hildes Wohnung gefunden hat.

Was sind das denn für blöde Gänse?, sagt Fritsches Schwester. Zeigen die sich so im Internet? Dann müssen die sich nicht wundern, wenn die Kerle über sie herfallen wie wilde Tiere.

Haben Sie eines dieser Mädchen schon mal gesehen?

Die da. Die mit dem Mikrofon. Die heißt Bea. Die wollte Sängerin werden.

Und woher kennen Sie sie?

Die hat im Gasthof gewohnt. Die war angeblich ein Pflegekind von meinem Bruder und seinem Mäuschen.

Damit ihre debile Tochter jemand zum Spielen hat. Wahrscheinlich ging's aber nur um die Kohle, die sie für die Pflege gekriegt haben.

Wann war das?

Vor ungefähr drei Jahren, sagt Fritsches Schwester. Da wohnte meine Mutter noch im Gasthof. Deswegen war ich da hin und wieder. Aber seit die Mutti im Heim ist, habe ich kein Bedürfnis mehr, meinen Bruder und sein Mäuschen zu treffen.

Wissen Sie, was aus dem Mädchen geworden ist?

Keine Ahnung, sagt sie.

Wieder fliegt die Tür auf, und wieder steht der Filialleiter im Rahmen.

Wenn du nicht sofort reinkommst, Fräulein, dann bist du fristlos entlassen, sagt er.

Sie fahren durch leere, düstere Dörfer. Hier und da stützen die Alten die Ellenbogen auf die Kissen und schauen den vorbeifahrenden Autos hinterher.

Warst du mal in der DDR?, sagt Oehlert.

Nein, nie, sagt Marta. Mein Vater hatte genug vom Sozialismus.

Ich war noch zu jung, sagt Oehlert. Seltsam, wie ein Land einfach so verschwinden kann.

Meine Familie kommt aus Jugoslawien, sagt Marta. Das gibt es auch nicht mehr. Aber Papa hat sowieso immer gesagt, er wäre Slowene und kein Jugoslawe.

Das Navi zeigt das Dorf an, nicht aber die Straße. Oehlert hält an einem Imbiss, sie bestellen Kaffee und fragen nach dem Weg.

Seid ihr von einer Plattenfirma?, sagt die Verkäuferin.

Wie kommen Sie darauf?, sagt Marta.

Weil die Bea-Star da wohnt, wo ihr hinwollt. Singen kann die. Die ist nur zu empfindlich. Als die hier im Imbiss aufgetreten ist, hat einer gepfiffen, und sie hat gleich angefangen zu heulen.

Sie fahren dann noch eine Weile über die Landstraße, bis Oehlert in einen Feldweg einbiegt. Der Wagen ächzt in den Schlaglöchern. Das Haus ist graubraun verputzt, es könnte auch eine Doppelgarage sein. Vor der Tür parkt ein kleiner Ford, die Karosserie ist übersät von Rostflecken. Ein Hund kläfft ihnen entgegen, weicht aber mit jedem Schritt, den sie näher kommen, zurück. Aus dem Haus dröhnt Musik, die plötzlich abbricht, und ein großer dürrer Mann zieht die Tür auf.

Halt's Maul, sagt er zu dem Hund. Und was seid ihr für Gestalten?

Haben Sie auch einen Namen?, sagt Marta, als sie ihren Dienstausweis zeigen.

Ich heiße Rainer Naumann, sagt er. Was wollt ihr hier?

Wir möchten Frau Beate Starek sprechen.

Hier läuft gerade eine Recording-Session. Kommt morgen wieder. Oder besser nie.

Sie haben mich falsch verstanden, Herr Naumann, sagt Marta. Wir wollen Beate Starek jetzt sofort sprechen.

Naumann schaut überrascht. Als sei er nicht daran gewöhnt, dass ihm jemand widerspricht.

Na gut, sagt er, wenn Sie mich so freundlich bitten, Frau Polizistin.

Die Wohnung besteht aus einem einzigen Raum. In einer Ecke eine Kochnische, in einer anderen Ecke Matratzen und Schlafsäcke. Die Einrichtung wurde zusammengewürfelt aus Stühlen, Sesseln, Kommoden und Schränken. In einem Napf liegt Hundefutter, auf der Anrichte steht ein Fernseher mit Antenne. Und in der Mitte von allem – wie ein Altar – ein Mischpult mit einem Chefsessel davor.

Das sieht ja super aus, sagt Oehlert.

Verstehst du was von Musik?, sagt Naumann.

Ich spiele E-Gitarre, sagt Oehlert.

Habe ich auch noch nicht gehört, dass ein Bulle E-Gitarre spielt, sagt Naumann und lacht, und Marta sieht die Lücke zwischen seinen Zähnen.

Unter seinem Shirt wölben sich Muskeln, die Arme und sein Hals sind voller Tattoos, an den Handgelenken klirren Silberreifen. Während Bea schmal und klein ist und ihm nicht mal an die Brust reicht. Neben dem Mann wirkt sie wie ein Kind. Bea ist neunzehn und schaut müde aus. Unter ihre Augen haben sich dunkle Ränder gegraben, die Haare hängen ihr in Fransen herunter, die Lippen rissig.

Sind Sie Beate Starek?, sagt Marta.

Ja, aber alle nennen mich Bea-Star. Wir nehmen gerade ein neues Lied auf. Es heißt *Sonne, Mond und Glück*. Rai hat es komponiert. Spiel es doch mal vor, Schatz.

Vielleicht später mal, sagt Naumann und legt die Hand in ihren Nacken.

Wollen Sie was trinken?, sagt Bea. Wir haben aber nur Tee. Wir essen keine Tiere und trinken auch keine Milch von Tieren.

Wäre es möglich, dass wir alleine mit Ihnen sprechen, Bea?, sagt Marta.

Sie schaut zu Naumann, und Marta bemerkt das Flackern in ihren Augen, vielleicht hat sie irgendetwas geschluckt.

Gehe ich dann so lange vor die Tür, oder wie stellt ihr Spaßvögel euch das vor?, sagt Naumann.

Gute Idee, sagt Oehlert. Sie könnten einen Spaziergang mit Ihrem Hund unternehmen und sich neue Hits ausdenken.

Hits fallen mir nur im Bett ein. Mit einem Glas Wein in der Hand und einer schönen Frau im Arm. Das ist Rock'n'Roll, stimmt's, Baby?

Naumann umfasst Beas Hüfte, hebt sie von den Füßen, hebt sie zu sich hoch, küsst sie auf den Mund und stellt sie zurück wie ein Möbelstück.

Was soll ich denen denn jetzt sagen, Rai?

Was möchtest du denn sagen, Baby?

Dass du hierbleiben sollst.

Sie haben es gehört, sagt Naumann und grinst.

Gut, sagt Marta. Dann versuchen wir es. Bea, Sie waren Pflegekind bei den Fritsches auf dem Gasthof?

Woher wissen Sie das?

Antworten Sie einfach auf meine Fragen, sagt Marta.

Soll ich, Rai?

Sag's ihr, Baby.

Ja, ich war in Pflege da. Meine Eltern konnten sich nicht um mich kümmern.

Wie alt waren Sie?

Fünfzehn.

Und warum konnten sich Ihre Eltern nicht um Sie kümmern?

Muss ich das sagen?

Sonst schauen wir in den Akten nach, sagt Marta.

Meine Eltern waren im Gefängnis.

Beide?

Ja, aber nicht im selben Gefängnis.

Und weshalb?

Was mit Drogen.

Bei jeder Frage schaut Bea zu Naumann. Wie lange sie bei den Fritsches war? Ob sie ein eigenes Zimmer hatte? Ob sie arbeiten musste? Ob man sie gut behandelte?

Die Franziska war lieb zu mir.

Und die anderen nicht?

Was soll ich denn jetzt wieder sagen, Rai?

Dass du dich mit der Barbara nicht verstanden hast. Dass die eifersüchtig war auf dich.

Ach ja, das stimmt. Mit der Barbara habe ich mich nicht verstanden, sagt Bea. Die war gemein zu mir.

Und da hab ich sie zu mir genommen, sagt Naumann. Auch wegen der Mucke. Hab ja gleich Beas Talent erkannt. Die kommt noch ganz groß raus, nicht wahr, Baby?

Und woher kennen Sie die Familie Fritsche, Herr Naumann?, sagt Marta.

Kai und ich hatten eine Band. Kai war der Drummer.

Naumann zieht ein Foto von der Pinnwand in der Küchenecke.

Hier, sagt er. The Bulldogs.

Vier junge Männer und eine Frau. Alle um die zwanzig. Naumann überragt die anderen, Fritsche hatte lange Haare und lächelte damals schon sein Lächeln.

Haben Sie bei den Fritsches auch noch irgendetwas anderes gemacht, Bea?

Wie meinen Sie das?

Irgendwas, was vielleicht nicht in Ordnung war? Was Ihnen nicht gefallen hat?

Bea schüttelt den Kopf, und Naumann fasst nach ihrer Hand.

Aua, sagt Bea. Du tust mir weh.

Wollte ich nicht, Schatz. Sorry.

Jetzt habe ich vergessen, was Sie mich gefragt haben, sagt Bea.

Ob auf dem Hof irgendwas geschehen ist, was Ihnen nicht so gut gefallen hat?

Da wäre ich jetzt aber mal vorsichtig bei der Frage, sagt Naumann. Was soll der Bea denn nicht gefallen haben?

Mir hat alles gefallen, sagt sie. Außer wenn die Barbara mich geärgert hat.

Okay, sagt Marta und klappt das Notizbuch zu. Dann vielen Dank.

Naumann nickt, scheint überrascht, dass es vorbei ist. Marta nimmt ihre Jacke und geht zur Tür.

Ist das ein Yamaha-Pult?, sagt Oehlert. Respekt. Was kostet so was?

Bitte nicht anfassen, sagt Naumann.

Lassen Sie doch mal was hören, sagt Oehlert.

Kein Bock.

Mach schon, Rai, sagt Bea. Das ist doch nett gemeint.

Naumann schiebt den Sessel ans Mischpult, und Marta zieht die Haustür auf. Der Hund bellt, und aus dem Haus dröhnen Schlagzeug und Gitarren.

Wie heißt er denn?, sagt Marta.

Er heißt Rainer. Aber ich nenne ihn Rai.

Nein, ich meine den Hund.

Ach so, der heißt Blacky.

Was ist Ihnen passiert bei den Fritsches?

Sie können Bea zu mir sagen.

Okay. Was ist dir bei den Fritsches passiert, Bea?

Nichts.

Ich glaube, da ist was passiert, worüber du nicht reden willst. Oder hat Rai es dir verboten?

Der Hund leckt Beas Hand, während ihr Tränen in die Augen steigen, sich sammeln und ihr dann übers Gesicht rinnen.

Rai sagt, eine Sängerin soll lächeln und nicht weinen.

Marta geht einen Schritt vor und nimmt sie in den Arm. Bea ist kleiner als sie und zittert am ganzen Körper.

Was ist passiert, Bea?

Gefickt haben die mich. Immer wieder. In dem Partykeller. Die haben mich gefesselt und mir Sachen reingesteckt. Und mich angespritzt. Und mir wehgetan.

Was waren das für Männer?

Weiß nicht. Die hatten Masken auf oder Motorradhelme. Manche haben auch Tschechisch gesprochen. Rai hat mich da rausgeholt.

Rainer?

Der war auch einer von denen. Aber der hat sich in mich verliebt.

Hast du sonst noch jemand erkannt, Bea? War Fritsche dabei?

Nein, nie.

Sicher?

Ja. Aber einen habe ich gesehen, als der den Motorradhelm abgenommen hat. Und ich bin dann zur Polizei.

Du warst bei der Polizei?

Ja. Aber danach hat Rai gesagt, er wäre in mich verliebt und ich soll zu ihm ziehen, und er sorgt für mich und nimmt eine Platte mit mir auf. Er sagt, ich bin seine Muse. Ist das nicht süß?

Warst du bei der Polizei in Schwarzbach, Bea?

Ja.

Wie sah der Polizist aus?

Der war dick und hatte rote Haare. Zuerst habe ich gedacht, das ist ja der, den ich erkannt habe von den Männern.

Was?

Ja, aber das war der nicht. Der sah dem nur ähnlich.

Hast du ihm das gesagt?

Ja, aber der Polizist hat gesagt, er kennt keinen, der ihm ähnlich sieht.

Marta zieht das Handy aus der Tasche, scrollt durch die Fotodatei, zeigt Bea das Foto von Jürgen und Klaus Hartmann.

Ist der da der Polizist?

Ja.

Und der andere? Ist das der, den du in dem Partykeller gesehen hast?

Ja. Sind die Zwillinge?

Nein, Brüder. Die sich nur sehr ähnlich sehen ...

... Bea!

Die Musik dröhnt über den Hof. Bea hat wirklich eine hübsche Stimme, *Sonne, Mond und Glück*. Naumann läuft auf sie zu, der Hund rennt ihm entgegen, springt an ihm hoch.

Was ist hier los?

Nichts, Rai, nichts. Wir haben nur mit dem Hund gespielt. Die Kommissarin will sich vielleicht auch einen Hund kaufen.

Was hast du ihr gesagt?

Nichts, Rai. Wirklich nichts.

Naumann nickt, ist außer Atem, schaut sie nacheinander an.

Versucht nicht, mich zu verarschen, ihr Scheißbullen.

Ich finde, das ist ein sehr schönes Lied, sagt Marta. Ich glaube, es könnte ein Hit werden.

Hilde hat Blumen und eine Flasche Wein vor Martas Wohnungstür gestellt.

Mit dem Wein hatten Tom und sie angefangen, als die Betäubung abgeebbt war. In den ersten Wochen hatten sie sich wie unter einer Schutthalde gefühlt. Verschüttet. Das Leichenschauhaus, das Grab, der Friedhof, die Beerdigung, all das hatte Marta wie durch einen Schleier gesehen, unscharf und unwirklich. Worte waren nicht zu ihr durchgedrungen, es waren Worte geblieben, Worte ohne Sinn und Bedeutung.

Und dann hatte Tom die erste Flasche Wein aufgemacht. Dann immer mehr Flaschen. Und mit einem Mal hatte sich ihr Leben leichter angefühlt, beinahe so, als sei Charlotte doch noch irgendwo da, als schwebte sie über ihnen wie ein zweites Leben neben ihrem wirklichen Leben. Sie tranken jeden Abend. Gleich nach Einbruch der Dunkelheit. Dann war es Sommer geworden, der erste Sommer ohne Charlotte, und sie hatten mit dem Wein nicht mehr auf die Dunkelheit warten können, und als der Sommer zur Neige ging, hatte Tom gesagt, er sei in eine andere verliebt.

Marta öffnet die Flasche. Sie mag den Duft und schaut aus dem Fenster, während der Wein in den Ausguss gluckert. Der Himmel ist fast durchgehend schwarz, bis auf den Mond, an dem der Wind die Wolken vorbeitreibt. Nach Charlottes Geburtstag hatte Tom noch einige Male versucht, sie zu erreichen. Aber Marta hatte es klingeln lassen. Jetzt wählt sie seine Nummer, und er meldet sich sofort.

Bist du gut angekommen?, sagt sie.

Ich bin in einem Hotel in Hammerfest. Morgen geht's mit dem Hubschrauber auf die Bohrinsel. Und wie geht es dir?

Es gibt mehrere mögliche Antworten. Ehrliche, weniger ehrliche, unehrliche. Marta hört seinen Atem. In der Leitung ist auch noch ein feines Rauschen, als würde langsam die Luft aus einem Reifen entweichen.

Wie gefällt es dir in Norwegen?, sagt sie.

Wie du es gesagt hast. Es ist einsam und dunkel. Fast den ganzen Tag. Ich wäre lieber bei dir, Marta.

An die Stelle des Rauschens legt sich ein feines helles Knistern. Als raschelte jemand mit Papier.

Ich vermisse dich, sagt er.

Ja, sagt Marta.

Vermisst du mich auch?

Es wird still zwischen ihnen. Marta schaut auf das Kleid an dem Haken über der Tür, das sie bei Hannes und Petra trug. Sie schaut auch noch auf das Bild von Piran, die Bucht, das Meer, die Dächer der Häuser.

Nein, Tom, sagt Marta. Ich vermisse dich nicht.

KAPITEL 13

Meine Mutter hat mich geboren und mir mein Leben
geschenkt. Du hattest kein Recht, mein Leben
und das Leben meiner Mutter zu zerstören. #JensF

Der Geruch verschlägt ihr den Atem. Urin, Schweiß, die Ausdünstungen zu lange getragener Kleidung. Der Geruch der Greise, die mit hängenden Köpfen über die Flure schlurfen oder in Rollstühlen geschoben werden. Die junge Frau an der Rezeption zeigt Marta den Aufenthaltsraum.

Fritsches Mutter sitzt schon da. Sie trägt einen ausgeblichenen, vielleicht einmal rosafarbenen Morgenmantel, Thrombosestrümpfe und gelbe Pantoffeln. Ihre Haut ist transparent wie Pergamentpapier, die Knochen und Venen schimmern durch. Fritsches Mutter hat Mühe, den Kopf gerade zu halten.

Ich freue mich, Sie zu sehen, sagt Marta.

Die alte Frau schaut auf, schaut sich um, als sähe sie den Aufenthaltsraum zum ersten Mal.

Gelegentlich hat unsere Frau Fritsche noch klare Momente, hat die Heimleiterin gesagt. Aber es wird von Tag zu Tag seltener.

Jutta?

Ich bin nicht Jutta, Frau Fritsche. Ich heiße Marta.

Dich habe ich aber lange nicht gesehen, Jutta, sagt Fritsches Mutter und streckt die Hände nach Marta aus. Die

Hände sind kalt und vibrieren. Warum hast du deine Mutti so lange nicht besucht, mein Kind?

Sie schluchzt auf, der Pfleger zieht die Schultern hoch, er geht in den Innenhof und zündet sich eine Zigarette an.

Die Jungs lassen sich auch nicht mehr blicken, sagt Fritsches Mutter.

Kai hat im Gasthof viel zu tun, sagt Marta.

Kai? Nein. Der Jens hat doch den Gasthof. Der Jens und die Franziska. Die lässt sich auch nicht mehr bei mir blicken.

Aber der Kai und die Franziska sind doch …

… du bringst alles durcheinander, Jutta. Der Jens war in die Franziska verliebt. Doch nicht der Kai, sagt die alte Frau und lacht, es ist eher ein Hüsteln als ein Lachen.

Wirklich?, sagt Marta.

Und wie verliebt der war. Der Jens hatte sogar ein Foto von der Franziska unter der Matratze. Das habe ich beim Bettenmachen gefunden. Und dann hat er die Franziska geheiratet.

Und nicht der Kai?

Der ist doch nach drüben gegangen. Über die Grenze. Der wollte doch wieder nach Hause. Nach Krassnitz. Keiner lässt sich hier mehr blicken. Keiner.

Bist du sicher, Mutti? Dass nicht der Kai die Franziska geheiratet hat und der Jens weggegangen ist?

Fritsches Mutter schaut auf. Ihre Augen sind trüb und müde.

Warum sagen Sie Mutti zu mir? Wer sind Sie eigentlich?

Ich heiße Marta, und ich bin …

… Hilfe, ruft Fritsches Mutter. Hilfe. Hilfe.

Der Pfleger sieht durchs Fenster zu ihnen herein und tritt die Kippe aus.

Was ist denn los, Oma?, sagt er.

Das ist gar nicht die Jutta. Das ist eine Betrügerin, sagt Fritsches Mutter.

Dann bringe ich dich jetzt aufs Zimmer, Oma.
Ja, sagt sie. Und wo bleibt der Papa?
Der ist doch im Himmel, sagt Marta.
Nein, sagt Fritsches Mutter, der Papa ist in der Hölle.

Sie lacht, der Pfleger löst die Bremse und schiebt den Rollstuhl zum Aufzug. Die Schiebetüren schwingen auf, Marta saugt die Luft ein, und jetzt erst, während sie über ihre Idee nachdenkt, bemerkt Marta, wie heiß ihr ist.

Auf der Rückfahrt hat Oehlert gefragt, ob sie von Bea-Star irgendetwas Neues erfahren habe. Und Marta hat überlegt und dann Nein gesagt.

Wir haben uns wirklich nur über die Hunde unterhalten.

Mit Hartmann hat sie auch nicht darüber geredet. Was denn auch? Dass Bea-Star ihn, ohne es auch nur zu ahnen, der Strafvereitelung bezichtigt hat? Weil er seinen Bruder vor dem Gefängnis bewahren wollte? Als sie sich auf dem Flur begegnet sind, hat Hartmann sie von Rose gegrüßt, und heute hat er ihr sogar eine frische Suppe gebracht.

Endlich findet sie einen Parkplatz, gleich vor der Tür der *Lotusblüte*. Dann ist alles, als sähe sie einen Film zum zweiten Mal. Die Thai-Frau am Empfang, die drei jüngeren Frauen auf dem Sofa. Im Behandlungsraum zieht Marta sich aus, legt sich auf das Laken, schaut durch die Öffnung der Matratze in die Lavalampe und denkt über Jürgen Hartmann nach.

Sie spürt einen Luftzug, und die Tür wird geschlossen. Ein paar Schritte, Marta hebt den Kopf, der Masseur schweigt wie beim letzten Mal und lässt eine wärmende Flüssigkeit auf ihren Rücken tropfen. Es duftet nach Eukalyptus, dann kreisen seine Hände über ihren Rücken, er ballt Fäuste, im nächsten Augenblick spürt sie alle Finger, dann wieder nur die Daumen.

Marta ist müde. Wahnsinnig müde. Sie schließt die Augen, genießt das Kneten, Massieren, Drücken und Dehnen. Mit der Zeit werden die Berührungen des Masseurs sanfter, angenehmer, irgendwie beruhigend. Sie fühlt sich leicht und schwebend dann, treibt wie auf einem Floß dahin, auf einem breiten, von riesigen Bäumen gesäumten Fluss. Merkwürdigerweise treibt das Floß irgendwann gegen die Strömung, driftet ans Ufer, stößt an einen Baumstumpf, und sie wacht auf.

Es dauert einige Momente, bis sie es versteht. Bis ihr klar wird, was gerade geschieht. Und weshalb sie erwacht ist. Sie ist gar nicht an einen Baumstumpf gestoßen. Es sind seine Finger. Seine Finger sind überall. Unter dem Handtuch, auf ihrem Po, zwischen ihren Beinen. In ihr. Sein Atem geht hektisch jetzt, rasselnd, ein hastiges Auf und Ab.

Als Marta sich umdreht, in einem einzigen Ruck, lässt er sie los.

Er steht gebeugt da, mit erschrockenem Blick, sein Schwanz steht von ihm ab. Der Masseur ist drahtig, sie hat ihn sich beim letzten Mal nicht genauer angesehen, er ist muskulös, bestimmt kräftiger als sie. Aber Marta ist schneller und überrascht ihn mit dem ersten Tritt, stößt ihm die Ferse in die Brust, er stöhnt und wankt, hält sich auf den Beinen, noch ein Tritt, an den Hals jetzt, er stolpert rückwärts, mit drei, vier Schritten, die Hose auf den Knien. Sie springt auf, schlägt ihm ins Gesicht, ein-, zwei-, dreimal.

Er jault bei jedem Schlag.

Die Tür wird aufgerissen, die Thai-Frau schreit und zetert.

Marta macht weiter. Schlägt zu, schlägt nach ihm, er weicht zurück, rutscht an der Wand herunter, hockt auf dem Boden, die Hände über dem Kopf, er jammert und wimmert. Sie zieht ihn hoch, versetzt ihm den nächsten Tritt, diesmal in die Nieren, ein Tritt zu viel vielleicht. Er stöhnt und kauert sich zusammen, als erwarte er noch mehr Schläge und Tritte.

Während sie sich anzieht und ihn nicht eine einzige Sekunde aus den Augen lässt.

Ächzend wälzt sich der Masseur auf die Seite, will weg, sie springt auf, packt ihn, stößt ihn auf die Liege, er tritt nach ihr, trifft sie in den Bauch, es tut weh, sie wankt, knallt gegen die Wand, macht drei schnelle Schritte, zu schnell für ihn, sie ist jetzt neben ihm, packt ihn, schlägt ihm ins Gesicht, einmal, zweimal, viele Male, es sind Schläge für Cislarczyk, für Charlottes Mörder, für Wagner, für Fritsche, für di Natale, für den Killer, immer mehr Schläge, Blut spritzt, die Tür fliegt auf, und Marta wird gepackt, vier Hände, die stärker sind als sie, die sie wegziehen von dem Masseur, der wimmernd und jaulend und zusammengekrümmt auf der Liege liegt.

Marta, ruft Hartmann, Marta, so hör doch auf.

Jürgen hat sie gepackt, er legt seine Arme um sie, hält sie, und Oehlert schaut sie an, weiß nicht, was geschah, was er tun soll, er beugt sich über den Masseur, hält ihn fest, obwohl er sich gar nicht rührt.

Erst dann spürt Marta die Schmerzen. In der Hand, im Fuß, in ihrer Seele. Ihr Herz rast und klopft auch noch, als sie auf dem Sofa im Empfang sitzen, die Mädchen und die Thai-Frau sind verschwunden, irgendwo zirpt Musik. Hartmann bringt Wasser, Sanitäter tragen den Masseur nach draußen, Oehlert hält ihn mit einer Handschelle.

Was ist denn in dich gefahren, Marta? Du hast diesen Typen beinahe totgeprügelt.

Sie schüttelt den Kopf. Sie hat keine Worte. Nicht ein einziges Wort. Sie hat auch keine Tränen. Irgendwann hört das Gezirpe auf, und Hartmann fährt sie nach Hause. Ihre Fahrt ist ein endloses Schweigen.

Soll ich dich noch nach oben bringen?, fragt Hartmann.

Das ist sehr lieb von dir, sagt Marta, aber ich schaffe es schon.

Morgen reden wir weiter, sagt er. Okay?

Okay, sagt Marta, morgen.

In der Nacht hat der Wind den Regen gegen die Fenster getrieben. Das gleichmäßige Trommeln der Tropfen auf dem Glas beruhigte Marta. Sie hat sich ins Bett gelegt und versucht, die Tropfen zu zählen und an nichts anderes zu denken. Und darüber ist sie eingeschlafen. Am Morgen tun Marta die Gelenke weh und die Füße und Hände, und sie denkt an den Masseur.

Was er und was sie getan haben.

Ihr Auto steht noch an der *Lotusblüte,* Marta bestellt ein Taxi, und als sie dem Fahrer das Ziel nennt, wird er gesprächig.

Die Bullen haben den Laden gestern hochgenommen, sagt er. Die Bude kam mir immer schon suspekt vor.

Woher wissen Sie das?, sagt Marta.

Aus dem Polizeifunk. Ist interessanter als Radio. Aber bitte verraten Sie es keinem.

Und was wurde im Polizeifunk gesagt?

Dass da wohl eine Schlägerei war in der *Lotusblüte.* Die haben sogar den Notarzt geholt. Ich bin nicht ganz schlau draus geworden, wer den Masseur so zugerichtet hat. Manchmal reden die Bullen über Funk in so einer Art Geheimsprache. In der Zeitung stand auch nichts.

An ihrem Wagen klemmt unter dem Scheibenwischer ein Strafzettel des Ordnungsamts. Die Sonne kommt raus und trocknet die Straßen. Als Marta an der Polizeistation vorfährt, kickt der Junge von nebenan den Ball gegen die Mauer, und die Vögel schwirren in Schwärmen gen Süden. Und Hartmann winkt aus seinem Glaskasten.

Wie geht es dir?, fragt er.

Die Hand ist verstaucht, sagt Marta. Aber sonst ist es okay.

Der Masseur hat einen Haufen Platzwunden, zwei gebrochene Rippen und eine Nierenquetschung. Ich habe mit dem Unfallarzt geredet. Er sieht das als Kampfspuren zwischen einem Täter und einem Opfer, das in Notwehr gehandelt hat, sagt er und grinst.

Genau so hätte ich es auch in meinen Bericht geschrieben, sagt Marta.

Der Masseur hatte falsche Papiere. Der war schon zweimal wegen Vergewaltigung im Knast. Der hat eigentlich Berufsverbot.

Danke, dass du dich gekümmert hast, Jürgen.

Ist doch logisch, sagt Hartmann. Rose lässt fragen, wie die Suppe geschmeckt hat.

Wunderbar, vielen Dank, sagt Marta. Ich weiß gar nicht, wie ich mich revanchieren soll.

Musst du nicht, ich richte ihr aus, dass es dir geschmeckt hat.

Kannst du später zu mir ins Büro kommen?, sagt Marta.

Denk nicht weiter über den Masseur nach, sagt er. Da kommt nichts. Der wird dich nie wieder vergessen, und wahrscheinlich hast du einer Menge Frauen einen großen Gefallen getan.

Es geht nicht um den Masseur, Jürgen.

Ich muss nur noch schnell mit Lindner telefonieren, sagt er.

Wer ist Lindner?

Der neue Redakteur beim *Kurier*. Irgendwer hat ihm gesteckt, in der *Lotusblüte* hätte eine Frau den Masseur zusammengeschlagen.

Das schafft eine Frau doch gar nicht, sagt Marta.

Genau das werde ich ihm sagen, sagt er, und sie lachen.

Marta lächelt, weil Charlotte von ihrem Bild lächelt. Sie hat nichts gewusst vom Bösen, Charlotte wusste nichts von Hass, Erpressung, Mord, Vergewaltigung oder Totschlag. In ihrem Leben hat es nichts davon gegeben. Marta hat zu Hause auch nur selten über ihren Job gesprochen, beinahe so, als hätte sie gar keinen Job. Tom mochte ihre Arbeit ohnehin nicht und hat auch nie Fragen gestellt.

Charlotte war ahnungslos, als das Böse zu ihr gekommen ist.

Als es klopft, legt Marta das Foto aufs Gesicht. Hartmann setzt sich auf den Besucherstuhl, schaut sie an, und für eine Weile ist nur dieses Schweigen zwischen ihnen. Er wirkt ruhig, aber seine Augen flackern, vielleicht, weil er eine Ahnung hat.

Was wir zu besprechen haben, ist mir unangenehm, sagt Marta.

Aber wahrscheinlich unabänderlich, oder?, sagt er, und Marta nickt.

Ich war bei diesem Mädchen, sagt sie. Bea Starek. Sie wohnt in einem Kaff in Thüringen und träumt von einer Karriere als Sängerin.

Ich weiß, sagt Hartmann. Ich habe Oehlerts Bericht gelesen.

Du kennst sie, nicht wahr?

Das weißt du doch, Marta.

Sie war hier auf der Wache und wollte eine Strafanzeige gegen mehrere Männer stellen, die sie in Fritsches Partykeller vergewaltigt haben. War es so, Jürgen?

Ja, so war es.

Sie war bei dir. Das stimmt doch, oder?

Auch das, sagt er.

Bea Starek hat ausgesagt, dass einer der Männer, die sie vergewaltigten, dir sehr ähnlich sähe, Jürgen. Ich habe ihr daraufhin ein Foto von dir und deinem Bruder gezeigt, und sie hat euch identifiziert.

Das Foto hast du von Hilde?, sagt er.

Ja, aber das spielt keine Rolle. Du hast gewusst, dass sie deinen Bruder meinte. Und hast sie abgewimmelt. Es gibt auch keinen Vermerk in den Akten. Fast so, als wäre sie gar nicht hier gewesen.

Marta, was soll ich sagen?, sagt er. Du weißt doch eh alles. Was hättest du getan, wenn jemand deinen Bruder angezeigt hätte wegen Vergewaltigung einer Minderjährigen?

Es ist eine gute Frage, denkt sie, und ein zähes, düsteres Schweigen kommt zwischen ihnen auf, lässt sie reglos dasitzen, erstarrt in ihren Gedanken.

Ich weiß es nicht, Jürgen, sagt Marta schließlich. Vielleicht hätte ich genauso gehandelt wie du.

Nachdem diese Bea weg war, bin ich zu meinem Bruder gefahren und habe ihn gefragt, ob er sich an fünfzehnjährige Mädchen ranmacht. Und widerliche Dinge mit ihnen tut. Meinen großen starken Bruder habe ich das gefragt. Der mich immer beschützt hat, weil ich ein kleiner, dicker Junge war und nicht schnell genug wegrennen konnte vor den Dünnen und Großen und Stärkeren.

Als legte sich eine eiserne Hand um ihren Hals, so schnürt es Marta die Luft ab. Sie schluckt dagegen an, aber da ist nichts, was sie herunterschlucken könnte.

Und was hat dein Bruder geantwortet, Jürgen?

Dass es eine Sucht wäre. Die stärker ist als er. Und dass er mein Bruder ist. Und hofft, er könnte sich genauso auf mich verlassen, wie ich mich immer auf ihn verlassen konnte, als wir noch Jungs waren.

Marta hält es nicht länger aus auf dem Stuhl, sie steht auf, kippt das Fenster an, lässt frische Luft einströmen. Eine junge Frau schiebt einen Kinderwagen vor die Polizeistation, nimmt das Baby heraus und wiegt es auf dem Arm. Und dann kommt Oehlert aus dem Gebäude und umarmt die beiden.

Das Gute und Schöne und das Böse und Schlechte liegen so nah beieinander.

Ich habe zu Klaus gesagt, ich bin zwar dein Bruder, aber ich bin auch Polizist, sagt Jürgen Hartmann. Und dass ich ihm drei Tage gebe, sich selbst anzuzeigen.

Oehlert übernimmt das Baby und dreht sich einige Male lachend mit ihm im Kreis, er küsst seine Frau, sie gehen ins Haus, und Marta verliert die beiden aus dem Blick.

Dein Bruder hat sich aber nicht angezeigt, sagt sie.

Nein, hat er nicht. Klaus hatte nicht den Mut dazu. Er und die anderen haben Bea Starek zu diesem Trottel Naumann gebracht. Damit er auf sie aufpasst. Wahrscheinlich kriegt der Geld von den anderen und sollte sie ihnen dafür vom Hals halten. Bis du gekommen bist, Marta.

Hängt Fritsche mit drin?

Das weiß ich nicht, sagt er. Fritsche ist sehr clever. Andererseits ist es unwahrscheinlich, dass er nicht wusste, was da seinem Pflegekind passierte.

Und seine Frau?

Keine Ahnung, sagt er. Franziska lebt in ihrer eigenen Welt.

Wie ging das dann mit deinem Bruder weiter, Jürgen?

Er hat mich angefleht, sein Leben nicht zu zerstören. Hilde, der Job, seine Existenz. Wir hätten unseren Eltern doch am Sterbebett versprochen, immer zusammenzuhalten. Klaus hat geheult und gesagt, er macht eine Therapie. Und irgendwann habe ich gesagt, gut, ich werde nichts unternehmen. Aber ich will dich auch nie wiedersehen.

Das ist hart unter Brüdern, sagt Marta.

Manche würden sagen, es ist feige, sagt er. Und dass ich kein guter Polizist bin.

Es ist nicht immer einfach, ein guter Polizist und ein guter Mensch zu sein, sagt Marta und stellt Charlottes Foto wieder auf.

Monatelang war Funkstille zwischen Klaus und mir, sagt

Hartmann. Und dann hatte ich Geburtstag, und plötzlich stand er vor der Tür. Hatte ein Fotoalbum dabei von unserer Familie. Und hat mich gefragt, ob wir nicht wieder Brüder sein könnten.

Jürgen beugt sich vor, legt die Ellenbogen auf die Knie, senkt den Kopf und schaut auf den Boden, als sähe er in einen Abgrund.

Und was hast du gesagt?, sagt Marta.

Dasselbe wie beim ersten Mal: Dass ich zwar sein Bruder bin, aber auch Polizist. Dann ist Klaus auf seinen Motorroller gestiegen, und eine halbe Stunde später lag er tot unter dem Eilzug nach Nürnberg.

Das tut mir sehr leid, sagt Marta. Es ist eine fürchterliche Geschichte.

Ich fühle mich schuldig an seinem Tod, sagt Hartmann. Eine Schuld, die ich mir nie vergeben werde.

Wie sich Marta schuldig fühlt.

Und jetzt?, sagt sie. Was bleibt uns jetzt?

Johanna hat den Tag in einem Zivilwagen an der Straße zum Gasthof der Fritsches verbracht.

Warum lädst du Franziska nicht einfach vor?, hat sie gesagt.

Weil sie nichts sagen wird, sagte Marta.

Du könntest zu unserer nächsten Versammlung kommen und sie dort fragen. Oder du sagst mir, was du von ihr wissen willst, und dann frage ich Franziska.

Da hat Marta es schon bereut, Johanna mit der Observation beauftragt zu haben. Sie hätte Oehlert oder einen der anderen Polizisten fragen sollen. Gegen drei Uhr ruft Johanna an. Franziska sei gerade an ihr vorbeigefahren, und sie folge ihr.

Es sieht so aus, als würde sie zum Outlet-Center fahren, sagt Johanna.

Das Outlet-Center befindet sich bei einem Dorf vor der Stadt. Das Dorf besteht aus einigen Bauernhöfen und Einfamilienhäusern, und über allem erhebt sich die Shoppingmall wie eine futuristische Kathedrale aus Glas und Stahl. Marta fährt mit der Rolltreppe ins Obergeschoss, wo Geigenmusik dudelt und es warm und licht ist wie in einem Hallenbad. Nur wenige Kunden flanieren vor den Geschäften, auch in den Cafés sind die meisten Tische unbesetzt.

Sie ist in der Umkleidekabine, sagt Johanna.

Hat sie dich gesehen?

Nein, um Gottes willen.

Danke, du hast mir sehr geholfen, sagt Marta.

Johanna schaut sie überrascht an. Offenbar irritiert, dass Marta sie nicht mehr braucht.

Kann ich nicht bleiben?

Ich will mit Franziska allein reden, sagt Marta.

Worüber denn?

Das sage ich dir später.

Johanna bekommt einen schmalen Mund, sie nickt, dreht sich um und geht ohne Gruß zur Rolltreppe.

Es dauert eine Weile, bis Franziska Fritsche aus der Umkleide kommt und sich vor den Spiegel stellt. Marta erkennt sie kaum wieder. Sie trägt ein kurzes, dunkelblaues Strickkleid mit einem Rollkragen, über der Brust zwei rote, im Zickzack verlaufende Streifen. Dazu hat Franziska Nylonstrümpfe und hellbraune Sneaker angezogen. Sie wirkt viel jünger und strahlend, wie von innen beleuchtet. Lächelnd dreht Franziska Fritsche sich vor dem Spiegel, reicht der Verkäuferin ihr Smartphone, stellt ein Bein aus und lässt sich lächelnd, mit der Hand auf der Hüfte, fotografieren.

Als sie wieder aus der Umkleidekabine kommt, hat sich Franziska in die Frau zurückverwandelt, die sie vorher gewesen ist. Eine unscheinbare Person, die ein wenig geduckt geht, als wollte sie nur ja keinem auffallen. Franziska trägt eine zu weite Jeans, klobige Schuhe und einen verwaschenen Parka, dazu eine dunkelbraune Wollmütze. Sie verlässt das Geschäft, ohne etwas gekauft zu haben, fährt mit der Rolltreppe ins Erdgeschoss, überquert den Parkplatz und schließt ihren Wagen auf.

Franziska?, sagt Marta.

Sie erstarrt. Bleibt so für einige Augenblicke, erst dann dreht sich Franziska langsam, wie in Zeitlupe, nach Marta um.

Wissen Sie, wer ich bin, Franziska?

Sie nickt kaum merklich und schaut gleich wieder an Marta vorbei.

Ich möchte Sie etwas fragen, Franziska, sagt Marta.

Sie schließt die Augen und schüttelt kaum merklich den Kopf.

Es geht um den verstorbenen Bruder Ihres Mannes, sagt Marta. Eine Zeugin behauptet, Jens Fritsche sei in Sie verliebt gewesen damals.

Das Kopfschütteln wird stärker jetzt.

Stimmt es nicht?, sagt Marta.

Ich will nicht darüber reden, sagt Franziska und erschrickt, als auf dem Parkplatz ein Motor aufheult.

Wovor haben Sie Angst, Franziska?

Sie schweigt wieder, schüttelt bloß den Kopf.

Sie haben doch Angst, oder?, sagt Marta.

Ich glaube an den Herrn, sagt Franziska. Und deshalb habe ich keine Angst.

Dann ist es gut, sagt Marta. Das Kleid hat Ihnen übrigens sehr gut gestanden, Franziska. Warum haben Sie es nicht gekauft?

Es gefiel mir nicht.

Da hatte ich einen anderen Eindruck.

Ich muss nach Hause, sagt Fritsches Frau. Ich kann mein Kind nicht so lange allein lassen.

Werden Sie bedroht, Franziska? Sie oder Ihre Tochter?

Sie dreht sich weg, wischt sich eine Strähne aus der Stirn und schüttelt wieder den Kopf.

Ich kann Ihnen nur helfen, wenn Sie mir vertrauen, Franziska. Hat Jens Fritsche Sie belästigt? Hat er Ihnen gedroht? Oder hat er Sie erpresst?

Franziska schließt die Tür des Wagens zu und schaut dann über den Parkplatz. Ihr Gesicht ist starr und ausdruckslos.

Ich möchte nach Hause, sagt sie.

Schweigen Sie, weil es etwas mit Ihrer Familie zu tun hat, Franziska? Mit Ihrem Kind, mit Ihrem Vater, mit Ihrer Gemeinde?

Nein, sagt sie lauter als jedes Wort zuvor. Nein. Nein. Nein.

Ihre Reaktion überrascht Marta, vielleicht hat sie den Punkt getroffen, an dem Franziska besonders verletzlich ist.

Ich möchte jetzt nach Hause, sagt sie wieder.

Natürlich, sagt Marta. Sie sind ein freier Mensch, Franziska.

Danke, sagt sie, schließt die Wagentür des Kombis auf und setzt sich hinters Lenkrad.

Oder sind Sie kein freier Mensch?, sagt Marta.

Für einige Augenblicke schauen sie sich an, dann zieht Franziska die Tür zu und lässt den Motor an. Sie fährt langsam von dem Parkplatz herunter, und Marta schaut ihr so lange hinterher, bis der Kombi zwischen den anderen Wagen verschwunden ist.

KAPITEL 14

Die Blumen auf meinem Grab sind verwelkt.
Aber vergessen bin ich nicht. Meine Familie wird
niemals aufhören, nach Dir zu suchen. #JensF

Marta hat einen ganzen Tag damit verbracht, noch einmal alle Vermerke und Protokolle in der Akte Jens Fritsche zu lesen. Ob sie doch irgendetwas übersehen hat? Und dann plötzlich war es dunkel und in der Wache nur noch der Nachtdienst. Marta war hungrig, aber alle Restaurants und Imbisse waren geschlossen um diese Zeit, und so hatte sie sich an der Tankstelle ein Sandwich geholt.

Als sie zwischen den Zapfsäulen stand und in das Sandwich biss, war da wieder dieser Gedanke, wegzugehen, ans Meer zu ziehen. Marta schrieb Vid eine Nachricht, nur ein paar Worte und ein Herz-Emoji. Aber Vid antwortete nicht. Er hatte sogar sein Handy ausgeschaltet. Vielleicht wollte er nicht gestört werden.

Marta ist irgendwie enttäuscht nach Hause gefahren und hat nicht einschlafen können. In der Nacht ist sie immer wieder wach geworden, und jetzt, als sie an Koepsels Villa vorfährt, fühlt sie sich müde und zerschlagen. Das Plakat im Garten ist ausgetauscht worden, es hat eine andere Farbe und eine andere Losung.

Der Herr ist mein Licht und mein Heil; vor wem sollte ich mich fürchten?

Der Gärtner weist ihr den Platz vor der Garage zu, wo schon zwei dunkle Limousinen parken, auch ein silberner Porsche und der Streifenwagen, mit dem Johanna gekommen ist. Sie wartet an der Tür auf sie.

Marta wirft einen Blick in ihre Notizen. Es ist ein Spiel, ein Bluff. Sie hat nichts in der Hand, hat nur eine Ahnung, eine wacklige Hypothese aufgrund der Aussage einer verwirrten alten Frau. Marta erschrickt, als Johanna an die Scheibe klopft.

Sie warten schon auf uns, sagt sie.

Ihnen öffnet ein Mann in einem dunklen Anzug mit Einstecktuch, der sich als Dr. Stefan Behrens vorstellt.

Ich bin der Rechtsbeistand der Familie Koepsel, sagt er. Ich hoffe, ich darf an Ihrer Vernehmung teilnehmen. Unsere Gemeinschaft ist Kummer mit den Behörden gewöhnt, und deshalb sind wir vorsichtig.

Es handelt sich nicht um eine Vernehmung, sagt Marta, sondern um eine routinemäßige Zeugenbefragung.

Ich mache da keinen Unterschied, sagt Behrens, und sie folgen ihm in seiner Aftershave-Wolke durch die Halle.

Ist Herr Koepsel hauptberuflich Vorsteher Ihrer Gemeinschaft?, fragt Marta. Oder handelt es sich um eine ehrenamtliche Tätigkeit?

Vertreter des Herrn auf Erden zu sein ist vor allem eine Berufung, sagt Behrens. Zu unser aller Glück wurde Herrn Koepsel als Kunstsammler, Makler und Verwalter bedeutender Liegenschaften eine gewisse finanzielle Unabhängigkeit zuteil. Dies ermöglicht ihm seinen selbstlosen und aufopferungsvollen Einsatz für unsere Gemeinschaft.

Oehlert hatte Marta eine Mappe mit Informationen über Koepsel zusammengestellt. Darin befanden sich einige Zeitungsausschnitte, die Koepsel in jüngeren Jahren mit dem Bürgermeister von Schwarzbach oder dem Ministerpräsidenten zeigen. In der Mappe fand Marta auch eine Strafanzeige, die einige Wochen vor dem Verschwinden von

Jens Fritsche bei der Polizei in Schwarzbach eingegangen war.

Hätte eigentlich längst wegen Verjährung gelöscht werden müssen, schrieb Oehlert auf einen Post-it.

Mit der Anzeige beschuldigte eine Auszubildende Koepsel, sie am Busen berührt zu haben. Sie habe sich gewehrt, Koepsel hätte sie daraufhin als faule, stinkende Schlampe beschimpft. Einige Tage später hatte Koepsels Anwalt eine Strafanzeige gegen die Auszubildende gestellt, wegen übler Nachrede und Verleumdung.

Die Staatsanwaltschaft hat beide Verfahren eingestellt, schrieb Oehlert, es stand Aussage gegen Aussage.

Als er den Raum betritt, wirkt Hans Koepsel gebrechlicher als bei der Versammlung der Gemeinschaft. Johanna senkt den Kopf und murmelt etwas, das wie ein Gebet klingt. Koepsel trägt wieder den Tweedanzug, polierte Lederschuhe und stützt sich auf den Gehstock. Seine Frau geht – wie ein Schatten – hinter ihm.

Behrens stellt sie einander vor, und das Paar nimmt auf dem Sofa Platz. Koepsels Frau lässt eine Perlenkette durch die Finger gleiten, jetzt erst fällt Marta das feine Zittern ihrer Arme und ihres Kopfes auf.

Ihre Tochter ist Ihnen wie aus dem Gesicht geschnitten, Frau Koepsel.

Für einen Augenblick hält Franziskas Mutter die Kette still. Schaut Marta an, als bemerke sie jetzt erst ihre Anwesenheit, lächelt für einige Augenblicke und schaut dann wieder auf ihre Hände und die Kette.

Sind alle Mitglieder Ihrer Familie in Ihrer Gemeinschaft, Herr Koepsel?

Koepsel stutzt sich mit beiden Händen auf das Stöckchen, er lächelt und nickt.

Unser Glaube wird uns mit der Geburt geschenkt und bleibt über unseren Tod hinaus bestehen, sagt er mit einer brüchigen, heiseren Stimme.

Ich war bei einer Ihrer Versammlungen mit meiner Kollegin Johanna hier im Haus. Da habe ich auch Ihre Tochter gesehen.

Die Franziska kommt oft her, sagt er. Obwohl es keiner körperlichen Anwesenheit bedarf, um mit uns zu sein. Unsere Gemeinschaft ist über die ganze Welt verstreut, und trotzdem sind wir einander immer nah.

Und Franziskas Ehemann? Herr Fritsche. Ist er auch ein Diener Ihres Herrn, Herr Koepsel?

Das Lächeln in Koepsels Gesicht bleibt stehen, aber es folgt eine Stille. Er schaut sie nachsichtig an, als könne er jeden einzelnen Gedanken aus ihrem Gehirn herauslesen.

Wer das Unglück hat, in einer gottlosen Welt aufzuwachsen, kann das Glück und die Gnade des Herrn oft nicht ermessen, sagt Koepsel. Aber unsere Türen stehen jedem und jederzeit weit offen, auch wenn er Jahre oder Jahrzehnte braucht, um hindurchzugehen.

Ich habe mit Ihrem Schwiegersohn gesprochen, sagt Marta. Ich hatte nicht den Eindruck, dass er bald in Ihre Gemeinschaft eintreten wird.

Koepsel klopft mit dem Stock auf den Boden und räuspert sich.

Der Mensch plant seinen Weg, aber der Herr lenkt seine Schritte.

Ein Sonnenstrahl zwängt sich durchs Fenster und erleuchtet die beiden Alten.

Vielleicht sollten Sie zur Sache kommen, Frau Kommissarin. Ich möchte vermeiden, dass das Ehepaar Koepsel über Gebühr strapaziert wird.

Aber gerne, Herr Dr. Behrens. Herr Koepsel, wir haben uns routinemäßig noch einmal den Mordfall Jens Fritsche angeschaut. Wie Sie vielleicht wissen, gibt es inzwischen verschiedene wissenschaftliche Methoden, etwa DNA-Tests, mit deren Hilfe sich selbst Jahrzehnte zurückliegende Fälle klären lassen.

Sie blufft. Was bleibt ihr sonst? Marta hat es oft genug bei Christoph erlebt, wie er bluffte und zockte und Zeugen oder Verdächtige verunsicherte, bis sie sich in Widersprüche verstrickten oder einfach aufhörten zu lügen.

Ihre Tochter Franziska war an derselben Schule wie Jens Fritsche, Herr Koepsel. Nach Aussage einer Zeugin soll er in Ihre Tochter verliebt gewesen sein. Wissen Sie etwas davon?

Nein.

Und Sie, Frau Koepsel?

Auch nicht.

Halten Sie es für möglich, dass Jens Fritsche Ihrer Tochter nachstellte oder sie belästigte?

Frau Kommissarin, bitte gehen Sie davon aus, dass wir ein solches Verhalten zur Anzeige gebracht hätten, sagt Behrens.

Waren Sie damals auch schon der Anwalt der Familie Koepsel, Herr Dr. Behrens?

Ich nicht, aber mein Vater.

Dann hat er sicher auch die Anzeige einer Auszubildenden bearbeitet, die kurz vor dem Verschwinden von Jens Fritsche gegen Herrn Koepsel bei der Polizei hier in Schwarzbach einging.

Mein Vater hat auf diesen ungeheuerlichen Vorwurf gegen Herrn Koepsel mit einer Verleumdungsanzeige reagiert, sagt der Anwalt. Die Angelegenheit wurde staatsanwaltschaftlich eingestellt, und eigentlich hätte diese Anzeige daraufhin vernichtet werden müssen. Ich werde dieser Schlamperei gesondert nachgehen.

Tun Sie das, Herr Dr. Behrens, sagt Marta.

Und was soll jetzt die Anzeige dieses Lehrmädchens mit dem bedauerlichen Todesfall von Herrn Fritsche junior zu tun haben?

Ich habe nicht gesagt, dass das eine etwas mit dem anderen zu tun hat, sagt Marta.

Aber Sie haben es in einen zeitlichen Zusammenhang gebracht, Frau Kommissarin.

Weil die Vorgänge in einem zeitlichen Zusammenhang stehen, sagt sie.

Frau Kommissarin, ich ersuche Sie, Ihre suggestive Verhörtechnik zu überprüfen, ich...

... bitte, Stefan, lass die Frau Kommissarin ihre Fragen stellen, sagt Koepsel.

Natürlich, Herr Koepsel, ich wollte ja nur darauf hinweisen, dass...

... ist schon gut, Stefan.

Sie haben meine Frage noch nicht beantwortet, Herr und Frau Koepsel. Ob Sie es für möglich halten, dass Jens Fritsche Ihrer Tochter nachstellte oder sie belästigte?

Ich weiß davon nichts, sagt Koepsel.

Ich auch nicht, sagt seine Frau.

Koepsel lächelt milde, und seine Frau starrt weiter auf die Kette in ihren Händen.

Ihre Tochter Franziska nahm an der Party teil, von der Jens Fritsche spurlos verschwand. Seine Leiche wurde vier Monate später in Steinach entdeckt. Sind Ihnen damals an Franziska irgendwelche Veränderungen aufgefallen? War sie vielleicht besonders nervös, oder hat sie öfter mal geweint?

Frau Kommissarin, ich darf Sie darauf aufmerksam machen, dass Herr und Frau Koepsel keine Aussagen machen müssten, falls dadurch ein Familienmitglied belastet werden könnte.

Stefan, bitte, wir haben nichts zu verbergen, sagt Koepsel. Nein, Frau Kommissarin, ich habe an meiner Tochter keine Veränderungen dieser Art festgestellt.

Und Sie, Frau Koepsel?

Ich auch nicht.

Wann und wie haben Sie erfahren, dass Jens Fritsche verschwunden ist, Herr Koepsel?

Wenn ich mich recht entsinne, erschien hier eine Polizistin und befragte unsere Tochter zu der Angelegenheit.

Ich habe Franziskas Aussage gelesen, sagt Marta. Sie sagte, Jens sei ihr auf der Party nicht weiter aufgefallen.

Dann wird es wohl so gewesen sein, sagt Koepsel.

Ich glaube, wir haben die Geduld unserer Gastgeber schon ein wenig überstrapaziert, sagt Behrens.

Ich würde nur noch gerne wissen, wie die Verbindung zwischen Ihrer Tochter Franziska und Kai Fritsche zustande kam, Herr Koepsel.

Koepsel schaut sie an, zeigt ein leeres, entrücktes Lächeln und schüttelt den Kopf.

Ich antworte Ihnen im Namen meiner Mandantschaft, sagt Behrens. Wie die Beziehung zwischen Herrn Fritsche und Franziska Koepsel entstand, entzieht sich der Kenntnis meiner Mandanten. Von den Heiratsplänen erfuhren sie erst durch die offizielle Bekanntgabe der Verlobung.

Ist das nicht ungewöhnlich, dass eine junge Frau ihre Eltern nicht in ihre Heiratspläne einweiht?

Das ist Ihre Bewertung, Frau Kommissarin. Und in keiner Weise relevant für den hier zu verhandelnden Fragenkomplex.

Das Zittern der Mutter wird stärker, sie zieht die Perlenkette schneller durch die Finger, während Koepsel in derselben Haltung und mit demselben Lächeln auf dem Sofa sitzt wie während ihrer gesamten Unterhaltung.

Dann danke ich für Ihren Besuch, Frau Kommissarin, sagt Behrens.

Haben Sie Ihre Tochter und Ihren Schwiegersohn nach der Hochzeit finanziell unterstützt oder unterstützen Sie sie noch, Herr Koepsel?

Hans Koepsel schaut sie an. Er wirkt müde jetzt, müde und erschöpft. Schaut zu seiner Frau, zu seinem Anwalt und wendet sich wieder Marta zu.

Was die Zeit auch bringen mag, Frau Kommissarin, letztlich liegt alles in der Hand des Herrn.

Er grüßt, geht langsam, als sei nun alles gesagt, aus dem Raum. Seine Frau geht einige Schritte hinter ihm.

Du rauchst nicht, Johanna, oder?, sagt Marta, als sie an ihrem Pick-up sind und sie sich eine Zigarette anzündet.

Es war ungehörig, sagt Johanna.

Was war ungehörig?, sagt Marta.

Wie du Herrn Koepsel befragt hast. Er ist ein so wunderbarer feiner Mensch, und du hattest nur Unterstellungen und Unverschämtheiten.

Sagst du das als Mitglied seiner Gemeinschaft oder als Polizistin, Johanna?

Das ist mir egal.

Du wirst dich aber entscheiden müssen, sagt Marta, tritt die Zigarette aus und fährt aus der Einfahrt, ohne noch einmal nach Johanna zu sehen.

Als Marta die Wache betritt, sieht Johanna auf ihren Schreibtisch, schaut nicht auf. Marta ignoriert es, macht sich eine Suppe im Aufenthaltsraum warm, wo Oehlert der Sekretärin Fotos von seinem Baby zeigt.

Darf ich auch mal sehen?, sagt Marta, und Oehlert wird wieder rot.

Er erzählt von dem Urlaub, den sie mit dem Kind unternehmen wollen. Den ersten Urlaub mit dem Baby hatten Tom und Marta in Griechenland verbracht. Sie hatten gedacht, das Leben mit Kind gehe so weiter wie das Leben ohne Kind. Es war ein wahnsinnig heißer Sommer, und die Reise mit dem Auto und den Fähren war viel zu beschwerlich gewesen. Und dann hatte Charlotte Fieber bekommen, und sie mussten nach Athen zu einer Klinik fliegen.

Ich habe mit der ehemaligen Auszubildenden von Koepsel geredet, sagt Oehlert. Sie ist um die vierzig inzwischen und sagt, er sei der wunderbarste Mensch, dem sie je begegnet ist.

Gehört sie zu seiner Sekte?, sagt Marta.

Nein, sie sagt, sie sei in ihn verliebt gewesen. Koepsel habe sie aber zurückgewiesen, und da habe sie sich gerächt.

Er ist mindestens fünfunddreißig Jahre älter, sagt Marta.

Ich weiß, sagt Oehlert. Aber so hat sie es gesagt.

Hast du sie nach Jens Fritsche gefragt?, sagt Marta.

Den hat sie angeblich nicht gekannt.

Und seinen Bruder? Kannte sie den?

Angeblich auch nicht, sagt Oehlert. Ich glaube, man hat ihr Geld gegeben, damit sie vergisst, was bei Koepsel passiert ist.

Als Marta zu ihrem Büro geht, ruft Papa an. Und schwärmt von einer Eisdiele am Tartini-Platz.

Sie wird im nächsten Frühjahr frei. Guck dir das mal im Internet an, sagt er. Wir könnten günstig die Kaffeemaschine und die Eismaschine übernehmen.

Und was sagt Mama dazu?, sagt Marta.

Mama? Der habe ich das noch gar nicht gesagt, sagt Papa und lacht.

Über Schwarzbach schimmert ein diffuses Licht, gelblich und grau. Es ist nicht mehr Nacht und noch nicht Tag. Marta stellt das Blaulicht aufs Dach und fährt durch die Stadt.

Die Spurensicherung ist schon unterwegs, sagt der Diensthabende über Funk. Und der Leichenwagen auch.

Sie muss über den Fluss, um auf den anderen Hügel zu kommen. Vor der Villa steht ein Rettungswagen mit blinkendem Blaulicht. Die Sanitäter rauchen und schauen in ihre Handys. Oehlert öffnet Marta, und sie laufen über die Treppe nach oben.

Der Hund hat nicht mehr aufgehört zu bellen, und das ist dem Hausmeister aufgefallen, sagt Oehlert.

Der Notarzt schaut auf, als sie das Schlafzimmer betreten, und vertieft sich dann wieder in ein Formular.

Koepsel und seine Frau liegen auf dem Bett. Die Köpfe zur Seite gedreht, Hans Koepsel scheint aus dem Fenster zu schauen und seine Frau zur Wand. Ihre Augen sind geschlossen, die Gesichter weich, beinahe lächelnd oder wenigstens erleichtert. Wären sie nicht angezogen, Koepsel in einem dunklen Anzug und seine Frau in einem roten Kleid, könnte man glauben, sie hätten sich nur schlafen gelegt. Koepsel hält die Hand seiner Frau, es schaut aus, als seien sie an das Ende eines sehr langen Weges gelangt.

Ich tippe auf eine Überdosis Betablocker, sagt der Notarzt. Damit kommt man ziemlich elegant auf die andere Seite.

Marta geht in den Flur, schaut in den Garten, wo zwei Dutzend Männer und Frauen zusammenstehen und singen, ihre Gesichter leuchten im Schein der flackernden Kerzen. Behrens fährt vor, wenig später hört sie seine Schritte.

Es ist Ihre Schuld, sagt er.

Was ist meine Schuld?, sagt Marta.

Sie haben unseren Herrn in den Tod getrieben, es wird...

Behrens bricht ab, fällt neben dem Bett auf die Knie, greift nach Koepsels Arm und beginnt zu schluchzen.

Hartmann hat seinen Wagen vor dem Eingang abgestellt, die Heckklappe aufgezogen und einen Umzugskarton in den Kofferraum geschoben. Er war über dreißig Jahre bei der Polizei in Schwarzbach. Jürgen trägt Uniform, und Marta geht nach unten, um sich von ihm zu verabschieden. Einige Tage nach ihrem Gespräch hat er seinen Abschied eingereicht, in zwei Jahren wäre er ohnehin pensioniert worden.

So haben Rose und ich mehr Zeit füreinander, hat Hartmann gesagt, als er Marta die Kündigung auf den Schreibtisch legte. Wir werden wandern und kochen und im Chor singen und uns um die Enkelkinder kümmern. Vielleicht mache ich auch noch einen Angelschein und warte auf Fische, die dümmer sind als meine Köder.

Hartmann holt den nächsten Karton, Marta ist vor ihm an seinem Wagen. Im Autoradio laufen die Nachrichten. Der Lokalsender meldet Koepsels Tod schon über den ganzen Tag. *Die Stimme des Herrn ist für immer verstummt*, schrieb der *Kurier* auf seiner Onlineseite.

Der Junge von nebenan ist wieder mit dem Ball draußen. Kickt ihn immer wieder gegen die Mauer. Marta schaut über den Parkplatz auf den Hügel, irgendwo da oben ist ihre Hütte. Sie könnte nach dem Dienst hinauffahren und einen der letzten Spätsommertage genießen.

Du bist schuld, du hast ihn umgebracht.

Marta müsste sich nicht umdrehen. Sie weiß auch so, wessen Stimme das ist. Es ist Johannas Stimme. Sehr langsam dreht Marta sich um und ist nicht einmal überrascht, in den Lauf der Pistole zu schauen. Johanna hält die Waffe mit ausgestreckten Armen. Sie trägt ihre Uniform, die Haare zu einem Zopf gedreht, einige Strähnen haben sich gelöst und flimmern im Wind.

Nimm die Waffe runter, Johanna, sagt Marta.

Du hast ihn umgebracht. Du. Du bist schuld.

Johanna, beruhige dich, sagt Marta.

Sie spricht leise, so ruhig wie nur eben möglich. Marta breitet die Hände aus, als müsste sie das Gleichgewicht halten.

Ich werde es dir erklären, Johanna, sagt Marta und macht einen Schritt auf sie zu.

Bleib da stehen.

Johanna, lass uns darüber reden, ich ...

Nimm die Waffe runter, Johanna.

Hartmann kommt mit dem zweiten Karton nach draußen. Er ist hinter Johanna, in ihrem Rücken, sie bemerkt ihn nicht. Jürgen stellt lautlos den Karton ab und zieht seine Waffe. Der Junge kickt noch immer den Ball gegen die Mauer. Die Fahnen knattern im Wind, auf der Straße fahren die Autos auf und ab.

Jetzt bleibt alle ruhig, sagt Marta, wir besprechen das, wir ...

Johanna lächelt, dreht sich nach Hartmann um, langsamer als langsam.

Bleib ganz ruhig, Mädchen, sagt er. Es passiert dir nichts. Es ist alles ein riesiges Missverständnis, es ist ...

Der Schuss ist überraschend leise. Bekommt irgendwo ein Echo. Aus Hartmanns Stirn sprudelt Blut, läuft ihm über die Nase und den Mund. Sein Gesicht zieht sich wie in Zeitlupe zusammen. Jürgen hat sogar ein wenig gelächelt, vielleicht, um Johanna zu beruhigen. Jetzt schwindet sein Lächeln und wird zu einem Entsetzen. Er macht zwei halbe Schritte rückwärts, gerät ins Taumeln, sucht Halt, wo kein Halt ist. Fällt, schlägt mit einem Ächzen auf dem Asphalt auf.

Und Johanna geht auf die Knie, legt die Pistole auf den Boden, faltet die Hände und fleht den Himmel an.

KAPITEL 15

Eines Tages werden wir die Antwort wissen.
Es ist jederzeit möglich. Fühle dich nicht sicher.
Nicht eine einzige Sekunde. #JensF

Als Marta bei der Polizei anfing, hat sie eine romantische, vielleicht sogar naive Vorstellung von Recht und Gerechtigkeit gehabt. Sie hat sich immer an alles gehalten, an jede Regel. Und Papa sowieso. Es gibt keinen korrekteren Menschen als ihn. Als Papa sie beim Rauchen ertappte, mit fünfzehn, hat er tagelang nicht mit ihr gesprochen. Nicht wegen des Nikotins, sondern weil das Rauchen unter sechzehn Jahren verboten war.

Erst als Marta längst schon bei der Polizei arbeitete, hat sie begriffen, warum es überhaupt eine Polizei gibt. Dass sich die meisten Menschen wie Papa an Regeln und Gesetze halten und an das Recht, die Gerechtigkeit und die Wahrheit glauben. Die meisten, aber nicht alle. Und sie lernte die kennen, die ihre eigenen Wahrheiten und Gesetze haben, solche wie Cislarczyk, Wagner, di Natale, Fritsche. Es waren dann gar nicht wenige, mit jedem Tag bei der Polizei sind es mehr geworden. Es sind Hunderte, Tausende.

Johanna hat auch ihre eigene Wahrheit und ihr eigenes Gesetz.

Ich will zu meinem Herrn, rief sie, als Oehlert ihr Handschellen anlegte. Lasst mich zu meinem Herrn.

Da lag Hartmann noch auf dem Asphalt vor der Polizeistation. An seinem letzten Arbeitstag. Über ihm die Schrift *POLI EI*, das *Z* immer noch ohne Licht. Sie haben eine Plane über ihn gezogen, aus der ein Rinnsal Blut gekrochen ist, während Johanna an den Handschellen gezerrt und *Ich will zu meinem Herrn* gerufen hat.

Seitdem ist es still auf der Wache. Alle reden nur das Nötigste. Und so fahren sie auch jetzt schweigend raus an die Grenze, die es nicht mehr gibt. Oehlert, Becker und Marta. Der Diensthabende meldet über Funk ein herrenloses Damenfahrrad im Fluss.

Müsste es nicht damenloses Damenfahrrad heißen?, sagt Becker und lacht, aber niemand lacht mit ihm.

Er schaltet den Funk ab, während Oehlert auf den Parkplatz vor dem Gasthof fährt. Ein Hund kläfft, nur ist nirgendwo ein Hund zu sehen. Über dem Land und dem Gasthof kreisen Vögel, vor dem Stall gackern Hühner. Es ist kühl, vielleicht wird es heute noch regnen. Fritsches Tochter jagt die Hühner, kommt in den Gummistiefeln aber nicht hinterher. Sie lacht, wie ein Kind eben lacht. Als Barbara den Polizeiwagen bemerkt, läuft sie hinter den Stall.

Becker stemmt sich gegen das Türblatt und schiebt die Haustür auf, dass die Scharniere knarren. Das Foyer liegt im Zwielicht, die Rezeption ist unbesetzt. Es riecht nach verkochter Milch.

Ist da jemand?, sagt Marta.

Ein Schnauben, drei, vier schwere Schritte, dann steht Fritsche im Türrahmen, er schaut sie der Reihe nach an und lächelt.

Aha, die Frau Kommissarin mit Begleitschutz. Kommen Sie zum Billardtraining?

Ist Ihre Frau zu sprechen, Herr Fritsche?, sagt Marta.

Die ist in Trauer.

Deswegen bin ich ja da, sagt Marta. Ich möchte ihr mein Beileid aussprechen.

Ich richte es ihr aus.

Ich würde es ihr lieber selber sagen.

Muss das sein?, sagt Fritsche, zieht aber die Tür zur Küche auf. Der Geruch der verbrannten Milch ist noch intensiver hier. Franziska hockt am Tisch, den Kopf zwischen die Hände gestützt.

Mein herzliches Beileid, sagt Marta.

Franziska bewegt sich nicht, sie murmelt nur etwas Unverständliches.

Ich muss Ihnen leider einige Fragen stellen, Franziska, die den Tod Ihrer Eltern betreffen, sagt Marta.

Was soll das?, sagt Fritsche. Ihre Eltern sind im Paradies und haben ihren Frieden.

Er legt die Hand auf die Schulter seiner Frau, Franziska zuckt zusammen, lässt es aber zu.

Als ich Ihre Eltern vor einigen Tagen gesprochen habe, kamen sie mir nicht lebensmüde vor, sagt Marta. Was könnte ihren Suizid ausgelöst haben?

Franziska schüttelt den Kopf, zieht die Schultern hoch und duckt sich noch ein wenig tiefer über den Tisch.

Ich habe Ihre Eltern nach Jens Fritsche gefragt, sagt Marta. Könnte es damit zusammenhängen?

Was haben Sie gemacht?, sagt Fritsche. Was hat denn der Jens damit zu tun?

Es liegen uns Zeugenaussagen vor, die Ihren Bruder in einem anderen Licht erscheinen lassen, Herr Fritsche. Man beschuldigt ihn der Vergewaltigung. Eine Zeugin sagt außerdem, Jens sei damals in Ihre Frau verliebt gewesen.

Als wäre ein Motor in ihr eingeschaltet worden, beginnt Franziska zu vibrieren. Am ganzen Körper.

Jetzt reicht's aber, sagt Fritsche und schlägt mit der Faust auf den Tisch.

Nicht, sagt Franziska und legt die Hände über den Kopf. Nicht.

Der Motor des Kühlschranks springt an und lässt die Flaschen klirren. In ihr Schweigen tropft der Wasserhahn.

Fragen nach Ihrem Bruder lösen offenbar intensive Reaktionen in Ihrer Familie aus, sagt Marta.

Fritsche hebt den Kopf und schaut Marta an, wieder so selbstsicher lächelnd wie zuvor. Er stellt die Fingerspitzen gegeneinander und lässt die Gelenke knacken.

Ich sage Ihnen, was mit meinem Bruder passiert ist, sagt er. Jetzt, wo der Prediger bei seinem Herrn im Himmel ist, kommt es ja nicht mehr darauf an.

Franziskas Zittern lässt nach und hört dann ganz auf. Sie lehnt sich zurück, schaut Fritsche an und wischt die Strähnen aus der Stirn.

Der Jens hatte sich wirklich in die Franziska verguckt. Er müsste sie den ganzen Tag anschauen in der Schule, hat er gesagt. Ich dachte, mein Bruder macht Witze.

Warum sollte es ein Witz gewesen sein?, sagt Marta.

Weil ich doch schon mit der Franziska zusammen war. Da staunen Sie, was? Das durfte nur keiner wissen damals. Die Mädchen des Predigers durften einen Ungläubigen wie mich ja nicht mal angucken.

Franziska wendet den Blick ab und schließt die Augen, als wollte sie schlafen.

Franziska und Sie waren also ein heimliches Paar, Herr Fritsche?

So ist es.

Und dann hat sich Ihr Bruder Jens in Ihre heimliche Geliebte verliebt? Habe ich das richtig verstanden?

Genau so war es, Frau Kommissarin. Und dann gab's diese Party, und irgendwann, als es schon ziemlich spät war, hat mich die Franziska auf dem Handy angerufen. Das hatte ich nur wegen ihr, das war richtig teuer damals, so ein Handy. Franziska war hysterisch und hat gesagt, ich müsste sofort zu ihr kommen. Und was ist mit deinem Vater?, habe ich gesagt, der bringt mich doch um, wenn ich bei euch auftauche! Nein, hat sie gesagt, mein Vater will auch, dass du herkommst.

Waren Sie da zu Hause, Herr Fritsche?

Nee, bei Kosar war ich. Aber der wohnte da noch in Schwarzbach. Wir hatten was getrunken und haben Musik gehört. Ich hab mir seinen Wagen ausgeliehen und bin zu der Franziska gefahren.

Das Tropfen hat aufgehört. Jetzt brummt die Gefriertruhe.

Als ich ankam, haben der Prediger und die Franziska so gezittert, sagt Fritsche und bewegt seine Hände schnell hin und her. Was ist denn hier los?, habe ich gesagt. Und da hat der Prediger das Garagentor aufgezogen. Und da liegt mein Bruder in seinem Blut und rührt sich nicht. Der Prediger hat gesagt, der Jens hätte die Franziska angefallen, und er hätte ihr dann geholfen, sich gegen den Jens zu wehren.

Fritsche fegt die Krumen vom Tisch, lehnt sich zurück und lächelt. Eine Fliege kreist um die Lampe, und das Brummen der Gefriertruhe hört wieder auf.

Sag den Herrschaften, dass es so war, Franziska.

Fritsches Frau schaut zu Oehlert, zu Becker und Marta und sieht dann wieder auf den Tisch.

Ja, sagt sie leise.

Geht das auch lauter?, sagt Fritsche.

Ja, so war es, sagt Franziska.

Warum haben Sie nicht die Polizei gerufen, Herr Fritsche?, sagt Marta. Es liegt doch nahe, wenn man seinen Bruder tot vorfindet.

Fritsche lehnt sich über den Tisch, schaut Marta in die Augen, schüttelt den Kopf und lächelt.

Sie vergessen, dass ich in die Franziska verliebt war, Frau Kommissarin. Das wäre doch dann vorbei gewesen. Ich kann doch nicht mit einer zusammen sein, wenn der Vater meinen Bruder erschlagen hat. Das ging doch nicht, oder, Franziska?

Sie zieht die Lippen in den Mund, faltet die Hände, als wollte sie beten.

Nein, das ging nicht, sagt sie leise.

Und wie geht Ihre Geschichte weiter, Herr Fritsche?, sagt Marta.

Das ist keine Geschichte, Frau Kommissarin. Das ist die Wahrheit.

Also gut, sagt Marta. Wie ging es weiter?

Nachgedacht habe ich. Was meinem Bruder eingefallen ist, meine Franziska anzufallen wie ein Tier. Und wieso die Franziska und ihr Vater deswegen ins Gefängnis sollen. Und dass es zwischen der Franziska und mir dann aus ist.

Herr Koepsel hätte sich auf Notwehr berufen können, sagt Marta. Er hätte sich die besten Strafverteidiger leisten können.

Notwehr?, sagt Fritsche. Nee, Sie vergessen schon wieder was, Frau Kommissarin. Bei einem irdischen Gericht wäre Koepsel vielleicht mit der Notwehr durchgekommen. Aber wie soll denn einer der Vertreter des Herrn auf Erden sein, wenn er einen verliebten jungen Mann erschlagen hat wie eine räudige Katze?

Die Fliege ist verschwunden. Und Fritsche sucht ihren Blick. Seine Augen sind wirklich sehr blau, aber sein Blick ist ein einziges Flackern jetzt, ist nicht mehr der Blick von einem, der glaubt, er könnte jede Frau haben.

Und dann?, sagt Marta. Was haben Sie dann gesagt, Herr Fritsche?

Dass ich Ihnen den Jens wegschaffe und dass das dann unser Geheimnis ist, sagt er.

Dann haben Sie die Leiche nach Steinach gebracht, Herr Fritsche?, sagt Marta.

Genau, sagt er. Den Rest kennen Sie ja, Frau Kommissarin.

Dann hat also Herr Koepsel Ihren Bruder getötet, und Sie haben das gedeckt? Damit haben Sie sich strafbar gemacht, Herr Fritsche. Das wissen Sie, oder?

Ich würde sagen, es geschah aus Liebe zu meiner Frau. Vielleicht hat das Gericht dafür Verständnis, sagt Fritsche und lächelt.

Auf dem Flur sind schwere Schritte, von Stiefeln vermutlich, und dann wird die Tür aufgestoßen.

Mama?

Was ist denn, Kind?

Mama, ich dachte, du bist weggelaufen, sagt Barbara und fängt an zu weinen.

Für mich klingt das plausibel, sagt Becker.

Hast du Zweifel, Marta?, sagt Oehlert.

Er blufft, sagt sie, die Geschichte ist zu einfach so. Aber Fritsche hat eine schwache Stelle. Und das ist Franziska.

Sie rauchen, auf der Treppe vor dem Gasthof. Franziska ist mit ihrem Kind bei den Hühnern. Auf diese Entfernung hört es sich an, als verständigten sich Mutter und Tochter mit Lauten und Geräuschen, nicht mit Worten.

Barbara lacht, als ein Huhn aufflattert und hektisch gackernd davonrennt. Ihre Mutter schlingt von hinten die Arme um ihr Kind, schmiegt ihre Wange an den Nacken des Mädchens, eine Weile bewegen sich die beiden wie im Tanz, bis Franziska sich nach hinten beugt und Barbara von den Füßen hebt. So viel Kraft hätte Marta ihr gar nicht zugetraut. Barbara kreischt und lacht, und die Mutter wirbelt sie herum, setzt sie ab und küsst sie auf die Stirn.

Ihre Tochter hat sicher eine schöne Kindheit hier draußen, sagt Marta. Mit all diesen Tieren und dem riesigen Garten.

Ja, das stimmt, sagt Franziska.

Und Sie? Hatten Sie auch eine schöne Kindheit, Franziska?

Unser Vater hat uns jeden Tag Geschichten erzählt. Von unserem Herrn und seiner Barmherzigkeit und der Liebe, die er uns schenkt.

Sie haben Ihren Vater sehr geliebt. Stimmt es?

Franziska schaut über den Zaun, in ihren Augen stehen Tränen, und als sie nickt, laufen ihr die Tränen über die Wangen. Ich habe meinen Vater verehrt, sagt sie. Das ist ein Unterschied.

Haben Sie Ihre Eltern noch mal gesehen?, sagt Marta.

Ja. Es sah aus, als seien sie lächelnd eingeschlafen, sagt Franziska.

Mama, sagt Barbara. Komm, wir spielen.

Bring den Kaninchen zuerst noch die Möhren, Schatz.

Marta und Franziska sehen Barbara zu, wie sie geschickt über den Zaun steigt und zu den Kaninchen läuft.

War Ihr Vater wirklich so streng, wie Ihr Mann behauptet, Franziska?

Unser Vater wollte uns vor dem Bösen beschützen.

War Jens Fritsche das Böse?

Franziska bückt sich, rupft ein Büschel Grashalme aus.

Ja. Das war er.

Hat er Sie bedrängt, Franziska?

Ja.

Hat er Sie auch vergewaltigt?

Ja, sagt sie und lässt die Grashalme zu Boden rieseln.

Welchen Preis mussten Sie und Ihr Vater Ihrem Mann zahlen, dass er nicht die Polizei geholt hat?

Nein.

Was, nein?

Ich will nicht darüber sprechen.

Franziska. Es hat sich etwas verändert. Ihr Vater ist jetzt in Sicherheit. Er hat nichts mehr zu befürchten. Er hat seinen Frieden gefunden.

Ja, er ist bei unserem Herrn im Paradies, sagt Fritsches Frau und bekreuzigt sich.

Ein Lächeln kommt auf, breitet sich nach und nach aus, wird ein Leuchten und Strahlen. Sie schaut zu ihrer Tochter, auf den Gasthof, der grau und trotzig dasteht, Franziska schaut aufs weite Land, wie es sich zum Horizont dehnt, nur Gras, einige sanfte Hügel, Gestrüpp, ein paar knorrige Bäume, gebeugt vom Wind. Und lächelt noch mehr.

Wollen Sie mir den Garten zeigen, Franziska?

Sie gehen bis nah an den Maschendraht. Dahinter dehnt sich sumpfiges Land aus. Birken stehen im Wasser, hier und da erhebt sich ein Flecken Erde, überall wuchert dürres Gesträuch, Bäume ohne Blätter. Enten fliegen, und auf den Sträuchern hocken Raben.

Was ist passiert an dem Abend nach der Party in der Schule?, sagt Marta.

Das haben wir doch schon besprochen, sagt Franziska und schüttelt den Kopf.

Nein, sagt Marta. Wir haben die Geschichte Ihres Mannes gehört. Aber ich bin davon überzeugt, dass es nicht Ihre Geschichte ist, Franziska.

Sie dreht sich weg, schaut irgendwohin. Franziska steht auf der Stelle, und doch beginnt sie plötzlich zu wanken. Als bewegte sich die Erde unter ihren Füßen.

Ja, sagt sie.

Was, ja?

Es ist seine Geschichte.

Und was ist Ihre Geschichte, Franziska?

Es gibt diesen Moment, diesen einen Augenblick, in dem sich alles entscheidet für einen Menschen, in dem sich die Vergangenheit und alles Bisherige von der Gegenwart und der Zukunft abtrennen und etwas Neues beginnt. Franziska greift sich ins Haar, legt den Kopf nach hinten und sieht in den Himmel.

Als ich nach Hause kam, war da plötzlich Jens in unserem Garten.

Und weiter?

Jens hat mich umgestoßen. Einfach so. Und war dann über mir und hat mich angefasst. Überall hat er mich angefasst.

Haben Sie sich gewehrt, Franziska?

Ja, aber der Jens war doch viel stärker als ich. Er hatte es schon mal gemacht. In der Scheune. Da bin ich auch nicht gegen ihn angekommen. Danach hat er gesagt, wenn ich was sage, erfahren alle, dass mein Vater sein Lehrmädchen begrapscht hat. Sie hätte es ihm selber gesagt.

Als Sie mit Jens nach der Party im Garten waren, kam dann Ihr Vater dazu?

Ja, sagt Franziska. Mein Vater war plötzlich da. Er hat den Jens am Hals gepackt. Aber der hat mich trotzdem nicht losgelassen. Und mein Vater hat auch nicht losgelassen. Bis der Jens röchelte und schlaff wurde. Mein Vater hat ihn dann in die Garage gezogen.

Und dann haben Sie Kai Fritsche angerufen?, sagt Marta.

Franziska schaut sie an. Ihr Mund verzieht sich, und ihr kommen wieder die Tränen. Rinnen ihr übers Gesicht und tropfen vom Kinn herab.

Alles Weitere war dann so, wie mein Mann es gesagt hat, sagt sie.

Sie schauen sich an, und Marta sieht die Lüge in Franziskas Augen. Und die Angst.

Franziska, Sie haben gesagt, Ihr Vater hätte Jens Fritsche am Hals gepackt, und dann wäre Jens schlaff geworden. Ihr Mann hat aber gesagt, Jens hätte in der Garage in seinem Blut gelegen. Es klingt so, als hätte Ihr Vater Jens erwürgt. Das passt aber nicht zu dem Blut.

Franziska Fritsche legt die Hand auf den Mund. Ein feines schnelles Zittern rauscht durch sie hindurch, über die Arme, den Kopf, die Beine. Marta zögert, legt ihr dann aber doch die Hände auf die Schultern, schiebt sich an sie, an Franziskas vibrierenden Körper, hält sie so lange, bis das Zittern weniger wird und dann ganz aufhört.

Ich habe Sie mit Ihrer Tochter beobachtet, Franziska. Das sah sehr schön aus. Sie lieben und beschützen Ihr Kind, stimmt es? So, wie Ihr Vater Sie beschützen wollte.

Ja, sagt Franziska, greift in den Zaun und lehnt die Stirn gegen den Draht.

Ich hatte auch ein Kind, sagt Marta. Das ich beschützen wollte. Ich habe sogar meine Pistole in die Ferien mitgenommen. Obwohl das streng verboten ist. Ich hätte geschossen, wenn jemand meinem Kind etwas angetan hätte.

Ein Mäusebussard schwebt mit ausgebreiteten Flügeln über den Zaun, stößt plötzlich nach unten und hackt den Schnabel in eine Maus.

Und was ist mit Ihrem Kind passiert?

Charlotte wurde überfallen. Ich war bei der Arbeit und habe nach Verbrechern gesucht. Während der schlimmste Verbrecher meinem Kind auflauerte.

Das tut mir sehr leid, sagt Franziska.

Jetzt erst fallen Marta die Birken auf der Anhöhe auf. Ein Reiher fliegt lautlos über den Sumpf. Still ist es. Am lautesten ist noch das Klopfen in ihren Schläfen.

Franziska, was passiert hier in diesem Partykeller? Was tun diese Männer, die von überall herkommen und nach ein paar Stunden wieder verschwinden?

Franziska streift die Haare aus der Stirn, schaut zum Himmel und schüttelt den Kopf.

Das weiß ich nicht.

Franziska, Sie sind frei. Ihr Mann kann Sie nicht mehr erpressen mit Ihrem Vater. Es ist vorbei. Und ich beschütze Sie. Und Ihr Kind beschütze ich auch. Sehen Sie?

Franziska schaut auf die Pistole, die in Martas Hand liegt und mit der sie auf die Birken zielt.

Sagen Sie mir, was hier im Haus passiert, Franziska.

Sie veranstalten Partys. Mit Mädchen. Das passiert.

War eines der Mädchen Ihre Pflegetochter? Beate Starek.

Ich weiß es nicht, sagt sie. Vielleicht. Bea war plötzlich verschwunden. Mein Mann hat gesagt, sie wäre zu einem Musikproduzenten gezogen, der sie groß rausbringen will.

Gab es noch andere Mädchen hier?, sagt Marta.

Ja. Die wurden im Lieferwagen gebracht. Aus Tschechien oder Polen. Aber das hörte auf, nachdem hier Männer mit Maschinengewehren waren. Danach kamen keine Mädchen mehr.

Aber die Partys gingen weiter, oder?

Ja.

Der Wind rüttelt an den Zweigen, legt das Gras flach und weht ihre Haare zurück.

Mit welchen Mädchen gingen die Partys weiter, Franziska?, sagt Marta, und ihr Herz schlägt schneller, weil sie es schon ahnt.

Bitte, Franziska, sagen Sie es mir.

Sie haben die Barbara genommen.

Am Himmel türmen sich immer mehr Wolken auf. Dunkle, schwere Wolken. Es wird Regen geben.

Franziska, ruft Fritsche.

Er stapft über die Wiese. Oehlert und Becker haben Mühe, ihm zu folgen. Marta legt die Hand an die Pistole.

Was ist hier los?

Warum so aufgebracht, Herr Fritsche?, sagt Marta. Ihre Frau hat mir den Garten gezeigt. Was für eine wunderbare unberührte Landschaft.

Wollen Sie mich verarschen?, sagt er, schaut Marta an, er lächelt falsch und nickt. Ja, Sie wollen mich verarschen, Frau Kommissarin. Die ganze Zeit schon wollen Sie das.

Ein feiner Nebel kommt auf und kriecht über den Sumpf. Der Wind schiebt die Schwaden über Ställe und Gehege, weiter über den Parkplatz, dorthin, wo die Grenze war. Sie sind zurück ins Haus gegangen und Marta schaut aus dem Fenster nach Barbara, das Mädchen ist nicht mehr bei den Tieren.

Wie geht das jetzt hier weiter?, sagt Fritsche, breitet die Arme aus und grinst. Franziska sitzt vornübergebeugt auf dem Sessel, die Haare wie ein Vorhang vor ihrem Gesicht.

Ich war gar nicht verliebt in den, sagt sie. Ich kannte den gar nicht.

Oehlert hustet. Fritsche verliert das Grinsen, er will es zurückholen, nur gelingt es ihm nicht.

Sie waren nicht mit Kai befreundet, Franziska? Auch nicht heimlich?

Nein, sagt sie, war ich nicht.

Fritsche schließt die Augen, zieht die Luft durch die Zähne ein, es macht ein merkwürdiges Geräusch, als koche Wasser.

So bekommt die Geschichte einen ganz anderen Anfang, sagt Marta.

Fritsche springt auf, ballt die Fäuste, Oehlert und Becker greifen nach den Pistolen.

Dann knallt mich doch ab, ihr Idioten, sagt er.

Setzen Sie sich, Herr Fritsche, sagt Marta leise und dann noch mal lauter, als er nicht reagiert.

Setzen Sie sich.

Fritsche lässt sich auf das Sofa fallen, schaut zu Franziska, sucht ihren Blick. Sie wendet sich ab und starrt aus dem Fenster in den grauen Himmel.

Okay, sagt er. Dann fängt es eben damit an, dass sich mein Bruder in die verknallt hat. Ausgerechnet in die heilige Tochter des Predigers. Jens hatte ein Foto von der und hat sich jeden Abend darauf einen runtergeholt.

Was geschah nach der Party?, sagt Marta. Wenn es keine Franziska gab, die Sie auf dem Handy angerufen hat? Wie kamen Sie darauf, Ihren Bruder bei den Koepsels zu suchen?

Weil er die da abschleppen wollte von der Party.

Hat er das gesagt?

Hat er.

Und dann?

Kosar war besoffen, und ich bin mit seiner Karre nach Hause gefahren. Der Jens war aber noch nicht da. Obwohl die Party längst vorbei war. Fand ich merkwürdig. Also bin ich noch mal los und hab nach meinem Bruder gesehen. Ich hab mir Sorgen gemacht, verstehen Sie? Bei dem Prediger brannte überall Licht, ich hab geschellt, und der macht auf, und ich frage nach meinem Bruder. Der Prediger war kurz vorm Durchdrehen. Und die auch, sagt Fritsche und schaut zu Franziska.

Und was hat Herr Koepsel gesagt?

Er wüsste nichts von meinem Bruder. Danke für die Auskunft, habe ich gesagt, dann komme ich gleich noch mal mit der Polizei vorbei. Das war eigentlich nur ein Witz, aber die Franziska fing sofort an zu schreien. Und der Prediger hat gezittert und gesagt, er hätte das nicht gewollt, es wäre nicht seine Schuld. Ich wusste gar nicht, wovon der redet. Und dann macht der die Garage auf, und da liegt der Jens.

Franziska stößt einen merkwürdigen Laut aus, tief aus dem Rachen, wie das Krächzen eines Raben.

Ich habe gekotzt, als ich den Jens da liegen sah. Der blutete wie ein Schwein. Bis ich dann kapiert habe, dass ich gerade die Chance meines Lebens kriege.

Wieso?, sagt Marta.

Weil mir klar geworden ist, dass der Prediger am Ende ist, wenn einer erfährt, dass der einen totgeschlagen hat.

Franziska stöhnt auf, ihre Hände beginnen wieder zu zittern, dann auch die Arme.

Sie haben Herrn Koepsel also ein Geschäft vorgeschlagen?

Genau. Der Jens war eh tot. Das hätte keinem genutzt, wenn ihr Alter in den Knast geht. Und uns ging es damals nicht so gut mit dem Gasthof, und ich dachte, eine Entschädigung für meinen Bruder könnte uns mehr helfen, als wenn der Prediger im Gefängnis versauert. Der hatte ja Geld wie Heu.

Wie sah das Geschäft aus, Herr Fritsche?

Dass ich denen meinen Bruder vom Hals schaffe, und dafür kriege ich die Franziska und eine monatliche Ausgleichszahlung. Dann bleibt es irgendwie in der Familie.

Franziska schließt die Arme um die Knie, als müsste sie ihre Beine festhalten, sie macht sich klein und hechelt.

Warum wollten Sie auch Franziska haben und nicht nur das Geld?

Ich dachte, falls es sich der Prediger irgendwann mal anders überlegt, wäre es ganz gut, die Franziska als Sicherheit zu haben.

Erstaunlich, was Sie alles bedacht haben in dieser Situation, Herr Fritsche. Hört sich an, als hätten Sie vorher einen Plan gemacht.

Nee, da hatte ich keinen Plan. Das kommt bei mir vom Billard, Frau Kommissarin. Da muss man auch schnell denken und immer schon den übernächsten Stoß im Kopf haben.

Fritsches Lächeln kehrt zurück, als wäre es eingeschaltet worden wie ein Licht.

Deshalb haben Sie auch diesen Account im Internet angelegt?

Bingo, sagt er. Sie sind auch schlau, Frau Kommissarin.

Ich dachte, es wäre gut, den Prediger hin und wieder daran zu erinnern, dass er meinen Bruder auf dem Gewissen hat.

Das Handy vibriert lautlos in Martas Jacke. Sieben, acht, neun Mal. Wahrscheinlich Papa. Er lässt es immer so lange klingeln.

Sein Bruder war gar nicht tot, sagt Franziska.

Es wird still. Nach Franziskas Worten. So still, als hielten alle die Luft an.

Drehst du jetzt endgültig durch?, sagt Fritsche so leise, dass Marta ihn kaum versteht.

Der Jens lag da auf dem Boden, und plötzlich hat der sich bewegt, sagt Franziska. Der hat auch nicht geblutet.

Franziska, ich warne dich. Hör mit den Lügen auf.

Becker und Oehlert schieben die Hände in die Taschen und lassen Fritsche nicht aus den Augen.

Hat niemand Jens den Puls gefühlt, als er auf dem Boden lag?, sagt Marta.

Mein Vater hat gesagt, der ist tot, der ist tot. Aber der war gar nicht tot. Dein Bruder lebt noch, habe ich gesagt. Der atmet noch.

Woher wussten Sie das, Franziska?

Ich habe mein Ohr an seinen Mund gehalten, und da habe ich es gehört, und seinen Atem habe ich gespürt. Dann habe ich meine Hand auf sein Herz gelegt, und es hat geschlagen.

Hör damit auf, Franziska, das ist alles gelogen, sagt Fritsche.

Der da hat gesagt, dann fahre ich meinen Bruder jetzt ins Krankenhaus. Dann wird ja alles wieder gut. Und dann ist er weggefahren mit Jens. Und später hat er angerufen und gesagt, der Jens wäre doch tot. Der wäre ihm unterwegs im Wagen gestorben. Und es wäre jetzt alles so, wie wir es besprochen haben.

Hat Ihr Vater das geglaubt, Franziska?

Er hat gesagt, wir können doch nicht beweisen, dass der Jens sich noch bewegt hat. Es würde mir doch keiner glauben. Und deshalb müssten wir tun, was der Kai von uns verlangt. Es wäre eine Prüfung unseres Herrn.

Gehörte zu dieser Prüfung auch, dass Sie Herrn Fritsche geheiratet haben, Franziska?

Mein Vater hat mich gefragt, ob ich dieses Opfer für unseren Herrn bringen will. Und ich habe Ja gesagt.

Fritsche schlägt mit der Faust auf den Tisch, eine Vase kippt um, Blumenwasser läuft über den Tisch und tropft auf den Teppich.

Eine verdammte Lüge ist das, sie sagt es nur, weil der Alte tot, weil...

... bitte, Herr Fritsche. Ihre Version haben Sie uns bereits vorgetragen, sagt Marta. Es spricht allerdings nicht für Sie, dass Sie sich von Herrn Koepsel für die Beseitigung der Leiche bezahlen ließen. Und auch noch seine Tochter verlangten. Und dass Sie ihn mit diesem Account unter Druck gesetzt haben, wo Sie doch wussten, was Ihrem Bruder passiert war.

Das ist eine Verschwörung, sagt Fritsche. Eine verdammte Verschwörung.

Franziska, Sie sagten, da wäre kein Blut gewesen bei Jens. Sein Bruder sagt das Gegenteil. Was stimmt denn jetzt?

Franziska schaut auf. Lächelt. Schüttelt den Kopf.

Mein Vater war sehr stark. Er war als junger Mann Ruderer. Er hat den Jens am Hals gepackt und ihn so lange gehalten, bis er mich losgelassen hat.

Er hat ihn also nicht geschlagen, mit einem Stein oder irgendetwas anderem?

Nein, hat er nicht. Er hat ihm die Luft abgedrückt.

Mein Bruder hatte ein Loch im Kopf, sagt Fritsche. Der hat geblutet wie ein Schwein.

Vielleicht behaupten Sie das auch nur, weil Sie Ihren Bruder auf diesem Hang in Steinach erschlagen haben, sagt Marta. Weil er noch gar nicht tot war, wie Ihre Frau sagt. Die ganze Geschichte funktionierte aber nur, wenn Jens tot war. Laut Gutachten des Gerichtsmediziners wies die Leiche eine schwere Kopfverletzung auf. Aber das wird alles vor Gericht verhandelt werden, Herr Fritsche. Haben Sie Ihren Bruder eigentlich mit dem Auto Ihres Freundes transportiert? Und wenn ja, wie haben Sie das Blut wieder aus dem Auto herausbekommen?

Franziska sackt in sich zusammen, als sei jegliche Energie aus ihr gewichen. Und im selben Augenblick hören ihre Hände und Arme auf zu zittern.

Herr Fritsche, ich nehme Sie jetzt fest wegen des Verdachts, Ihren Bruder ermordet zu haben. Weitere Straftaten sind die vermutete gewerbsmäßige Überlassung Ihrer Tochter sowie anderer minderjähriger Mädchen an noch zu identifizierende Besucher Ihres Gasthofs.

Fritsche sitzt genauso unbewegt da wie Franziska. Nicht einmal seine Finger bewegen sich. Nur seine Wimpern. Als er plötzlich aufschreit. So, wie Marta noch nie einen Menschen hat schreien hören. So laut, so aufgebracht, so ungezügelt. Fritsche kommt vom Sofa hoch, wirft sich auf Franziska, packt sie, alles in einer einzigen fließenden Bewegung.

Loslassen, schreit Becker und richtet die Pistole auf ihn.

Nicht schießen, ruft Marta.

Mama.

Barbaras Stimme ist schrill und schneidend. Fritsche schaut auf. Lockert den Griff. Schaut zu seiner Tochter, schaut sie an, und in dem Augenblick trifft ihn der Pfeil. Trifft ihn ins linke Auge, eine goldene Spitze, gelbe Federn. Fritsche reißt den Mund auf, als wolle er noch einmal schreien, noch lauter schreien. Schreit aber nicht, fasst nach dem Pfeil, will den Pfeil herausziehen aus dem Auge, als sich ein roter Pfeil in seinen Hals bohrt. Tief hinein bohrt er sich und lässt das Blut in einer Fontaine spritzen.

Fritsche lässt ab von Franziska, lässt sie los, wankt, macht zwei, drei blinde Schritte, taumelt, stolpert über den Sessel, kippt, fällt, stürzt zu Boden, stöhnt, röchelt. Blut sprudelt aus seinem Auge und pulst aus seinem Hals und dann, dann ist es still.

Vollkommen still.

Wie sie hergekommen sind, so fahren sie wieder davon, genauso schweigend. Oehlert rangiert an dem Rettungswagen vorbei, der mit flackerndem Blaulicht vor dem Hof steht und die Zufahrt versperrt. Zwei Beamte ziehen Absperrband um den Parkplatz. Martas Telefon vibriert, sie schaut aufs Display.

Papa?

Deine Mutter ist dagegen, sagt er.

Wogegen, Papa?

Gegen die Eisdiele.

Dann bleibt es unser Traum, sagt Marta, und ihr Vater lacht.

Hast du viel zu tun, Kind?

Jemand hat ein Damenfahrrad in den Fluss geworfen, sagt sie.

Die Welt wird immer verrückter, sagt Papa.

Sie legen auf, und Oehlert fährt auf die Hauptstraße. Die Wolken sind noch dunkler und dichter als vorhin, aber es regnet immer noch nicht. Die Diensthabende meldet sich über Funk und teilt mit, Fritsche werde zu einer Spezialklinik gefahren.

Er kommt wohl durch, sagt der Arzt. Aber das Auge ist weg.

Traust du Fritsche zu, dass er seinen eigenen Bruder totgeschlagen hat?, sagt Oehlert. Und glaubst du, Franziska sagt die Wahrheit?

Ich weiß es nicht, sagt Marta, aber seit ich bei der Polizei bin, traue ich allen alles zu.

Sie fahren in den Ort, Marta schaut aus dem Fenster, die hübsche Altstadt von Schwarzbach, der Kirchturm, die Menschen, die ihre Einkäufe nach Hause tragen, an der Bushaltestelle anstehen oder vor den Cafés rauchen. Die Kinder, die um die Wette radeln, und die Frau, die mit ihrem Hund spricht, und sie denkt an diesen Satz aus dem Roman, den Christoph ihr schenkte.

Dass jedem irgendwann die Stunde der Wahrheit schlägt. Und vielleicht war es heute Fritsches Stunde der Wahrheit.

KAPITEL 16

Nach den langen Tagen der Düsternis wird meiner Familie eines Tages die Sonne wieder scheinen. Und du bist in der Finsternis. #JensF

Sonnig ist es, aber auch kühl. Die Cafébesitzer haben die Stühle nach draußen geschoben, auch wenn um diese Jahreszeit kaum noch Touristen kommen. Die Pensionäre sitzen vor der *Kava Bar* und schauen aufs Meer, welche Boote im Hafen festmachen und wer aus dem Shuttlebus der Parkgarage steigt. Die Männer sitzen jeden Tag da, im Sommer in Unterhemden und Shorts, jetzt in Windjacken und an Weihnachten in Wintermänteln, und nie scheint ihnen langweilig zu werden, aufs Meer zu schauen.

Der Wind zerrt an den Markisen und Fahnen der Hotels. Das Meer wirft Wellen an den Strand, wo sie zwischen den Steinen und Felsen zerschellen. Hier und da hocken Angler auf Klappstühlen. Ein Maler sitzt mit dem Rücken zum Wind und einem Skizzenblock auf den Knien auf der Hafenmauer. Spaziergänger schlendern durch die Altstadt, eine Fotografin sucht Motive, und eine Katze flüchtet sich unter einen Porsche. Straßenhunde streunen umher, immer auf der Hut vor Tritten und Hieben. Die Möwen kreischen über den Mülltonnen der Restaurants, und auf dem Tartini-Platz drehen Inlineskater ihre Runden, die Eisdiele ist neu vermietet und wird renoviert.

Sie waren oft hier, im Sommer, an Ostern oder über Weihnachten, zu Besuch bei Papas Familie, auch wenn es Mutter nie gepasst hat und sie lieber nach Griechenland, Italien oder Spanien verreisen wollte. Sonst gab Papa ihr immer nach, aber in seine Heimat zu fahren, davon hat er sich nicht abbringen lassen.

Marta hat es geliebt, mit den einheimischen Kindern in den Gassen und auf den steilen Treppen der Altstadt zu spielen, wo die Häuser so eng beieinanderstehen, dass kein Auto und kein Pferdefuhrwerk zwischen sie passt. In der Saison verlaufen sich die Touristen in dem Labyrinth, und auch Papa passierte es, aber nur, wenn er mit Onkel Andrej in der Bar am Hafen zu viel Slivovitz getrunken hatte.

Wenn sie nicht in den Gassen spielten, sind sie ans Meer gegangen und haben die Sommertage im Wasser und an dem schmalen Streifen Strand verbracht. Als Teenager sonnten sie sich, zeigten ihre Bikinis oder sind auf und ab stolziert und haben mit den Jungs geflirtet, die sich beim Springen und Hechten ins Meer gegenseitig überboten, um die Mädchen zu beeindrucken.

Papas Schwester und sein Bruder leben hier, auch einige Neffen und Nichten mit ihren Kindern. Tante Irena und ihr Mann haben ein Taxi und verleihen Sonnenschirme. Onkel Andrej gehört die *Pension Adriatic*, er ist verwitwet, seine Söhne leben in Detroit und London. Er hat ihr das schönste Zimmer gegeben, das oben unter dem Spitzdach mit dem Blick aufs Meer. Als Marta sagte, sie wolle an die frische Luft und spazieren gehen, lachte er und hat mit dem Zeigefinger sein Augenlid heruntergezogen.

Vid ist Mittelstürmer in der Fußballmannschaft gewesen, die Onkel Andrej trainierte, und irgendwann in einem dieser Sommer hatte er sie gesehen, als sie und Vid sich unbeobachtet fühlten und sich unter dem Torbogen beim Rathaus küssten.

Als Marta heute morgen aufwachte, ist sie plötzlich sicher gewesen, herzuziehen und hier zu leben. Ein neues Leben. An einem anderen Ort, in einem anderen Land, am Meer, mit anderen Menschen. Und vielleicht käme Papa ja auch noch nach. Und sogar Mama. Ihre ganze Familie. Sie bräuchte nicht mal einen Umzugswagen. Marta könnte die Wohnung in Schwarzbach kündigen, die Möbel verkaufen und einfach die Tür hinter sich zuziehen.

Ich bin alt, und du bist jung, hat Onkel Andrej gesagt. Du könntest die Pension übernehmen, Marta.

Marta hat Christoph sagen wollen, dass sie bei der Polizei aufhört und von Onkel Andrej die *Pension Adriatic* übernehmen wird. Er hat sie einige Tage zuvor angerufen und gebeten, sich um die Bürgermeisterin zu kümmern, die hässliche anonyme Nachrichten bekommt. Aber Christoph ist nicht ans Telefon gegangen, als hätte er geahnt, was sie ihm hat sagen wollen.

Und so ist Marta wieder ins Nachdenken gekommen.

Der Steg ragt dreißig Schritte ins Meer, in den Sommern springen die Schwimmer von der Kante ins Wasser, auch die kleineren Boote legen hier an.

Marta setzt sich auf einen Stapel Rettungsringe und wölbt die Hand über der Stirn. Papa hat immer behauptet, man könnte mit bloßem Auge bis nach Venedig sehen, sie müsse es nur wollen. Aber so sehr Marta sich auch angestrengt hat und die Augen zusammenkniff, nie hat sie Venedig gesehen, und auch heute scheint das Meer unendlich.

Liebling, erinnerst du dich, dass Opa immer sagte, dahinten am Horizont, das sei Venedig? Und wie wir uns die Augen gerieben haben und trotzdem nie etwas erkennen konnten?

Marta lacht, die Sonne blendet, und sie setzt die Brille auf. Ein Junge manövriert ein Motorboot an den Steg, ein Mädchen küsst ihn scheu und läuft eilig, ohne aufzuschauen, an Marta vorbei und verschwindet in dem Labyrinth.

Charlotte hat so viel Liebe erfahren. Dem Bösen ist sie nur ein einziges Mal begegnet, und das ist ihr Unglück gewesen. Ein glückliches, viel zu kurzes Leben. Schon oft hat Marta darüber nachgedacht, mit welchem Gedanken ihr Kind von der Welt gegangen ist. Und immer ist da die Hoffnung, dass Charlotte in diesem letzten Augenblick an ihre Mutter gedacht hat, an ihren Vater und an alle anderen, die sie liebten.

Ich werde nie aufhören, an dich zu denken, sagt Marta, aber ich muss aufhören, um dich zu weinen. Verstehst du das, Liebling?

Sie schließt die Augen, und so sieht sie ihn nicht, aber Marta hört seine Schritte. Sie erkennt ihn am Gang, er geht über die Welt, als könne ihn nichts und niemand von seinem Weg abbringen.

Weinst du?, sagt Vid.

Ich habe Sand ins Auge bekommen, sagt sie.

Das ist ein Kieselstrand, Marta.

Ich weiß, sagt sie, reicht ihm die Hand, und Vid zieht sie hoch.

Er hat einen neuen Wagen. Eine geräumige französische Limousine mit verdunkelten Scheiben. Dann muss sich Marta nicht mehr auf den Rücksitz legen, um sich vor den Blicken der anderen zu verstecken. Beinahe geräuschlos rollt der Wagen auf die Höhe, sie kommen durch Portoroz, und Vid fährt weiter nach Norden.

Er hat einen uralten Kassettenrekorder zwischen die Sitze geklemmt, und so hören sie das Tape, das sie immer hörten. Vid nimmt ihre Hand, er ist älter geworden und sie auch, und trotzdem kommt es Marta vor, als sei die Zeit zwischen ihm und ihr stehen geblieben.

Das Meer glitzert in der Sonne, vor Koper treiben die großen Segelschiffe und die Fähren, dann verlieren sie die

See aus dem Blick, Vid fährt in den neuen endlos langen Tunnel, und wenn es dahinter hell wird, werden sie in Italien sein.

Von einem Mann im Krieg mit der eigenen Vergangenheit

Jochen Rausch
Krieg
Roman

Berlin Verlag Taschenbuch,
224 Seiten
ISBN 978-3-8333-0988-5

Arnold Steins hat sich auf eine Hütte in den Bergen zurückgezogen, hier will er vergessen. Doch als ein unsichtbarer Feind die letzten Dinge zerstört, die ihm wichtig sind, muss er sich stellen: dem Kampf ums Überleben – in einem gnadenlosen Krieg mit der eigenen Vergangenheit.

»Ein Psychothriller – und was für einer!«
Christine Westermann, WDR 5, »Bücher«

Leseproben, E-Books und mehr unter **www.berlinverlag.de**